VIVI IVY JONES

Love, stronger than a Diamond

Roman

VIVI IVY JONES

LOVE, *stronger* than a Diamond

FSC
www.fsc.org
MIX
Papier aus verantwortungsvollen Quellen
Paper from responsible sources
FSC® C105338

Bibliografische Information der Deutschen Nationalbibliothek:
Die Deutsche Nationalbibliothek verzeichnet diese Publikation in der Deutschen Nationalbibliografie; detaillierte bibliografische Daten sind im Internet über dnb.dnb.de abrufbar.

2. Auflage

Bildmaterial: Adobe Stock, Pexels
Lektorat & Korrektorat: Solvig Schneeberg

Verlag: BoD · Books on Demand GmbH, In de Tarpen 42,
22848 Norderstedt, bod@bod.de
Druck: Libri Plureos GmbH, Friedensallee 273, 22763 Hamburg

ISBN: 978-3-7597-7649-5

Über die Autorin

Vivi Ivy Jones ist das Pseudonym einer jungen, deutschen Autorin. Über den Beruf der Marketing Managerin und Grafikdesignerin hinaus, faszinierte sie schon immer das Storytelling. Mit einer Hingabe für Plottwists, spannende Liebesgeschichten, Tiefe und Humor lebt sie im Herzen für das Schreiben.

TikTok wattpad

Kopfkino starten

Playlist

Musikalische Vibes, die mich beim Schreiben inspiriert haben. Ideal, um von Liz, Jason, Eric und Matt tagzuträumen. ;-)

Hinweis an meine lieben Leserinnen und Leser

In diesem Buch könnten potenziell triggernde Themen enthalten sein. Auf Seite 404 könnt ihr eine Triggerwarnung einsehen, die jedoch Spoiler für die gesamte Geschichte enthält.

Ich wünsche euch viel Freude beim Lesen.

Eure Vivi Ivy Jones

KAPITEL 1

Liz

Schlimm genug

Fast war mir das Champagnerglas aus der Hand gerutscht. Ich dachte, wir würden uns niemals wiedersehen. Und nach damals wäre mir das auch mehr als recht gewesen.

Wieso? Wieso musste Jason ausgerechnet heute hier sein? Er hatte mich verlassen, als ich ihn am meisten brauchte. Und tauchte auf, wenn es am unpassendsten war. Ich dachte, ich hätte es mittlerweile erfolgreich verdrängt, aber gerade fühlte es sich an, als wäre es erst gestern gewesen. Wut, Scham, Vertrauensbruch. Wollte er diese Liste nach zehn Jahren noch erweitern?

Schlimm genug, dass ich mich heute unfreiwillig zur Diamanten-Diebin machte, stolzierte er jetzt auch noch an den Gästen der Gala vorbei direkt auf mich zu.

Ich wischte mir die feuchten Hände an meinem roséfarbenen Abendkleid ab, warf die blonden Haare über die Schulter und tauschte die Schockstarre gegen Kampfgeist.

Das Kinn hoch erhoben blickte ich ihm entgegen.

Mit dem Champagnerglas in der Hand deutete er auf mich. »Guten Abend. Dürfte ich die Lady für einen Moment entführen?«

Mit diesen Worten schlug er den älteren Herren in die Flucht, der mich zwar belagert, aber irgendwie auch abgelenkt hatte. Ich würde ignorieren, wie gut Jason aussah, denn ich hatte vor, ihm sein Comeback mächtig zu vermiesen. Darauf konnte er sich gefasst machen.

Schließlich war *er* es, der uns ein angenehmes Wiedersehen unmöglich gemacht hatte. Und es war besser, ihn so weit wie möglich auf Abstand zu halten. Zudem durfte er unter keinen Umständen zwischen die Fronten geraten, inmitten derer ich mich befand. Wie war ich noch gleich in diese missliche Lage geraten?

KAPITEL 2

Jason

PROLOG

10 Jahre zuvor

Endlich! 01:00 leuchtete mir in Rot entgegen.

Seit Stunden starrte ich schon die digitale Uhr auf dem kleinen Tisch neben meinem Bett an und bewegte mich kaum. Schwester Anna hatte bei ihrem abendlichen Kontrollgang durch die Zimmer nichts bemerkt. Dabei war ich mir sicher, sie hatte übermenschliche Sinne.

Ob Liz wohl schon vor meiner Tür stand?

Das dunkel-bläuliche Licht, das uns der Mond in dieser Nacht zur Verfügung stellte, erhellte den kleinen Raum ausreichend. Dafür hatte ich gesorgt, indem ich die Vorhänge nicht wie üblicherweise zugezogen hatte. Zur Sicherheit würde ich die Lichtschalter also lieber nicht anrühren. Unnötige, ruckartige oder schnelle Bewegungen waren unbedingt zu vermeiden. Diese Dielen waren wie Judas aus der Bibelgeschichte, die uns Schwester Betty früher oft im Sonntagskreis vorgelesen hatte: Sie verrieten einfach jeden.

Insgeheim ahnte ich, dass das Heim absichtlich so hellhörig gebaut worden war. Das machte es den Schwestern um einiges leichter. Heute würde ich mich aber nicht erwischen lassen!

Das letzte Mal musste ich zur Strafe mittags beim Abwasch helfen, während die anderen ohne mich zum nahegelegenen Fußballplatz rannten. Hausarbeit war langweilig. Deshalb durfte auf keinen Fall jemand von unserem Streich erfahren.

Zugegeben, es war nicht nur das lange Wachbleiben, was mir eine Predigt eingebracht hatte. Sondern auch, dass ich Mike gerne Klopfstreiche spielte. Er hatte Angst vor Geistern. Ich konnte nicht widerstehen, nachdem er meinte im Fußball gegen uns gewonnen zu haben. Es war eindeutig ein Foul gewesen. Seine Reaktion auf das schlecht imitierte Spuken war zudem mehr als witzig. Aber fürs Erste waren wir quitt.

Heute mit Liz die Geburtstagstorte zu stehlen war mein Geschenk an sie. Sie war ziemlich scharf auf diesen Kuchen. Erst dachte ich, wir scherzten. Dann wurde aus einem Augenzwinkern die Umsetzung einer schlechten Idee.

Aber wie konnte ich ihr das an ihrem fünfzehnten Geburtstag auch abschlagen? Schon beim Abendessen hielten wir uns zurück und starteten damit die Vorbereitungen. Ziemlich kindisch. Aber das war unser Ding.

Ein leises Klopfen ertönte. Wenn es nicht Mike war,

der sich versuchte bei mir zu rächen, konnte es nur Liz sein.

Wie der Wind huschte ich über den Boden zur Tür. Die ließ sich glücklicherweise geräuschlos öffnen.

Liz lächelnde Augen erreichten meine und wir sparten uns jegliches Geflüster. Nicht nur, weil wir uns auch ohne Worte verstanden, sondern auch um unnötige Risiken zu vermeiden.

Sie war die blonde Version der Kriegerprinzessin Xena. Vielleicht nicht ganz so stark. Aber dafür so hübsch, dass ich mich oft davon abhalten musste, sie anzustarren. Ihre langen goldblonden Haare und ihr rosa Schlafshirt wirkten im Mondlicht fast blau. Es war dasselbe Licht wie in meinem Zimmer, das die Umrisse der Flurwände betonte und weiche Schatten warf, denen wir unhörbar folgten.

Da meine Tür am Ende des Flurs war, galt es erst an allen anderen Räumen vorbeizukommen, bevor wir in das untere Stockwerk und damit in die Küche vordringen konnten.

Liz steuerte die Wendeltreppe an. Eine der Stufen war bekannt dafür, das gequälteste Quietschgeräusch der Geschichte von sich zu geben. Aber unsere saubere Planung hatte das selbstverständlich miteinbezogen. Am Ende der Treppe angekommen, war es zur Küche nicht mehr allzu weit. Hier unten galt besondere Vorsicht.

Der Wohnraum von Oberschwester Anna lag direkt neben der Treppe. Knapp daran vorbei drehte ich mich zur

Küchentür und testete unser Glück. Verschlossen, wie erwartet. Ein Knarren ließ uns zusammenzucken.

Bitte nicht, flehte ich innerlich und sah in Liz' erschrockene Augen. Stille. Ein lautes, tiefes Schnarchgeräusch folgte. Ich unterdrückte ein Lachen und hörte Liz ebenfalls glucksen. Kichernd holte sie einen langen Draht hervor. Er war oben und unten entgegengesetzt und treppenartig gefalzt. Mit geschickten Bewegungen führte sie ihn durch den kaum vorhandenen Türspalt, zog das dünne Metall nach unten und nach vorne, bis es klackte. Stolz überkam mich, als ich gleich darauf meine Schulter gegen das dunkle Holz drückte und die kühle Raumluft uns entgegenzog.

Auch wenn es ziemlich beeindruckend war, dass sie das konnte, ließ mich der Grund dafür einfach nur wütend werden. Sollte ihr ständig betrunkener Vater doch in der Hölle schmoren.

Ich erinnerte mich noch daran, wie grün und blau sie war, als die Schwestern sie uns vor fünf Jahren vorstellten. Gut, dass ihr Vater einfach verschwunden war. Seither schien es ihr viel besser zu gehen. Jetzt musste nur noch ihre Mom wieder gesund werden. Ob sie dann aus dem Waisenhaus ausziehen und wieder bei ihrer Mom einziehen würde?

Ich sollte mich einfach glücklich schätzen im Heim aufgewachsen zu sein. Aber nicht zu wissen, wie es war, Mutter und Vater zu haben, war scheiße. Ich würde schon gerne wissen, wer sie waren oder wie mein Leben ausgesehen hätte, wenn sie noch da wären. Fragen, die mir niemand beantworten konnte. Oder wollte. Auch nicht die Schwestern. Wie sie immer sagten: Es gab nur noch mich. Heulen und Fragen zu stellen würde mich auch nicht weiterbringen. Zumal Kinderheime in diesem Land, wie sie betonten, äußerst selten waren. Wir konnten froh sein, in dieser ländlichen Kleinstadt von Massachusetts ein Zuhause gefunden zu haben. Ich sollte mich also lieber nicht beschweren.

Wenn ich in drei Jahren mit achtzehn hier rauskam, würde ich vielleicht in das nicht weit entfernte Boston ziehen und eine eigene Familie gründen. Dann würde ich wissen, wie es war. Vor allem würde ich meine Kinder niemals verlassen oder schlagen. So viel stand fest.

Aber bis dahin war ich, wie Schwester Betty uns erklärte, der Kirche dankbar, die uns diese alte geziegelte Villa vor 60 Jahren renoviert und gespendet hatte. Ohne diesen bunten Ort wüsste ich nicht, was aus mir geworden wäre.

Wir schlüpften in die Küche, vorbei am großen Essbereich mit den drei großen, zusammengerückten Tischen, an denen wir täglich aßen.

Ich öffnete die Kühlkammer mit einem heftigen Ruck und erwiderte Liz' freches Grinsen, das im Licht der bedürftig herausstrahlenden Glühbirne verdammt unheimlich aussah.

Ich liebte das. Dieses Gefühl. Wir waren ein gutes Team.

Das Beste. Und manchmal war da dieser Moment, in dem wir uns ansahen und ich ein Kribbeln spürte. Es brachte mich dazu, sie küssen zu wollen. Aber ich ignorierte es. So wie in diesem Moment.

Wir würden sehen wie lange ich das noch schaffte.

Da stand er! Der süße Duft von Vanille und Zitrone erreichte meine Nase. Ein ganzes Blech Kuchen nur für uns.

Ich nahm das kalte, mit Kratzern übersäte Metall vom Vorratsregal und stellte es vor der Kühlkammer auf den Boden. Wieder von der Dunkelheit umhüllt, waren die Umrisse, die wir im nächtlichen Blau wahrnahmen, alles, was wir sehen mussten. Also ließen wir unsere Hintern auf den Holzboden plumpsen und machten uns über das Diebesgut her.

Geschirr zu verschmutzen und damit weitere Beweise zu hinterlassen, erschien uns unsinnig. Daher griffen wir mit den Händen hinein.

Liz mampfte wie ein kleines Kind. Wie sie sich beeilte und Mühe hatte, sich nicht das Shirt zu bekleckern, brachte mich zum Schmunzeln. Und ich war auch nicht besser. Beinahe hätte ich mich verschluckt. Das musste furchtbar aussehen. Wie alt waren wir? Sechs?

Nur wenige Minuten später saßen wir mit klebrigen Händen an die Wand gelehnt und starrten auf die letzten Krümel. Ich bekam kein weiteres Stück herunter. Kurz vorm Platzen presste ich die ersten Worte heraus, die ich in dieser Nacht zu ihr sagte: »Alles Gute zum Geburtstag.«

Zu sprechen tat schon fast weh.

»Danke«, flüsterte sie belustigt und hielt sich zufrieden den Bauch. Sie schenkte mir ihr Strahlen und ich glaubte, da hing noch etwas Torte in ihrem Gesicht. Ich wollte es ihr wegwischen, ließ es aber lieber bleiben. Das Gefühl, wenn ihre Haut meine berührte, ließ mich an meiner Selbstbeherrschung zweifeln. Besser ich stellte mich nicht auf die Probe.

»Was machen wir mit dem Blech und den Krümeln?«, flüsterte sie mir zu.

»Wir können es vor Mikes Zimmertür legen«, raunte ich zurück.

Nur ein Scherz. Mit Mike war ich schließlich quitt.

»Witzige Idee.« Sie sah nachdenklich zur Decke. »Lassen wir das Blech einfach hier und verteilen die Krümel vor seiner Zimmertür.«

Armer Mike. Jetzt hatte er wohl etwas bei mir gut. Ich quälte mich in den Stand und bot ihr die Hand an, um ihr aufzuhelfen.

Mit Kuchenkrümeln in den Fäusten machten wir uns auf den Weg in den ersten Stock. Die Türen lehnten wir nur an.

Unbeabsichtigt fielen mir beim Gehen ein paar Krümel auf die Treppe. Dafür strafte sie mich mit einem Augendrehen. Der Rest landete vor Mikes Zimmertür.

Sorry Kumpel. Ich weiß du bist mies im Fußball, aber ob du das verdient hast?

Nachdem wir uns auf der Toilette gründlich die Hände und das Gesicht gewaschen hatten, verabschiedeten wir uns mit Beleidigungen. Sie streckte die Zunge heraus, ich hob übertrieben verurteilend meine Brauen. Unauffällig verschwanden wir in unseren Zimmern.

Die Stille hatte das Haus zurück.

KAPITEL 3

Liz

PROLOG

10 Jahre zuvor

Unser Streich war ein voller Erfolg gewesen. Obwohl der Kuchen immer noch schwer in meinem Magen lag und ich erst spät eingeschlafen war, fühlte ich mich frisch und aufgeweckt. Das Frühstück hätte ich gerne übersprungen, aber das wäre zu auffällig gewesen. Ich schluckte das schlechte Gewissen, das ich deswegen hatte, gemeinsam mit dem trockenen Toast herunter. Dabei warf ich an den Kindern um mich herum vorbei einen Blick über den langen Esstisch. Jason grinste mir über den Rand des mit Erdnussbutter beschmierten Toasts gequält entgegen. Von Mike keine Spur.

Was den Kuchen betraf, war ich enthusiastisch geworden. Vielleicht war die Aktion etwas übertrieben und vor allem kindisch gewesen. Aber sie hatte mir eine gute Sache gezeigt: Jason war für mich da. Er gab mir immer das Gefühl, wir spielten im selben Team.

In seiner Nähe spürte ich dieses Hüpfen in meiner

Magengegend, das selbst nachdem er den Raum verließ, immer noch allgegenwärtig blieb. Ich wusste, ich konnte ihm alles anvertrauen, was mich beschäftigte. Das mit meiner Mom zum Beispiel. Aber noch viel mehr verstand er es, mich von allem abzulenken, was mich zum Verzweifeln brachte.

Weinen oder jammern hatte ich ihn noch nie gesehen. Er war immer so gelassen und positiv, fast als belastete ihn nichts.

Dabei hatte Schwester Anna mir erzählt, dass er oft heftige Albträume hatte und nächtelang wach lag.

Das Heim und die Menschen hier, waren alles, was er hatte. Ein friedlicher Ort, an dem es fast nie Streit gab. Ganz im Gegenteil zu dem, was ich von zu Hause gewohnt war. Wobei es keine Konflikte mehr gab, seit Dad sich aus dem Staub gemacht hatte. Aber die Erinnerungen daran, hafteten an jedem Spielzeug, jedem Buch und allem, was sich in seinem unmittelbaren Umfeld befunden hatte. Deshalb war ich froh, dass Mom die Wohnung Monate nach Dads Verschwinden aufgegeben und einiges verkauft hatte, um Geld für die Krankenhausrechnungen aufzutreiben. Und da sie ohnehin die meiste Zeit im Krankenhaus war und ich unser Zuhause sowieso hasste, hatte die Wohnung keinen Nutzen mehr für uns.

Ich hatte Glück, dass so kurzfristig keine Pflegefamilie für mich gefunden wurde. So war ich vorübergehend hier gelandet und hatte Jason kennengelernt. Das Angebot hier einzuziehen, war ein Lichtblick in einem langen, dunklen Tunnel gewesen. Schließlich war es untypisch trotz lebender Elternteile in einem Kinderheim zu leben.

Die drei Schwestern waren zwar streng, aber es ist trotzdem mein Lieblingsort geworden. Das Heim lag in der Nähe meiner High School und nur wenige Minuten mit dem Bus vom Krankenhaus entfernt, sodass ich Mom jederzeit besuchen konnte. Und es war schön sich den Schulweg mit Jason und den anderen Heimbewohnerinnen und -bewohnern zu teilen.

Nachdem mir die Schwestern und auch die anderen 19 Kinder ein Geburtstagsständchen gesungen hatten, versammelten wir uns auf der großen Wiese vor dem Haus und suchten Holz für ein Lagerfeuer zusammen. Mike wurde aufgrund der Beweislage zum Abwaschen verdonnert. Ein Jammer, dass uns das zusätzlich auf den Magen drückte, sodass wir ihm zur Verwunderung aller, mit einem von Reue erfüllten Lächeln zur Hand gingen.

Da es am Nachmittag keinen Kuchen mehr gab, verteilten die Schwestern Süßigkeiten. Jason und ich tauschten, über den, durch unseren Plan ergatterten doppelten Gewinn, stolze Blicke aus.

Das Wetter war wundervoll. Ein angenehmer Frühlingstag.

Keine Jacke zu tragen fühlte sich wie Freiheit an.

Ich beteiligte mich an ein paar Runden Federball. Andere eröffneten einen Frisbee-Wettbewerb. Wer am weitesten warf, wurde mit Lob überhäuft. Aber die Zeit rannte am schnellsten, wenn es am schönsten war. Das wurde mir erst klar, als die Sonne schon halb hinter den Bäumen stand und lange Schatten die Wiese wie ein Muster bedeckten.

Es dauerte nicht mehr lange, bis der dunkelblaue Himmel mit den blinkenden Sternen heller war als die Umgebung. Die aufsteigende Hitze des Lagerfeuers brannte angenehm auf meinem Gesicht. Alle unterhielten sich kreuz und quer, lachten und alberten.

Wenn wir am nächsten Tag keinen Schulunterricht hatten, wurden die Geburtstage immer etwas länger gefeiert. Selbst die Jüngsten durften dann noch bis spät abends aufbleiben. Die Grillen zirpten und übertönten damit die im Laufe des Abends immer leiser werdenden Gespräche. Vom lodernden Feuer war nur noch die knisternde Glut übrig und die flimmernde Hitze wurde von der kühl-aufsteigenden Nachtluft verdrängt. Unsere Gruppe, die auf umgestürzten Baumstämmen um die Feuerstelle saß, wurde kleiner und rückte immer mehr zusammen. Mit warmen Händen rieb ich mir die freiliegenden Arme, als ich auf einmal spürte, wie Stoff sich um meine Schultern schmiegte. Ein Blick zur Seite und ich ahnte schon: Es war Jason, der mir einen vielsagenden Blick zuwarf. Diese Anziehungskraft zwischen uns, das Bedürfnis meine

Hand mit seiner zu verschränken und mich an ihn zu lehnen, schob ich beiseite.

Stattdessen fixierte ich die Stille und Magie des Moments. Mich überkam der Wunsch, Mom wäre hier. *Das* hätte den Tag für mich restlos perfekt gemacht.

Allmählich ermahnten uns die Schwestern auf unsere Zimmer zu gehen. Ich rappelte mich auf und suchte schon mal die Frisbees und Federbälle zusammen, die ich noch finden konnte, um sie in die Kiste neben dem Hauseingang zu schmeißen, als Wärme meine Hand ummantelte. Ein sanfter Druck. Jason zog mich zur Seite, hinter das Gebäude, tiefer in das Schwarz, dorthin, wo das Gras höher stand.

Mein Verdutzen wandelte sich in ein Kichern.

»Wohin führst du mich?«

Wir blieben stehen. Immer noch meine Hand haltend stand er mir gegenüber. Ich konnte ihn nur in schwachen, dunklen Blautönen erkennen. Mein Lächeln verflog, denn er wirkte auf einmal so ernst.

»Liz, hör zu. Du bist toll und ich weiß nicht, ob das der richtige Moment ist … aber es fühlt sich richtig an.«

War alles in Ordnung?

Er rieb sich den Hinterkopf, als wäre er nervös. Mit einem suchenden Blick in die Ferne und dann zurück zu mir kam er noch einen letzten, möglichen Schritt auf mich zu. »Ich hab' ständig das Gefühl, in deiner Nähe sein zu wollen und ich …«, er zögerte. »Ich will mehr als nur

Freundschaft mit dir.«

Unsere Gesichter waren nur wenige Zentimeter voneinander entfernt. Ich konnte seinen Atem auf meiner Haut spüren. Er roch nach Lagerfeuer und nach zu Hause. Das Hüpfen in meinem Bauch übermannte alle meine Körperfunktionen. Auch die Kontrolle über meine Lippen, die versuchten Worte zu formen, aber keinen Ton hervorbrachten. Er fühlte also genauso wie ich. Ich konnte ihm ansehen, dass er meine Antwort ersehnte, auch wenn er keine Frage gestellt hatte.

»Ich will das auch«, brachte ich endlich hervor.

Erleichtert fuhr er sich durchs Gesicht. Dann nahm er mich in seine Arme. Ich umfasste seinen Oberkörper und hielt mich an ihm fest. Sein Herz pochte an meinem Ohr. Sich von ihm zu lösen gestattete ich mir nur, um noch einen Schritt weiterzugehen. Mit geschlossenen Augen ließ ich mich von der magnetischen Anziehung leiten.

Auch er kam mir näher. Unsere Lippen berührten sich. Er schmeckte weich, nach Wärme und Geborgenheit. Seine Hände stützten meinen Körper, der vergaß das Gleichgewicht zu halten. Mein Herz schien abzuheben. Als er den Kuss stoppte und wir uns langsam voneinander lösten, spürte ich sofortige Entzugserscheinungen.

Er trat zurück, betrachtete mich, strich mit der Hand an meiner Wange entlang. Ich neigte meinen Kopf und folgte seiner zarten Berührung.

In diesem Augenblick war ich mir sicher, hatte er die

Zeit für uns angehalten. Doch Schwester Bettys Ruf reichte bis hinters Haus und zog uns in die Realität zurück. Wir sollten auf unsere Zimmer gehen.

Meine Hand in seiner folgte ich seinen Schritten zurück zum Eingang. Sein Griff war beschützend. Fast besitzergreifend.

Kurz versicherte er sich, dass uns niemand um die Ecke kommen sah. Schwester Betty hatte zum Glück nicht auf uns gewartet. Dann schlüpften wir zur Tür hinein. Im ersten Stock lösten wir unsere miteinander verschränkten Finger. Links den Gang entlang war das Licht bereits gelöscht. Die Türen der Mehrbettzimmer der Jüngsten waren geschlossen. Wir bogen nach rechts und suchten unsere Einzelzimmer auf, was mir seltsam vorkam. Zu gerne wäre ich heute Nacht bei ihm geblieben. Stattdessen blieb ich vor meiner Zimmertür am Anfang des Ganges stehen und starrte ihm hoffnungsvoll nach. Er drehte sich noch ein letztes Mal um und schenkte mir ein Lächeln, bevor die Tür am Ende des Ganges ins Schloss fiel.

Das war das erste Mal gewesen, dass wir uns zum Abschied keine albernen Gesten vorgemacht hatten.

Am nächsten Morgen weckten mich durch den Flurgang schallende Kinderstimmen. Aufregung machte sich in mir breit. Ich kämmte eilig meine Haare, putzte mir die Zähne, zog ein paar Teile aus dem Kleiderschrank und gab einer Schwester Bescheid. Heute besuchte ich meine Mom.

An der Haustür begegneten mir Melanie und Kim, die über eine plötzliche Adoption tuschelten. Ziemlich ungewöhnlich. Normalerweise gab es mehrere Hausbesuche, bevor es zur Adoption kam. Und in letzter Zeit war es ruhig um das Heim geworden. Neue Eltern wurden immer gründlich geprüft. Es gab Probezeiten, in der das Kind und die Eltern die Situation kennenlernen konnten, bevor eine so wichtige Entscheidung fiel.

Mit der Hand am Türgriff hielt ich kurz inne und lauschte, aber da beide keine nützlichen Informationen lieferten, trat ich in die lauwarme Mittagsluft.

In der Regel waren es die Jüngeren, die noch eine Chance hatten, in eine neue Familie aufgenommen zu werden. Sie hatten sich noch an keine festen Abläufe gewöhnt. Außerdem wollten Paare meist lieber ein Baby oder ein Kleinkind adoptieren. Ich war gespannt, wer der Jüngeren solch ein Glück hatte, und würde ihn oder sie nach meiner Rückkehr beglückwünschen.

Die wenigen Meter zur Bushaltestelle begleitete mich das Zwitschern der Vögel. Der Wind kitzelte die Baumkronen und ließ ein Rascheln durch die Wälder ziehen, bevor ich in den halbleeren Bus stieg.

Es war immer schön, Zeit mit Mom zu verbringen. Ich

erzählte ihr von meinen wöchentlichen Erlebnissen und sie mir von ihren. Seit Dad verschwunden war und sie in ein Krankenhaus eingeliefert wurde, war sie viel gesprächiger und entspannter geworden. Es hatte also auch seine guten Seiten. Ich musste nicht mehr miterleben, wie sie sich stritten, und es gab Wackelpudding, den die Krankenschwester schon immer bereitstellte, sobald sie mich sah.

Dad hatte ich nun schon seit zwei Jahren nicht mehr gesehen.

Es war ungewohnt gewesen, ihn nicht mehr um mich zu haben. Ich verabscheute ihn natürlich für das, was er mir und Mom angetan hatte. Andererseits würde ich auch zu gern wissen, wo er nun schlief und ob er immer noch trank. Wir sprachen nicht oft über ihn.

»Das ginge uns nichts mehr an«, hatte sie gesagt.

Es war ein Gefühl von Erleichterung, aber auch das Gefühl ihn für immer verloren zu haben. Vielleicht würde ich ihn nie wieder sehen.

Und dabei war es nicht immer so schlimm gewesen. Wir hatten auch gute Zeiten erlebt. Auch, wenn sie mit den Jahren immer seltener wurden ...

Jene Abende, an denen er von der Arbeit nach Hause kam und seine Aggressionen an uns ausließ, waren vorbei. Die Tage, an denen er zur Flasche griff und etwas im Haus zertrümmerte, waren auch die Tage, an denen er Mom schlug. Meist, weil sie mich vor ihm beschützt hatte.

Eines Morgens war es die Glasvitrine in unserem

Wohnzimmer gewesen, an einem anderen Nachmittag meine Barbiepuppe. Er hatte alles zerstört, was er in die Finger bekam, völlig gleichgültig, ob es materieller Natur war oder nicht.

Ich trug einige Narben davon, die nie verblassen würden. Genau wie Mom.

Doch die Innerlichen waren tausendmal schlimmer.

Die Angst, nach der Schule nach Hause zu kommen, zu sehen wie Mom weinte oder das Verstecken meiner Lieblingsspielsachen: All das gehörte nun der Vergangenheit an.

Mom und ich wollten einen Neuanfang wagen.

Doch dann kam sie ins Krankenhaus. In das Gleiche, das ich seitdem schon so oft betreten hatte.

Ich ging durch die große Eingangstür, vorbei am Empfang und grüßte Ms. Bernard, die am Tresen stand und mir freundlich zuwinkte. Sofort stieg mir der stechende Geruch von Desinfektionsmittel in die Nase, nach dem ich durch meine vielen Besuche ein wenig süchtig geworden war.

Ich ließ die Wuselnden und Wartenden hinter mir und hastete in den Aufzug. Im dritten Stock angekommen, ging ich an einigen Türen vorbei, bis ich schließlich vor Moms Zimmer stand.

Aktuell lag sie hier allein. Ihre Zimmergenossin war letzte Woche entlassen worden. Ich klopfte, öffnete die Tür und trat ein. Eine ältere Dame blinzelte mir entgegen.

Mein Gesicht musste mindestens genauso verwirrt aussehen, wie ihres.

»O, entschuldigen Sie bitte, ich muss mich im Zimmer geirrt haben.«

Vorsichtig schloss ich die Tür und prüfte, ob ich im richtigen Stockwerk war. Und das war ich. Seltsam. Hatten sie Mom etwa verlegt? Mit dem Aufzug fuhr ich erneut ins Erdgeschoss und eilte auf den Empfang zu.

»Ms. Bernard?« Ihre Augenbrauen schossen in die Höhe und ihr beschäftigter Gesichtsausdruck wurde sonnig warm.

»Hallo Liz.«

»Wurde Mom verlegt? Sie liegt nicht auf ihrem Zimmer.«

Sie zog ihre Lesebrille vom Kopf und setzte sie sich auf die Nase. »Moment, ich schaue mal nach.« Ihre Finger tippten etwas auf der Tastatur, dabei sah sie konzentriert in den Bildschirm. Als sie mich wieder ansah, wirkte sie irgendwie anders. Immer noch freundlich, aber anders.

»Sie wurde auf die Palliativstation verlegt. Im Erdgeschoss. Zimmer 23.«

Ich hatte keine Ahnung, was das bedeutete. Möglicherweise hatten sie ihre Therapie angepasst. »Moment, ich bringe dich hin.«

Schweigend folgte ich ihr nach links an der Cafeteria vorbei einen Gang entlang. Wir gingen an einer Terrassentür vorbei, die Zugang zu einem kleinen Garten bot. Als wir ganz in der Nähe am Türrahmen stehen blieben, deutete sie mir mit der Hand an, den Raum zu betreten, und verabschiedete sich mit einem liebevollen Lächeln. Wow, das neue Zimmer war viel hübscher als das alte. Hier lag Laminat und die Möbel, sogar das Bett, hatten eine Holzoptik. Es sah aus, wie ein Zuhause. Auf dem Tisch standen rote Blumen, die Wände waren in einem fröhlichen Gelb gestrichen und die Bettwäsche war hellgrün. Wirklich schön. Warm und gemütlich.

Ich hatte heute vorgehabt, das normalerweise triste Krankenzimmer mit Freude zu füllen. Eben genau wie Jason. Er schaffte es einfach immer die dunklen Nischen in meinem Herzen zu erhellen. Aber offenbar hatte Mom das gar nicht nötig. Ich freute mich für sie.

Da sie in Gedanken versunken schien, klopfte ich gegen den Türrahmen, bevor ich eintrat.

»Hi, Mom«, flüsterte ich. Sie wirkte etwas verschlafen.

Ihr Krebs verlangte uns einiges ab. Manchmal ging es ihr schlechter, an anderen Tagen hatten wir die Hoffnung, dass sie schon übermorgen wieder gesund sein würde. Offenbar ging es ihr plötzlich viel besser, denn in ihrem neuen Zimmer gab es keinerlei Geräte. Kein Beatmungsgerät, kein Monitor, nichts. Lediglich einen Notfallknopf, der am Bettgalgen über ihr hing.

Sie drehte den Kopf und lächelte mich aus dem Krankenbett heraus an.

»Alles Gute zum Geburtstag mein Schatz.« Dabei setzte sie sich nicht wie gewohnt auf, um mich zu begrüßen. »Wie geht es dir?«

»Danke. Mir geht's gut. Wir haben gestern gegrillt und es gab jede Menge Kuchen.«

»Das klingt nach einem wunderschönen Tag. Tut mir leid, dass ich nicht dabei sein konnte.« Ihre Mundwinkel hoben sich kurz an. Der traurige Ausdruck in ihren Augen wandelte sich, als sie mit einer Kopfbewegung auf ihr Betttischchen deutete.

»Öffne die oberste Schublade. Ich hab' ein Geschenk für dich.« Sie drückte sich in eine Sitzposition hoch. Ihr Gesicht war dabei mühsam verzogen und wirkte, im hereinstrahlenden Licht der Mittagssonne, blasser als sonst. Komisch, ich dachte, ihr würde es schon besser gehen.

Das Geschenk war klein, viereckig und in buntem Geschenkpapier aufwendig zurechtgemacht. Ich quietschte und warf mich auf ihr Bett, um sofort mit dem Auspacken zu beginnen. Die Klebestreifen waren störrisch. Das schöne Papier einfach aufzureißen hätte kindisch gewirkt. Außerdem wollte ich die Verpackung und die Situation angemessen wertschätzen. Also zügelte ich mich und ließ es, so gut es ging, heil. Ich legte die ganze Dekoration beiseite und begutachtete eine kleine Schatulle.

Mom lächelte breit. In ihrer Nase steckten keinerlei Schläuche, die ihr, wie sonst, beim Atmen halfen. Ohne sah sie so viel lebendiger aus.

Nur für den Fall, dass die Schatulle selbst das Geschenk war, ließ ich mir auch dabei Zeit. Ich warf Mom einen neugierigen Blick zu, bevor ich den Deckel mit zwei Fingern anhob. Eine Kette, mit einem kleinen schlichten silbernen Herz als Anhänger, glitzerte mir entgegen. Sie war wunderschön. Ich nahm sie in die Hand, um sie an Mom zu übergeben, die mit beiden Händen nach den Enden griff. Mit dem Rücken zu ihr gedreht, hielt ich inne. Das kühle Silber wurde schon nach kurzer Zeit warm. Spätestens als ich mit der Hand danach tastete und den Anhänger in die Mitte rückte. Sie passte perfekt.

»Die Kette ist toll! Danke Mom«, drehte ich mich zu ihr und umklammerte sie wie ein Äffchen. Unser Lachen erfüllte den Raum. Ihr Kichern hingegen mündete in ein erschöpftes Röcheln. »Du siehst wunderhübsch aus«, krächzte sie und tätschelte meinen Kopf. Sie schien glücklich. Doch ich sah noch etwas anderes in ihren Augen, das sie zu verbergen versuchte. Besorgnis etwa?

Ich wollte sie fragen, was es mit dem neuen Zimmer auf sich hatte, aber sie schien noch etwas hinzufügen zu wollen.

»Hör zu, Kleines. Ich habe noch ein Geschenk für dich.«

Ich blinzelte. »Noch eins?«

»Erinnerst du dich noch daran, wie ich dir letzte Woche von Isabelle erzählt habe?«

Ich nickte, gespannt auf das, was sie zu sagen hatte.

Moms alte Schulfreundin hatte einen ihrer seltenen

Besuche bereits letzte Woche angekündigt. War das etwa heute?

»Es ist nicht leicht. Für keinen von uns.« Sie atmete schwer und auf ihrer Stimme lag das Gewicht von einer Tonne Steine. Sie wollte es vor mir verbergen. Das entging mir nicht, denn sie sah auf ihre Bettdecke. Ich schluckte.

Bitte lass es nichts Schlimmes sein. Nicht so kurz nach meinem Geburtstag.

»Mir geht es nicht so gut zurzeit.« Ein Schock durchfuhr mich und ließ mein Blut für kurze Zeit gefrieren. Hatte ich die Situation mit dem Zimmer falsch eingeschätzt? Sie pausierte und nahm einen lautvollen Atemzug. So viel zu sprechen fiel ihr offenbar schwer. »Ich weiß, es mag ein riesen Schritt sein, aber Isabelle hat angeboten, dass du zu ihnen nach Miami ziehen könntest. Sie haben ein großes Haus. Du hast gute Noten. Du könntest dort ein College besuchen, an einer Universität studieren. Sie würden dich finanziell unterstützen und …«

Ich schüttelte den Kopf. »Warte mal Mom. Was meinst du? Meinst du etwa, ich soll von hier weggehen?«

Sie nickte und starrte dabei für kurze Zeit ins Leere, bevor unsere Blicke sich erneut trafen.

»Ich weiß, das kommt jetzt etwas überraschend, aber lass es dir doch erst einmal durch den Kopf gehen.«

»Und was soll aus *dir* werden Mom?« Tränen stiegen in meine Augen, ich stand auf und meine Stimme wurde lauter. »Auf keinen Fall! Ich gehe auf keinen Fall zu ihr in ihr reiches und blödes Haus in Miami. Ich kenne sie doch überhaupt gar nicht! Außerdem lass ich dich hier nicht allein!«

Moms Augen glänzten. Sie war kurz davor zu weinen. Es fiel ihr eindeutig nicht leicht, mir diesen Vorschlag gemacht zu haben.

»Hör zu.« Sie klopfte mit der Hand auf den Platz neben sich im Bett. Wider der aufkommenden Unruhe, die mich aufforderte, auf und ab zu laufen, setzte ich mich auf die weiche Matratze.

Wie konnte sie nur denken, dass ich sie in dieser Situation allein lassen würde? Sie brauchte mich. Und ich … ich brauchte sie.

»Ich weiß, dass wir heute deinen Geburtstag nachfeiern, und der Zeitpunkt tut mir leid. Wenn ich könnte, hätte ich es dir auch erst später gesagt.« Erschöpft ließ sie die Schultern hängen. Ihre Brust hob und senkte sich, wie nach einem Marathon. »Aber – du musst dich mit deiner Entscheidung beeilen. Ich kann nicht mehr länger warten.«

Abrupt drehte ich mich zu ihr und versuchte, zu verstehen, was sie mir sagen wollte. Sollte das etwa heißen …?

»Mom, heißt das …?«

Mir wurde schlecht. Sofort liefen mir Tränen übers Gesicht.

»Wie lange noch?«

Sie legte einen Arm um meine Schultern und führte meinen Kopf sanft an ihre Brust. Ich spürte ihre tröstliche

Wärme, doch konnte nicht aufhören zu weinen. Der Schmerz des Verlustes baute einen Druck in mir auf, der sich bis hoch in meine Kehle drückte und meine Übelkeit verstärkte.

»Vielleicht noch ein paar Tage«, sagte sie leise resignierend. Aber sie verlor keine Träne. Sie war stark und ich spürte, wie sie all ihre Kraft nutzte, um mich zusammenzuhalten. Wie ihre Sorge *mir* galt, anstatt *ihr*, die im Sterben lag. Über den schlimmsten Fall hatten wir schon ein paar Mal gesprochen, aber ich hasste dieses Thema, genau wie sie. Wir mieden es und investierten all unsere Hoffnungen in ihre Genesung. Und ich dachte wirklich, sie würde es schaffen und demnächst gesund werden. Aber das war offensichtlich dumm gewesen.

Sie würde mich verlassen.

Ich weinte und weinte, und so, wie ich fühlte, immer schwächer zu werden, spürte ich auch den Groll in mir. Ich wollte einen Schuldigen. Jemanden, den ich beschimpfen durfte und der all meine Wut rechtfertigte. Wie konnte mir das Leben das nur antun? Ich hatte meinen Dad doch schon verloren, jetzt auch noch Mom. Überwältigende Einsamkeit legte sich um mich. Als würde mir der Boden unter den Füßen genommen, ertrank ich in einem Meer aus Verzweiflung und Hilflosigkeit.

Instinktiv griff ich nach dem Herzanhänger zwischen meinen Schlüsselbeinen und hielt mich an ihm fest. Es war das Letzte, was Mom mir gegeben hatte. Ihr Herz.

»Ich werde immer bei dir sein, mein Schatz. Vergiss das nicht.«

Am Ende des Satzes versagte ihre Stimme.

Nachdem ich noch eine gefühlte Ewigkeit in ihren Armen geweint hatte, war die Sonne bereits untergegangen. Die Idee, die womöglich letzte Nacht bei ihr im Krankenhaus zu verbringen, konnte mir niemand ausreden. Die Krankenschwestern riefen im Waisenhaus an, um Bescheid zu sagen. Sie brachten mir ein Bett, das ich neben Moms stellte, um ihr so nah wie möglich zu sein. Wir aßen gemeinsam Wackelpudding. Herunter bekam ich aber kaum etwas.

Mom wirkte, als hätte sie sich längst damit abgefunden. Sie war so friedvoll.

Weil ich vorhin so viel geweint hatte und kaum noch Tränen übrig waren, sprachen wir noch mal über Isabelle. Sie würde mich adoptieren. Bei diesem Gedanken bekam ich schon wieder einen Kloß im Hals. Ich dachte an Kim und Melanie, die heute Mittag über eine spontane Adoption gesprochen hatten. Das war dann wohl meine gewesen.

Da meine Mom noch lebte und in diesem Fall also noch ein Teil des Sorgerechts bei ihr lag, konnte die Adoption umso schneller vonstattengehen.

Ein Arzt betrat das Zimmer und las konzentriert in Moms Unterlagen. Er blickte erst sie an, dann mich. Ein wissentliches Nicken und ein letzter Blick zu Mom und er verließ das Zimmer.

Sie hatte mir gebeichtet, dass normalerweise der Arzt das Gespräch mit den Angehörigen suchte und sie über die verbliebenen Tage, Wochen oder Monate informierte, die dem Patienten oder der Patientin noch blieben. Sie wusste es schon seit letzter Woche und hatte mit dem Doktor vereinbart, es mir selbst zu erzählen. Aber weil sie mir die Geburtstagsfeier im Heim nicht vermiesen wollte, hatte sie es erstmal für sich behalten. Nun lag sie seit kurzer Zeit in diesem neuen Zimmer, hatte sich aufgrund des Unvermeidlichen gegen eine weitere Therapie entschieden und bekam nur noch Medikamente, die ihre Symptome betäubten.

Nach einigen Stunden, die wir nebeneinanderlagen und über alles redeten, was nicht mit dem Thema Krankheit und Tod zu tun hatte, hatte ich die Tragik der Situation sogar ein wenig verdrängt.

Wir lachten, als ich ihr erzählte wie Jason und ich die Kuchenkrümel vor Mikes Zimmertür verteilten.

Nur die Tatsache, dass ich im Krankenhaus schlief, erinnerte mich daran, Mom schon bald nie wieder sehen zu können.

Als ich das Licht ausknipste, weil Mom immer schwächer wurde, küsste sie mich auf die Stirn.

»Schätzchen, ich möchte, dass du dir eines merkst.« Ihr Luftholen, wurde durch ein Husten unterbrochen. Ich wartete einen Augenblick, damit sie Zeit hatte sich zu beruhigen. Aber es kam mir ewig vor, also richtete ich mich auf, um das Licht anzuknipsen. Sie saß vornübergebeugt, hielt sich die Hand vor den Mund, drehte sich weg, um mich davor zu schützen, sie so zu sehen. Als könnte diese Geste verstecken, was ich längst wusste. Meine Sorge wandelte sich in Panik, brachte meinen Puls in die Höhe. Sie konnte sich nur schwer beruhigen. War es etwa schon so weit? Ich war noch nicht bereit, sie zu verlieren. Sollte ich den Notrufknopf drücken? Ich streckte mich danach, doch bevor ich Hilfe rufen konnte, hielt mich ihre samtige Hand sanft am Arm. Sie hatte den Kampf für diesen Moment gewonnen, sodass sich mein verkrampfter Körper etwas entspannte. »Egal, was passiert ...«, röchelte sie. »Ich werde immer bei dir sein.« Das sagte sie bereits heute Mittag, aber es klang nach einem schwachen Trost. Ich brauchte sie hier. Bei mir. »Du bist stark, wunderhübsch und gutmütig. Ich bin stolz auf dich. Vergiss das nie.«

Ein kalter Schauer rann meine Wirbelsäule entlang und ließ meinen Körper erzittern, während ich mich wieder in die Laken sinken ließ. Die zurückgehaltene Trauer verstopfte meinen Hals und machte mich sprachlos. Ich liebte sie so sehr. Aber was konnte ich schon sagen, dass auch nur ansatzweise andeutete, was ich tief in mir für sie empfand.

»Gute Nacht mein Schatz.« Sogar ihr Flüstern klang

krächzend und rau. »Ich liebe dich.«

»Danke, Mom«, flüsterte ich. Zu Sprechen bat all den Emotionen, die mich plagten zu viel Luft. Und sie sollten vergehen, bevor ich sie fühlen konnte. Denn sollten sie die Welt erblicken, würden sie mich vollkommen einnehmen und nie mehr gehen lassen. »Ich liebe dich auch, Mom.« Dann versagte meine Stimme.

Selbst als schon einige Zeit vergangen war, bekam ich immer noch kein Auge zu. Ich konnte nur daran denken, wie alles in meinem Leben plötzlich kopfstand. Wie sollte das alles nun ablaufen, so ohne Mom, ohne Dad, ohne meine Freunde? Ich weinte noch einige Zeit, leise, um sie nicht zu stören, bis ich schließlich einschlief.

♡

Am nächsten Morgen wachte ich durch die Geräusche auf, die das Krankenhausleben mit sich brachte. Geklapper, leise Gespräche, irgendwo klingelte ein Telefon. Ich öffnete die Augen und schaute zu Mom. Sie sah anders aus. Noch blasser als gestern. Ihre Hand fühlte sich ungewohnt kühl an.

Ich flüsterte: »Mom?«, keine Reaktion.

Ich schüttelte sie leicht. »Mom?«

Immer noch keine Reaktion.

Ich schrie: »Mom?«

Schnell griff ich zur Notfallklingel und betätigte mit zitternden Händen den Knopf.

»Mom! Ich habe einen Arzt gerufen. Halte durch!« Meine Worte gingen in ein Weinen über. Es sprudelte flehend über meine Lippen.

Der Doktor und eine Schwester eilten ins Zimmer.

Ich schrie erneut nach ihr, doch sie reagierte immer noch nicht.

Regungslos starrte ich den Arzt an, der ihre Vitalzeichen prüfte und etwas auf dem Klemmbrett notierte.

Daraufhin warf ich mich auf sie, um sie so fest zu umarmen, wie ich konnte. Als würde die Liebe, die ich für sie empfand, sie aufwecken. Vielleicht brauchte sie nur Hilfe. Möglicherweise war es noch nicht zu spät. Ich konnte nicht fassen, dass sie völlig regungslos dalag und niemand etwas dagegen unternahm. »Wieso helfen Sie ihr nicht? Bitte … jemand muss ihr helfen.«

Die Schwester packte mich an den Schultern, zog mich von Mom weg und führte mich mit sich in den Gang. Zitternd und durcheinander griff ich mir fassungslos in den vom Liegen verwuschelten Zopf. Was sollte ich jetzt bloß tun? Mom, komm zurück. Lass mich nicht allein.

Der Arzt kam auf mich zugelaufen, blieb vor mir stehen und legte mir seine Hand an die Schulter.

»Ich kann mir vorstellen, wie sehr dir das jetzt weh tut, aber deine Mom ist heute Nacht verstorben.« Seine Augen waren trocken, aber er wirkte dennoch mitfühlend. »Mein

Beileid.«

Diese endgültige Einschätzung brach einen Damm in mir, sodass die Trauer durch meinen gesamten Körper fuhr und ich fürchtete, noch hier und jetzt zusammenzubrechen. Meine Beine drohten nachzugeben, so sehr weinte ich.

Die Schwester ging in die Hocke, hielt mich stützend am Arm und sah mir tief in die Augen. »Es ist schwer, jemanden gehen zu lassen. Trotzdem wird alles wieder gut.«

»Alles wird gut?«, blaffte ich sie mit entsetzter Miene und tränennassem Gesicht an. »Meine Mom ist neben mir gestorben und Sie sagen, alles würde gut werden?« Erneut weinte ich. Darüber, dass sie keine Ahnung hatten, wie es war, seine Mutter zu verlieren und völlig allein zu bleiben. Meine Mom war fort. Sie würde nie mehr wiederkommen.

Die Schwester rückte beiseite, sodass sich jetzt der Arzt zu mir beugte. Er umfasste meine Schultern, schüttelte mich sanft, was meine Gedanken kurzzeitig zerstreute. »Es war ihr ausdrücklicher Wunsch gewesen«, sagte er ruhig, aber mit bestimmter Stimme. »Sie hat uns vor einigen Tagen gebeten, sie von allen Maschinen zu entfernen, um ihre letzten Stunden mit dir in Normalität verbringen zu können.«

»Aber … aber sie meinte doch, sie hätte noch ein paar Tage.«

Der Arzt blickte kurz zur Schwester. »Sie hat dir das

wahrscheinlich gesagt, weil sie wusste, du würdest sonst niemals einschlafen. Ihr letzter Wille war, dass du die schönen Momente in Erinnerung behältst.«

Alles, an was ich in diesem Moment denken konnte, war an ihren Tod? Wie sollte das an mir vorbeigehen? Glaubte sie, unwissend neben ihrem leblosen Körper aufzuwachen, war besser, als es mir vorher zu sagen? Ich verstand die Welt nicht mehr. Wieso akzeptierten alle, dass sie mich einfach verlassen hatte?

Der Doktor verstaute seinen Kulli in der Kitteltasche. »Du darfst das deiner Mom nicht übelnehmen. Nimm bitte deine Sachen und warte draußen. Die Krankenschwestern werden dafür sorgen, dass du abgeholt wirst.« Er zeigte Richtung Empfang.

Ich hielt kurz inne. Dann ging ich an ihm vorbei. Das musste ein Albtraum sein, aus dem ich gleich wieder aufwachen würde. Im Gang begann ich zu rennen. Wach auf. Ich wollte hier raus. Das konnte nicht die Realität sein. Eine Krankenschwester versuchte, nach mir zu greifen, aber ich riss mich von ihr los. Als ich endlich den Ausgang erreichte, sprintete ich mir all die Wut und die Trauer von der Seele. Aber es war unmöglich. Mein Herz zerriss in tausend Stücke. Mom, Wo bist du? Wieso hast du mich allein gelassen?

Mein Inneres kreischte. Die Welt um mich herum verschwamm. Kurz verlor ich die Orientierung und musste langsamer gehen, um meinen Tränen Luft zu geben. Als ich das Waisenhaus erreichte, fühlten sich meine Beine schwer an. Meine Lunge brannte.

Am Eingang kam mir Schwester Anna entgegen, die mich kurz in den Arm nahm. Ich vergrub mich in ihrer Kluft und weinte bitterlich. Erst als meine Beine nicht mehr nachgaben, begleitete sie mich hinein. Ich hielt mich an ihrem Ärmel fest, da ich kaum fähig war, mich selbst zu tragen.

Im Augenwinkel glaubte ich die Oberschwester in ihrem Büro erleichtert aufatmen zu sehen. Sie bestätigte meine Ankunft und legte den Telefonhörer auf. Ich hatte keine Ahnung, wie viel Zeit vergangen war.

Anstatt mich in mein Zimmer zurückzuziehen, schleppte ich mich immer noch weinend, zu Jasons Zimmer. Ohne anzuklopfen, öffnete ich die Tür und … der Raum war leer.

Er hätte auf seinem Zimmer sein sollen. Er hätte da sein sollen.

KAPITEL 4

Liz

10 Jahre später

Alte, neue und gute Zeiten

Ich schnappte mir meine Bücher und meinen Laptop. Den leeren Spint zu schließen und den Kaffee in meiner Hand dabei nicht zu verschütten, war gar nicht so leicht, aber ich schaffte es. Vorbei an wuselnden Studierenden spazierte ich zum Ausgang des Universitätsgebäudes.

Die klimatisierte Raumluft wich dem für Miami typischen Wind, der jetzt um meine nackten Beine wehte. Ich spürte ihn sogar unter meiner weißen Bluse, die vorne in meiner Jeans Shorts steckte.

Hier an der Küste hatte ich mich erst einmal an das so ganz andere tropisch-feuchte Klima gewöhnen müssen. Es war das ganze Jahr über warm und im Sommer wich die Sonne oft kurzen Regengüssen. Ganz im Gegenteil zu dem, was ich in Massachusetts erlebt hatte.

Die immerzu belebten Straßen und der viele Prunk, weiße Strände und Palmen – das Leben hier war wie ein ganzjähriger Badeurlaub, wenn man das so wollte.

Das war also mein letzter Tag an der Uni. Nach nunmehr fünf Jahren schritt ich ein letztes Mal über den Campus und spürte einen Hauch von Melancholie meine Kehle hinaufwandern.

Auf dem Parkplatz winkte ich meinen ehemaligen Kommilitonen Kate, Jess und Liam beim Vorbeigehen zum Abschied, bevor ich die Fahrerseite meines weißen Beetle Cabrio öffnete.

Als ich auf die Hauptstraße einbog, sah ich die Uni im Rückspiegel immer kleiner werden. Seltsam, wie man die Dinge einfach so zurückließ und die Erinnerungen daran, nur noch in der Fantasie zu existieren schienen.

Ich hatte dort zwar einige Leute kennengelernt, mit denen ich auch irgendwie befreundet war, aber ich hatte Schwierigkeiten gehabt, sie wirklich an mich heranzulassen. Sie waren anders als ich, hatten immer in guten Verhältnissen gelebt und eine intakte Familie gehabt. Durch die Krankenhausrechnung meiner Mom und die Tatsache, dass mein Dad uns damals verlassen hatte, mussten wir ganz schön zurückstecken. Am Ende hatte es nur gereicht, weil Isabelle meiner Mom finanziell unter die Arme gegriffen hatte, wie ich später erfuhr. Ihre Freundschaft zu Mom musste innig gewesen sein. Sie hatten sich Briefe geschrieben und oft telefoniert. Als Dad immer mehr zum Trinker wurde, hatte sich ihre freundschaftliche Bindung sogar noch verstärkt. Für mich hingegen war Isabelle nur eine Fremde gewesen, die selten zu Besuch kam.

Dass Isabelle und Paul mich bei sich aufgenommen hatten, als meine Mom verstorben war, bedeutete mir viel. Sie unterstützten mich nicht nur finanziell, sondern auch emotional. Das wusste ich mittlerweile zu schätzen.

Als ich frisch hergezogen war, konnte ich mich nicht wirklich damit anfreunden. Es war so, als hätte jemand einen Strich unter mein altes Leben gesetzt und das hatte mich völlig aus der Bahn geworfen. Ich hatte erst einmal die Orientierung verloren und jeden, der versuchte sich mir zu nähern, weggestoßen. Besonders Isabelle.

Irgendwann hatte ich die Mauer um mich herum eingerissen, weil ich verstanden hatte, wie wichtig es ihr war, für mich da zu sein. Sie hatte mir anvertraut, sich immer gewünscht zu haben, Mutter zu werden. Dass sie keine Kinder bekommen konnte, hätte ich früher erfahren sollen. Dann hätte ich vermutlich schneller verstanden, warum sie diese Unmengen an mütterliche Liebe zu geben hatte. Und das, trotz meines anfänglich abwehrenden Verhaltens.

Mich ihr und Paul zu öffnen, war das Heilsamste, was ich nach Langem erfahren durfte. Ich hatte einen Weg gefunden, wieder glücklich zu sein. Und darüber war ich unendlich froh.

Nach mittlerweile zehn Jahren in Miami fühlte ich mich hier zu Hause.

Mein Architekturstudium erfolgreich abgeschlossen zu haben, eröffnete mir berufliche Perspektiven, von denen ich früher nicht zu träumen wagte.

In meinem Umfeld drehte sich alles um das Business, geschäftliche Kontakte oder um Partys in exklusiven Clubs. Auch meine Adoptiveltern waren erfolgreiche Unternehmer.

Und irgendwie spürte ich den Impuls, mich beweisen zu müssen. Einfach, weil ich durch äußere Umstände an dieses Privileg gelangt war. In diese Welt hinein adoptiert worden zu sein, war ein eigenartiger Mix aus Wertschätzung und gesellschaftlichem Leistungsdruck.

Das nächtliche Feiern auf Yachten, der teuerste Champagner und Marken wie Gucci und Prada waren plötzlich Teil meiner Welt. Wie ich wenig überraschend feststellen musste, war das nicht so mein Ding. Erst in die Kunst guten Benehmens in höherer Gesellschaft eingeweiht zu werden, um dann zu sehen, wie der Champagner, das Kokain und Reste vom Häppchenbuffet den Außenbereich der Yacht ummantelten, war nicht so amüsant. Nichtsdestotrotz wusste ich die Vorteile in meinem neuen Leben zu schätzen.

Ich hatte eine Art und Weise entdeckt, die teilweise exzentrischen Bedürfnisse und Umgangsweisen der Schönen und Reichen zu akzeptieren. Genauso, wie deren Hang zu extremen Gegensätzen.

Das war relativ konträr zu dem, was ich in meinem früheren Zuhause erlebt hatte. Mom hatte halbtags in einer Boutique gearbeitet, während Dad seiner Handwerkstätigkeit nachging. Aus seinen Feierabendbieren wurden abendliche Saufeinlagen und die Dinge nahmen ihren

Lauf. Mom war psychisch irgendwann nicht mehr in der Lage gewesen arbeiten zu gehen und als Dad uns dann schließlich verließ, wurde sie krank.

Hier in Miami konnte es für mich also nur aufwärtsgehen.

Ich hatte ein wunderschönes Zimmer, bekam alles, was ich mir wünschte – was damals nicht viel und vor allem nichts Materielles war. An den Luxus gewöhnte ich mich und ließ es zu, mich daran zu erfreuen. Die Etikette durchschaute und verinnerlichte ich schnell. Hatte ich auf eine Party oder ein Beisammensein keine Lust, ließen Isabelle und Paul mir den Freiraum, den ich brauchte. Außerdem entdeckte ich meine Liebe für regelmäßigen Laufsport, besuchte einen privaten Spanischkurs und lernte das Klavierspielen. Die Zeit, die ich auf diese Weise allein verbrachte, half mir Ausgleich zu finden.

Auch mit meiner schulischen Leistung war es bergauf gegangen.

Wenn ich also so in den Rückspiegel blickte, musste ich zugeben, war es an der Zeit nach vorn zu schauen.

Nicht nur, weil ich den Straßenverkehr überleben und sicher zu Hause ankommen wollte, sondern weil ich bereit war, etwas Neues zu beginnen.

Auf die Abschlussparty morgen, die Isabelle und Paul für mich ausrichteten, freute ich mich schon. Einige ihrer Freunde, Bekannte und Verwandte würden da sein. Eine schöne Geste. Sie stellte einen Meilenstein für mich dar

– ein weiterer Schritt in ein völlig eigenständiges Leben.

Denn auch wenn ich über ihre Hilfe froh war, fühlte ich das Bedürfnis, ihnen nicht länger auf der Tasche zu liegen. Ich war schon 25 Jahre alt und wohnte immer noch bei meinen Zieheltern. Dabei hatte ich schon vor einer Weile ausziehen wollen, aber es fehlte mir an Ersparnissen. Und da Isabelle und Paul bereits für mein Studium und mein Auto aufgekommen waren und ich zu Hause auch keine Miete zahlte, würde ich ihr Angebot, mir auch noch eine Wohnung zu finanzieren, niemals annehmen. Das war auch der Grund, warum ich mir einen Nebenjob gesucht hatte. Drei Tage pro Woche hatte ich als Küchenhilfe in Ralph's Diner gearbeitet, was nur wenige Schritte vom Campus entfernt war.

Paul war zu Beginn wenig begeistert gewesen. Wenn ich schon unbedingt arbeiten wollte, meinte er, würde er mir einen Job in der eigenen Firma oder der eines Verwandten oder Bekannten verschaffen. Er hatte eher an Büroarbeit oder auch einen Job als Kellnerin in einem angesehenen Restaurant gedacht und nicht in einem Lokal, dass hauptsächlich von Studenten besucht wurde. Aber ich wollte es aus eigener Kraft schaffen.

Ein Praktikum oder ein Nebenjob in einem Architekturbüro wäre wahrscheinlich lukrativer gewesen, aber so war es völlig in Ordnung. Ich traf nette Leute, tauschte mich mit ihnen aus und es brachte mir Abwechslung zu den Themen im Studium. Da das jedoch nun hinter mir lag, hatte ich den Job dort gekündigt. Jetzt brauchte ich eine neue, richtige Arbeitsstelle, dann konnte ich mir schon bald mein eigenes Leben leisten.

Die großzügige Einfahrt der Villa war bereits festlich geschmückt. Ich parkte meinen Wagen zwischen dem Ferrari Daytona und dem Mercedes Cabrio in der offenen Garage und folgte den Pflastersteinen zum Hauseingang.

Die laue Luft war perfekt, um eine Runde joggen zu gehen, den Kopf frei zu bekommen. Danach gab es sicherlich noch ein paar Vorbereitungen für morgen, bei denen ich Isabelle und unserer Hausgehilfin Margarita zur Hand gehen konnte.

♡

Der mintgrüne Stoff schmiegte sich eng an meine Hüften. Zufrieden betrachtete ich mein Spiegelbild.

Das Kleid passte perfekt. Isabelle hatte es mir extra für diesen Anlass gekauft. Es reichte mir bis zu den Knien und fiel nach unten hin locker aus.

Sommerlich, aber dennoch festlich.

Die blonden Haare ließ ich offen über meine Schultern fallen. Nur die Strähnen, die mir ins Gesicht fielen, fasste ich mit einer diamantbesetzten Haarnadel an meinem Hinterkopf zusammen.

Ich tastete an meinem Hals nach meiner Herzkette und sah sie mich im Spiegel umfassen.

»Wenn dich deine Mom nur sehen könnte. Sie wäre so stolz auf dich.« Isabelle legte eine Hand auf meine Schulter und betrachtete mich aus entzückten Augen.

Zur Antwort strahlte ich ihr entgegen. Ihr hellgraues Kleid aus Satinstoff, mit weißen Elementen aus Spitze, ließ sie zurückhaltend wirken. Ein Seidenumhang bedeckte ihre Arme und eine ihrer braunen Locken fiel ihr als Strähne ins Gesicht. Ich wusste nicht, ob es stimmte, aber es kam mir vor, als hätte sie sich bewusst für einen zarten Farbton Ihres Kleids entschieden, um mir zu signalisieren, dass sich der heutige Abend, den sie beide mir unbedingt schenken wollten, nur um *mich* drehte. Eine Geste, die mich freute und gleichsam nervös machte.

»Bist du soweit? Die Gäste werden sicher gleich da sein«, fügte sie hinzu.

Ich nickte und konnte sehen wie sie sich ein paar Freudentränen verdrückte, bevor sie den Raum verließ. Ein letzter Blick in den Spiegel, dann machte ich mich ebenso auf den Weg nach unten.

Kurz darauf erschienen auch schon die ersten Gäste und beglückwünschten mich. Die meisten ließen ihre Gratulation mit oberflächlichem Small Talk ausklingen, während die Kellnerinnen und Kellner vom Catering den Champagner verteilten. Weitere Gäste trudelten ein. Das Wohnzimmer und die Terrasse füllten sich. Die Präsente sammelte ich auf einem Tisch im Eingangsbereich.

Ich war gerade dabei ein Gespräch zu beginnen, da erschienen die Garcias im Eingangsbereich. Eric Garcia und sein Vater. Als ich neu in die Familie kam und vielen missbilligenden Blicken von angeblichen Freunden und Bekannten trotzen musste, hatte Eric mich in die Welt der Reichen eingeführt.

Er hatte mich auf meine erste Yacht-Party mitgenommen, mir einige Promis vorgestellt und mir sogar mal eine Line angeboten, die ich bis heute nicht gezogen hatte. Würde ich auch nie. Wenn ich etwas behalten wollte, dann war es mein Verstand.

Nachdem Isabelle ihnen entgegengeeilt war und sie begrüßt hatte, folgte ich ihr in den großräumigen Flur. Die Glückwünsche von Mr. Garcia fielen kurz und distanziert aus. Er steuerte an mir vorbei, sodass Eric freie Sicht hatte, um mich mit seinen halbmondförmigen Augen ausgiebig zu mustern. Sein arrogantes Lächeln trug er so selbstverständlich wie ich Moms Kette. Bis heute hatte er nie von seinen familiären Wurzeln erzählt, aber er strahlte dieses spanisch-mexikanische Feuer aus. Gefährlich und hypnotisierend bei gleichzeitiger Distanz.

Er öffnete den Knopf seines dunkelblauen Jacketts. Dadurch kam sein weißes, figurbetontes Hemd zum Vorschein, bei dem die oberen Knöpfe offen standen.

Zur Begrüßung kam er mir nah und deutete einen Kuss auf meine linke Wange an. Ich hatte dabei genug Zeit jede einzelne Nuance seines Aftershaves zu erraten. Holzig, tief. Ein dunkler, schwerer, aber leicht süßlicher Duft, von dem ich nicht genug bekam.

»Wie ich gehört habe, hast du deinen Abschluss geschafft.« Seine lächelnden Augen sahen in die Ferne, bevor er mich erneut anblickte.

»Wie *ich* gehört habe, gibt es sogar eine Party«, witzelte ich.

Der perfekt sitzende Smoking betonte seine muskulöse, definierte Statur. Das dunkle Haar warf eine leichte Tolle. Modern. Ich würde nicht abstreiten, dass er wahnsinnig attraktiv war. Das hatte ich nie. Aber er gehörte zu der Sorte Mann, um die sich die Frauen scharten.

Und das nutzte er, wenn ihm gerade danach war, ohne jegliche Zurückhaltung aus. Daher hatte ich ihn, zu meiner eigenen Sicherheit, immer als einen Freund betrachtet. Ein paar Mal waren wir ausgegangen oder hatten über Instagram getextet. Ich mochte ihn, vor allem weil ich ihm nie vergessen würde, dass er damals neben Isabelle und Paul der Einzige war, der mir eine Chance geben wollte.

Nur der dunkle Schatten, den sein Vater ab und zu auf ihn warf, konnte ihn in einen instabilen Zustand versetzen.

Wenn diesbezüglich etwas vorfiel, stürzte er sich immer auf die nächste beliebige Yacht-Party und verschwand mit irgendwelchen knapp bekleideten Bitches und etwas weißem Schnee in einem Nebenraum. Das war seine Art, mit Belastungen umzugehen.

Ich gab mir Mühe, mir nicht anmerken zu lassen, wie anziehend er war. Ich wollte nicht zu der Sorte Frau gehören, denen man mit einem wedelnden Geldschein und ein paar Komplimenten die Sicht vernebelte.

»Die echten Parties finden doch aber nach der Party statt«, klärte er mich mit einem verführerischen Grinsen auf, bevor er mir einen verschlagenen Blick zuwarf und zurück zur Terrasse ging, um weitere Gäste zu begrüßen.

Ich schüttelte den Kopf und biss mir auf die Unterlippe, um zu verhindern, dass meine Lippen sein Lächeln anstandslos erwiderten.

Nach etwa einer halben Stunde waren alle Geladenen eingetroffen. Es hatte sich ein Ambiente von Gläserklirren, leiser Jazz-Musik der Band und angeheiterten Gesprächen gebildet. Die Musik stoppte und knisternde Mikrofongeräusche erfüllten den Raum für einen kurzen Moment. Paul stand auf der Bühne und holte tief Luft, bevor er mit seinem Champagnerglas einen Toast einleitete.

Es endete mit ein, zwei Freudentränen meinerseits und vielen mehr von Isabelle sowie weitreichendem Applaus. Die Jazz-Band fing anschließend wieder zu spielen an und Häppchen machten die Runde. Leichte Kaviarschnitten, dann Gegrilltes am Spieß und schließlich Dessert und Käseplatten.

Nach vier Stunden war es fast dunkel. Die Gäste tanzten zu unterhaltsamer Swing-Musik und es wurde sich ausgelassen in Gruppen unterhalten. Vom Champagner hatte ich definitiv genug, auch wenn er mich beflügelte. Daher war die frische Abendluft auf der Terrasse eine Wohltat für meine heißen Wangen.

Im Gespräch mit Martha Maloon, einer Bekannten von Isabelle, fühlte ich mich beobachtet. Als ich mich umblickte, sah ich Eric mir zuprosten. Ich lächelte ihm kokett entgegen, drehte mich dann aber wieder zu Martha. Einige Minuten vergingen. Wir debattierten über bekannte Powerfrauen und sprachen über ihre erst kurz zurückliegende Selbstfindungsreise nach Indien, bis sie sich entschuldigte und gut gelaunt davonging. Da ich keine Blicke mehr auf mir spürte, folgte ich dem Drang, mich nach Eric umzudrehen. Doch er war nirgends zu sehen. Als ich mich wieder umwandte, stand er direkt vor mir. Ich schnappte nach Luft. Und weil ich mich besonders ertappt fühlte, nahm mein Herz die Überholspur und ließ meinen Puls in ungeahnte Höhen steigen.

Ich taumelte, weil er mir viel zu nah war und der ganze Champagner meinen Gleichgewichtssinn störte, was mich auf meinen Heels beinahe zu Fall brachte.

Er platzierte seine Hand stützend auf meinem Rücken. »Perdóneme. Ich wollte dich nicht erschrecken.«

Wieso befand sich der Outdoorpool bloß auf der anderen Seite des Hauses? Sie hätten ihn genau hier bauen sollen. Nach diesem Schock konnte mein wahrscheinlich hochroter Kopf eine Abkühlung gebrauchen.

Dass ich in seiner Nähe verlegen wurde, war definitiv nicht gut.

Er nahm wieder etwas Abstand und hielt eine ganze

Flasche Champagner in die Höhe. Die Fragezeichen in seinen Augen waren vielversprechend. Nachdem ich nicht sofort ablehnte, wandelten sie sich zu bestimmenden Ausrufezeichen, eingewickelt in seinen unwiderstehlichen Charme. Ich hatte mit fast jedem hier angestoßen. Gerade ihm konnte ich das sowieso nicht verwehren, also streckte ich ihm zur Antwort mein Glas entgegen. Das sollte mein Letztes sein.

Nach dem ersten Schluck legte sich die Nervosität etwas, die ich in meiner Magengegend fühlte. Eric war bereits ein paar Schritte gegangen. Mein Blick folgte ihm, aber ich wollte ihm nicht einfach unaufgefordert nachgehen.

»Was hast du vor?« Ich musste schon fast rufen, weil die Musik mich übertönte.

Mit einem Nicken in Richtung Garten machte er mich neugierig. Wir schlenderten einige Meter nebeneinander auf den Pflastersteinen, vorbei an den gepflegten Beeten. Der Garten war wie ein Park angelegt. Es gab einen romantischen Pavillon und sogar einen kleinen Teich mit Brunnen. Isabelle ließ ihrem grünen Daumen und ihrer Kreativität hier gerne freien Lauf. Man konnte ihre Liebe zum Detail in jeder Ecke bewundern.

»Und? Was hast du jetzt mit diesem hervorragenden Abschluss vor?« Anerkennung schwang in seiner Stimme mit. Wir setzten uns auf eine abgelegene Steintreppe umgeben von Gartenlichtern. Die angenehme Abendluft passte zu meinem Gemütszustand und die Geräuschkulisse war ein fernes Theaterstück, das nur der Hintergrundatmosphäre diente.

»Ich werde nach einem Job als Architektin suchen.«

Ich konnte ihn im Augenwinkel befürwortend nicken sehen. »Schon eine Idee wo?« Er stellte die Champagnerflasche zwischen uns auf den warmen Steinboden. Sein direkter Blick musterte mich von Fuß bis Kopf.

Wenn er mich so ansah, fühlte es sich an, als wäre ich nackt. Und da ich mir aufgrund des Alkoholpegels nicht über den Weg traute, wollte ich nicht auf meine Sinne hören, die sich wünschten, dass nicht nur seine Augen mich erforschten. Seine Pupillen waren geweitet und tasteten jeden Zentimeter meines Körpers schamlos ab. Eine Welle der Gänsehaut fegte über meine Oberarme. Ich strich mit meinen heißen Händen darüber und hoffte, dass ihm dieses Anzeichen der Schwäche entging, denn ich würde ihm unter keinen Umständen verfallen. Aus welchen Gründen noch mal? Das hatte mich der Alkohol irgendwie vergessen lassen. Ich räusperte mich, um meine eigenen Gedanken zu unterbrechen und mich davor zu bewahren meine Meinung über ihn zu ändern. »Bisher nicht. Aber es wird sich schon etwas auftun.«

Eine kurze Pause folgte. Wir schauten in die Ferne und ich nutzte den Moment, um durchzuatmen.

»Würdest du auch einen Job in meiner Firma annehmen?«, fragte er und musterte mich erneut. Oh Gott, er musste das dringend lassen!

»Wie meinst du das?«, hakte ich nach und konnte mir aufgrund meiner unanständigen Gedanken im Moment nichts darunter vorstellen. Ich war schließlich gelernte Architektin und keine IT-Spezialistin, Buchhalterin oder Assistentin der Geschäftsführung, wie sie in seinem Unternehmen tätig waren. Auch wenn sein Angebot mir schmeichelte, überraschte es mich, dass er dabei an mich dachte. Daher war ich lieber auf der Hut. Und auch weil ich Schwierigkeiten hatte, ihm zu folgen, während die Umgebung sich um mich drehte.

»In meiner Abteilung ist aktuell eine Stelle frei. Festanstellung. Gutes Gehalt. Management-Abteilung. Wir suchen jemanden mit einem Architektur-Studium, der uns bei Sicherheitsprojekten unterstützt. Am besten so schnell wie möglich. Es könnte schon am Montag losgehen.«

»Also ist das hier gerade sowas wie ein Bewerbungsgespräch?«, amüsierte ich mich.

»Sowas in der Art.« Daraufhin fiel mir sein Grinsen auf und dass ich ihn noch nie hatte ausgelassen lachen hören. Ob er das überhaupt konnte?

Ein Augenblick verging, in dem ich mir Zeit nahm, meine Worte mit Bedacht zu wählen. »Ich kann das nicht annehmen. Ehrlich. Ich werd schon etwas finden. Ich schaffe das allein.« Geplant war schon morgen mit der Recherche nach Stellenanzeigen zu beginnen. Sein Angebot war zwar entgegenkommend, aber ich erinnerte mich daran, aus eigener Kraft etwas erreichen zu wollen.

»Das hast du doch«, sagte er ernst und schien meine Reaktion genau zu beobachten, bevor er hinzufügte: »Du hast mich aus eigener Kraft überzeugt, dir ein Jobangebot zu machen.«

Ich prustete los und wurde von meiner plötzlichen Offenheit an Emotionen selbst überrumpelt, sodass ich mir die Hand vor den Mund hielt. Schnell rückte ich meinen Sitz wieder gerade und prüfte seinen Ausdruck, um herauszufinden, wie ernst er es meinte. Da seine Augen und seine Lippen lächelten, es aber keine weiteren Anzeichen für einen Scherz gab, dachte ich für eine Sekunde darüber nach zuzusagen. Sein Charme machte es mir nicht leicht abzulehnen. Er war einer der Menschen, denen man ungern widersprach. Als er sonst nichts zur Antwort erhielt, als mein nachdenkliches Schweigen, legte er den Kopf in den Nacken und lehnte sich zurück, wobei er sich mit den Ellenbogen auf der nächsten Stufe abstützte.

»Ich glaube, du nimmst das mit der Eigenständigkeit zu Ernst. Du musst es so oder so aus eigener Kraft schaffen, so hast du doch nur einen leichteren Start. Jeder Mensch hat Vorteile, von denen er im Vergleich zu anderen profitiert. Du solltest also kein schlechtes Gewissen haben, wenn du eine Chance nutzt, die sich in deinem Leben auftut. Im Gegenteil.«

Er hatte nicht ganz unrecht mit dem, was er sagte.

»Ich werde darüber nachdenken«, versprach ich.

Der Glasrand fand meine Lippen und ich nahm einen

letzten Schluck. Endlich war es leer.

»Mach es dir nicht schwerer, als es ist.«

Irgendwas hatten seine Worte an sich. Doch ich konnte das jetzt nicht entscheiden. Ich war wohl noch nie so angetrunken gewesen wie heute. Es war ungewöhnlich für mich, überhaupt zu trinken. Noch vor einigen Jahren hatte ich eine Abneigung gegen jeden einzelnen Tropfen gehegt. Aber – die Zeiten hatten sich geändert. Irgendwann hatte ich verstanden, dass nicht der Alkohol an Dads Ausbrüchen schuld gewesen war, sondern er selbst.

Außerdem war Erics Nähe verunsichernd. Je mehr Angst ich hatte, die Kontrolle zu verlieren, desto mehr trank ich scheinbar. Eine neue Eigenschaft, die ich im Auge behalten musste.

Seine Tigeraugen hypnotisierten mich schon wieder, bevor sie einen Blick auf meine Lippen warfen. Eine zu lange Zeit wurde nichts gesagt. Ein Teil von mir wollte zu gerne wissen, wie – sein Handy klingelte.

Erleichtert zog ich die Luft ein. Das war knapp. Meine Gedanken waren gerade in eine gefährliche Richtung abgedriftet.

Er sah auf das Display, stand auf und hob sich ein paar Meter von mir entfernt das Smartphone ans Ohr. »Ja? … Ja … okay … Ist erledigt.«

Während er antwortete, fiel sein Blick auf die Rolex an seinem Handgelenk.

Ich wartete einen Moment, bevor ich ebenfalls aufstand

und zum Abschied kurz seine Schulter drückte. Gemütlich schlenderte ich zurück zu den anderen Gästen. Dabei gab ich mir Mühe, nicht zu taumeln. Eric telefonierte wohl noch eine ganze Weile, denn er folgte mir nicht.

Gegen Mitternacht verabschiedeten sich alle nach und nach. Es war ein schöner Abend gewesen. Lange dachte ich noch über Erics Angebot nach. Er hatte mich heute Abend unbedingt überzeugen wollen. Und vielleicht war es genau das, was ich hatte hören müssen. Morgen würde ich mit Isabelle und Paul darüber sprechen. Vielleicht brachte mir ein Gespräch mit ihnen die Klarheit, die ich suchte.

♡

Nach einer ruhigen, aber kurzen Nacht, lehnte ich am Sonntagmorgen mit einer Tasse Kaffee in der Hand und in meinen Morgenmantel gehüllt, an der Küchenzeile. Die Sonne schien durch die bodentiefen Fenster im angrenzenden Wohnbereich und brachte damit auch das Esszimmer und die angrenzende Küche zum Strahlen. Glücklicherweise hatte ich keinen Kater. Aber dafür hatten mich meine Gedanken an Eric und seine gestrigen Worte wach gehalten.

Margarita holte Teller aus den gläsernen Hängeschränken hervor und stellte sie auf die Kochinsel. Ich nahm sie von der grauen Marmorarbeitsplatte und verteilte sie auf dem Esstisch.

Heute musste ich unbedingt mit Isabelle und Paul über das Jobangebot sprechen. Ich war immer noch unschlüssig, ob ich die Stelle annehmen sollte.

Im nächsten Moment hörte ich Paul die Treppe hinunterstapfen. Er schien seit einer ganzen Weile munter zu sein. An den Wochenenden ging er vor dem Frühstück meist joggen und war deshalb selten verschlafen anzutreffen.

Bevor er sich an den Frühstückstisch gesellte, griff er wie immer nach der Zeitung, die er morgens nach dem Laufen aus dem Briefkasten zog und auf der Flurkommode drapierte.

Eine Duftnote seines Duschgels erreichte meine Nase, als er mit dem zusammengerollten Papier unter dem Arm an mir vorbeiging, sich eine Tasse aus dem Schrank schnappte und Kaffee hineingoss. »Guten Morgen. Du bist schon wach?«, fragte er erstaunt.

»Guten Morgen. Ja, ich habe mich hin und hergewälzt und dem Leid irgendwann ein Ende bereitet.«

Er steuerte den Esstisch an und nahm auf einem der weißen Stühle Platz. Sie hatten diesen Lederbezug mit Rauten-Muster und brachten etwas schlichten englischen Stil in die sonst moderne, minimalistische Einrichtung. Wieder fiel mir auf, wie anders mein Leben im Vergleich zu früher war.

Von der Tafel, die für zehn Personen ausgelegt war, konnte man die moderne Feuerstelle sehen. Sie verbarg sich hinter Glas in der Wand und diente als Raumteiler zum Wohnzimmer. Der Architekt dieses Hauses hatte wirklich tolle Arbeit geleistet.

»Hat dir die Feier gestern gefallen?« Er setzte sich die Lesebrille auf die Nase und schlug die Zeitung vor sich auf.

Ich nahm einen Schluck Kaffee und fragte mich, ob ich genug Geduld aufbringen konnte, auf Isabelle zu warten, bevor die Neuigkeit aus mir herausplatzte.

»Mehr als das! Danke, dass ihr das für mich organisiert habt.« Ich schmunzelte, weil ich an seine Rede dachte. Ich hatte ihn selten so emotional erlebt, wie gestern. Er lächelte zufrieden und scannte weiter die Schlagzeilen, als Isabelle in die Küche schneite. »Guten Morgen. Ihr strahlt ja so. Habe ich was verpasst?« Sie drückte Paul einen Kuss auf und setzte einen Schmatzer auf meinen Kopf, bevor sie sich einen der vielen Kräutertees aussuchte, die sie auf einem Regal ausstellte.

Ich atmete auf. Erleichtert über ihr Erscheinen »Noch nicht.« Isabelles blauer Morgenmantel aus Satin verriet, dass sie noch nicht lange wach war. Die von der Nacht zerzausten Haare hatte sie mit einer großen Spange kurzerhand hochgesteckt. Ich beobachtete, wie sie Ihren Tee zum Tisch trug und sich auf dem Weg eine Schale Obst mitnahm, die Margarita für sie vorbereitet hatte.

»Ich wollte euch aber noch von dem Jobangebot erzählen, das ich gestern bekommen habe.«

Auf einmal waren ihre erwartungsvollen Augen auf mich

gerichtet. Paul stützte die Hände mit der Zeitung auf dem Tisch ab und Isabelle schluckte schnell eine Traube hinunter.

»Eric hat mir ein Angebot gemacht. Ich könnte schon am Montag anfangen.«

Sie schwiegen einen Moment und irgendwie hatte sich der Ausdruck in ihren Augen verändert. Nicht die Reaktion, die ich erwartet hatte. Ich hatte irgendwie gedacht, sie würden sich mehr für mich freuen und mich ermutigen. Hielten sie es etwa für keine gute Idee?

»Von was für einer Stelle hat er gesprochen?«, fragte Paul.

»Es wäre eine Stelle im Management-Bereich. Sie suchen Unterstützung bei Projekten rund um Gebäudesicherheit.« Isabelle dachte scheinbar über etwas nach, da sie auf den Tisch starrte und jetzt nervös an ihrer Unterlippe knabberte. Ich berichtete weiter, denn es gab einige Vorteile, die ich noch nicht erwähnt hatte. »Die Stelle wäre fest und gut bezahlt. Eigentlich nehme ich solche Angebote ungern an, aber in diesem Fall …«

Paul räusperte sich. »Ich halte Eric für einen aggressiven Geschäftsmann. Genau wie sein Vater. Sein Führungsstil ist durchsetzungsstark. Dieses Business ist hart. Es wird sich sehr von dem unterscheiden, was du im Studium erfahren hast.«

Dann sah er mich über den Rand seiner Brille an, bevor er sie absetzte. »Aber du hast ja sicher noch ein wenig Zeit, dir das zu überlegen oder?«

»Ehrlich gesagt ist sein Angebot etwas eilig. Er meinte, er bräuchte sofort Unterstützung. Die entsprechende Abteilung gilt als unterbesetzt.« Ich wollte meine Chance nicht mit zu langem Zögern aufs Spiel setzen.

»Schätzchen …«, begann Isabelle und atmete tief durch. »Ich weiß nicht, ob seine Firma dir das richtige Arbeitsklima liefert. In den oberen Etagen geht es heiß her. Es herrscht viel Konkurrenz und ein rauer Ton.«

Ich verstand, was sie mir sagen wollte. Dennoch hatte ich das starke Gefühl, sie waren nicht überzeugt, dass ich das schaffte. Sie wollten mich wie immer in Watte packen. Und das hasste ich. Ich wollte ihnen beweisen, dass ich selbständig war. Sie sollten sehen, dass man mir etwas zutrauen konnte.

Isabelle musste mir meine Gedanken angesehen haben, denn sie stand auf, kam auf mich zu und legte eine Hand auf meine Schulter.

»Aber Süße, wir wissen, dass du erwachsen bist und deine eigenen Erfahrungen machen möchtest. Wenn du den Job annehmen willst, dann tu es. Und sollte es nichts für dich sein, kannst du dir immer noch etwas anderes suchen. Es muss ja keine endgültige Entscheidung sein, sondern nur eine vorübergehende. Du weißt, wir sind immer für dich da, wenn du Unterstützung brauchst.« Sie sah zu Paul, ihre Blicke trafen sich. Und wieder spürte ich einen gewissen Zweifel ihrerseits, was mich verletzte. Ich hatte es satt, von ihnen behandelt zu werden, als wäre ich nicht in der Lage, ein eigenständiges Leben zu führen.

»Okay. Ich denke, ich werde den Job annehmen.« Ich verschränkte die Arme vor der Brust und konnte einen leichten Trotz in meiner Stimme nicht verbergen. Isabelle nickte hastig. Paul hingegen schwieg.

Es war an der Zeit mich zu beweisen – Isabelle und Paul, aber auch mir selbst gegenüber. Ich schaffte das. Diesen Entschluss jetzt zu treffen war der erste Schritt.

Nach dem Frühstück schrieb ich Eric eine Textnachricht.

Guten Morgen. Ich nehme dein Angebot an.

Etwa fünf Minuten später erhielt ich seine Antwort.

Guten Morgen, Schönheit. Das sind tolle Nachrichten. Sei Montag um neun im Büro. Dann zeig ich dir alles.

KAPITEL 5

Liz

Aussicht

Am Montagmorgen stand ich vor dem Spiegel und musterte mich. Ich hatte kaum still gelegen, wenig geschlafen und war früher aufgestanden als jeder frühe Wurm dieser Welt. Nachdem ich meinen halben Kleiderschrank auf den Kopf gestellt hatte und mich schließlich für ein klassisches Business Outfit entschied, war ich einigermaßen zufrieden. Ich wollte heute einen guten Eindruck hinterlassen.

Der lange dunkelblaue Bleistiftrock schmiegte sich um meine schlanke Hüfte. Die weiße Bluse, die ich figurbetont trug, war am Dekolleté mit einem rüschenbesetzten Kragen versehen. Dazu wählte ich einen raffinierten Gürtel und dunkelblaue Pumps. Ich trug außerdem ein zurückhaltendes Make-up und eine strenge Hochsteckfrisur. Mein Parfum wählte ich sehr sorgfältig. Die Menge war genau so, dass man beim Vorbeigehen zwar einen Hauch bemerkte, es aber keinen bleibenden Eindruck hinterließ. Moms Kette passte nicht wirklich dazu, ich wollte sie aber nicht abnehmen. Gerade an diesem ersten wichtigen Tag sollte sie bei mir sein.

Da mich die Wahl meines Outfits schließlich meine gesamte Zeit gekostet hatte, biss ich nur kurz von meinem Frühstückscroissant ab und schnappte mir meinen Kaffee to go. Auf dem Weg hinaus verabschiedete ich mich von Isabelle und Paul, die meinetwegen gleichermaßen aufgeregt wirkten und ebenfalls dringend losmussten.

Ich eilte zu meinem Auto, startete den Motor und fuhr in die Innenstadt.

Als ich die Ausfahrt Richtung Brickell Ave nahm, wurde mir der neue Lebensabschnitt bewusst, in den ich nun im wahrsten Sinne einbog. Unter all der Aufregung, die mir im Magen lag, waren nicht nur die halbe Tasse Kaffee und der Bissen des Croissants zu finden. Dort lag auch eine sehnlichste Vorfreude, mir selbst zu beweisen, dass ich mir meinen Platz in der Gesellschaft sehr wohl eigenständig verdienen konnte. Genau hier. Genau jetzt.

In der Nähe des Bankenviertels. Bei *Safety Inc.*

Der Miami River und das Meer befanden sich ganz in der Nähe. Und auch das Brickell City Centre mit seinen luxuriösen Shops war nicht weit vom Firmengebäude entfernt. Während ich mich durch den Verkehr fädelte, bemerkte ich ein paar Restaurants und Bars, die sich in Laufnähe befanden.

Das Glasgebäude von *Safety Inc.* war groß und vor allem

hoch. Glücklicherweise stellte Eric seinen Mitarbeitenden einen Tiefgaragen-Parkplatz zur Verfügung. Um diesen zu nutzen, musste ich an der Sprechanlage neben der Schranke meinen Namen nennen und einige Minuten warten, bis meine Identität überprüft worden war.

Den Wagen parkte ich in die unmittelbar erstmögliche Lücke. Wenn ich mich so umsah, war ich froh, heute nicht mit meinem Beetle hergefahren zu sein. Eine Luxuskarosse nach der anderen reihte in der Garage und glänzte frisch poliert im kaltweißen Deckenlicht. Ich schloss Pauls Mercedes Cabrio beim Laufen hinter mir ab und lief mit dem Echo meiner Absätze auf den Tiefgaragenausgang zu.

Nervös zupfte ich an meiner Bluse, bevor sich die Aufzugtüren zum Eingangsbereich öffneten.

Unmengen Leute in Anzügen und Bleistiftröcken stolzierten an mir vorbei, als ich mir meinen Weg zur Rezeption bahnte. Schon mal kein schlechter Start. Mein Outfit schien sehr passend zu sein. Nun musste ich nur noch das richtige Stockwerk finden.

Die Rezeptionistin schien schwer beschäftigt. Sie trug ihr Outfit on fleek und saß kerzengerade, während sie vor sich in den Bildschirm starrte. Beeindruckend professionell, beinahe einschüchternd.

Elegant und mit einem charmanten Lächeln auf den Lippen sah sie mich an, ohne mich anzusehen.

»Willkommen. Wie kann ich Ihnen behilflich sein?«

»Liz Jennings. Ich habe heute meinen ersten Tag bei

Mr. Garcia.«

Sie tippte auf ihrer Tastatur und verglich meine Aussage mit den Terminen im System. Dann griff sie zum Telefon. Keine Ahnung, ob sie persönlich mit ihm sprach oder nicht, aber daran, wie sie plötzlich begann leise in den Hörer zu kichern, glaubte ich zu erkennen, was ich bereits ahnte. Eine kurze Zeit später legte sie auf und wandte sich mir lächelnd zu.

»Er wird Sie in wenigen Minuten willkommen heißen und persönlich abholen. Wenn Sie bitte noch einen Moment Geduld haben möchten. Sie dürfen gerne in unserem Wartebereich Platz nehmen.«

Sie deutete auf eine kleine Couchlandschaft direkt neben der Rezeption. Ich folgte ihrer Geste und setzte mich auf die dunkelbraune Ledercouch. Auf dem Glastisch vor mir lagen einige Zeitschriften aus. Wirtschaftsmagazine.

Ich wollte gerade nach einer greifen, als Eric auch schon die Treppe hinunterkam.

Er trug einen beigen Anzug mit Weste und schwarzer Krawatte. Ich erhob mich und ging ihm ein paar Schritte entgegen. Mit einem selbstbewussten Lächeln drückte er mir einen Hauch von einem Kuss auf die Wange.

»Und gefällt dir, was du siehst?«

Er sah sich um. Ach, das meinte er.

»Ja. Wirklich beeindruckend«, antwortete ich.

Sein Rasierwasser stieg mir in die Nase.

Ich schluckte und musste öfter blinzeln, als ich es wollte,

weil ich unvermeidlich an die Szene von vorgestern Abend dachte. An diesen Moment, in dem wir uns fast näher gekommen waren. Mit einem Räuspern schluckte ich den Gedanken herunter.

Er lief in Richtung der Aufzüge, weshalb ich ihm folgte und schließlich einholte. Seine Hand landete auf meinem Rücken und er schob mich leicht vorwärts, um mir anzudeuten, den Aufzug als Erste zu betreten.

»Du brauchst nicht nervös zu sein«, sagte er mit nach vorn gerichtetem Blick.

»Wie kommst du darauf? Ich bin nicht nervös«, schüttelte ich den Kopf, merkte aber selbst, dass das wenig überzeugend klang.

Er schien seinen Spaß zu haben, denn er schnaubte belustigt.

Die Aufzugtüren öffneten sich im 52. der sechzig Stockwerke und wir traten heraus. Der *Safety Inc.* Tower war mit dem Four Seasons Hotel und dem Panorama Tower eines der höchsten Gebäude der Stadt. Es schien, als wollte Eric den Himmel erobern.

Ich blickte auf eine Glasfront, hinter der sich weitere mit Glaswänden getrennte Büroräume befanden. Die Abteile waren mit schwarzen Möbeln schlicht und elegant eingerichtet. Links und rechts von mir erstreckte sich ein scheinbar endloser Flur. Menschen wichen uns aus und grüßten Eric mit einem respektvollen Nicken. Wieder platzierte er seine Hand auf meinen Rücken und führte mich nach rechts, den Gang entlang bis zur letzten Tür. Der Raum, vor dem wir standen, war der Einzige, dessen Glaswände mit einer milchigen Folie bedeckt waren und jeden Blick von außen hinein verhinderten.

Eric öffnete die undurchsichtige Bürotür und wir durchquerten den Vorraum, an seiner Sekretärin vorbei. Da wir es anscheinend eilig hatten, ließ ich den Blick nur flüchtig zu seiner Assistentin schweifen, die offensichtlich nebenberuflich als Model tätig war. Sie trug das lange schwarze Haar zu einem strengen Zopf und blickte konzentriert durch ihre Brille. Nur unsere plötzliche Anwesenheit konnte ihre beschäftigte Miene kurzzeitig zu einer freundlichen Begrüßung animieren. Das Telefon klingelte und bis sie zum Hörer griff, verschwanden wir im angrenzenden Büro. Sein Büro.

Das Erste, was meinen Blick auf sich zog, war die wunderschöne Aussicht über ganz Miami. Links konnte ich das Meer sehen und rechts den Miami River. Eine moderne und minimale Inneneinrichtung erstreckte sich in dem großen Raum. Aufwendige und teure Kunstvasen zierten die Kommoden und Regale. Eine Minibar stand in der Nähe des Schreibtisches neben einem Ledersessel, der auf die Aussicht zeigte. Ob er hier wohl öfter allein trank? Zu Alkohol sagte Eric niemals Nein. Da war ich mir sicher.

Während ich früher auf Partys mit einem unangetasteten Anstandscocktail den ganzen Abend verbrachte, wurde es bei ihm grundsätzlich exzessiv.

Ich schritt zur Fensterfront und beobachtete einen Augenblick, wie die kleinen spielzeugartigen Menschen unter uns durch die Stadt hetzten.

»Und wo werde *ich* sitzen?«

»Das ist Punkt vier auf meiner Liste. Erst einmal wirst du mich zu einem Team Meeting begleiten. Ich werde dich ein paar Mitarbeitenden vorstellen. Dann führe ich dich zum Mittagessen aus und danach zeig ich dir deinen Schreibtisch.«

»Du bist der Chef«, bestätigte ich mit einem Schulterzucken.

Sein süffisanter Ausdruck und der dominante Blick verrieten mir, wie sehr ihm meine Schlussfolgerung gefiel.

♡

Kurze Zeit später saß ich mit sechs weiteren Personen an einem großen Konferenztisch und lauschte Erics Worten. Das Team Meeting war die ideale Gelegenheit mich als neue Mitarbeiterin vorzustellen. Das zurückhaltende Publikum gab sich mit meinem Namen und ein paar Infos zu meinem Werdegang zufrieden. Die meisten empfingen mich mit einem freundlichen Nicken. Nur zwei Kolleginnen am Tisch musterten mich auf feindselige Weise. Eine der beiden hatte die Ausstrahlung einer Anwältin. Sie hatte einen Schönheitsfleck über der Lippe. Ihre glatten brünetten Haare lagen perfekt über ihren Schultern und sie hatte dieses lateinamerikanische Feuer in ihren Augen, aus denen sie mich anfunkelte. Ich sah entlang ihrer gekreuzten Arme direkt in das Dekolleté ihrer Sitznachbarin mit den langen schwarzen Haaren. Die weiße Wickelbluse betonte ihre großen Brüste. Ihr Hals und ihre Ohren waren mit teurem Schmuck besetzt. Ich sah keinen Ring an ihrem Finger, dafür konnte ich beobachten, wie sie immer wieder unruhig mit dem Stift auf den Schreibblock vor sich tippte. Sie sahen mich an, als hätte ich an diesem Tisch nichts zu suchen. Ich musste daran denken, dass ich vermutlich die Einzige war, die direkt nach dem Studium in der 52. Etage des *Safety Inc.* Towers gelandet war, während meine neuen Kolleginnen sich wahrscheinlich Nächte um die Ohren geschlagen hatten, um hier sitzen zu dürfen.

Ich wusste nicht, ob ihre Abneigung mir gegenüber daher stammte, dass ich mir meinen Platz nicht auf die gleiche Weise erarbeitet hatte. Aber es fühlte sich so an. Vielleicht hatte Eric aber auch nur mit beiden geschlafen und sie hatten Sorge, dass ich ihnen Konkurrenz machte. Ich vermied es, an mir herunterzusehen und in Selbstzweifel zu verfallen, was mir im Angesicht der Schönheit, die die Frauen in diesem Gebäude mit sich brachten, schwer fiel. Für den weiteren Verlauf des Meetings entschied ich, die beiden zu ignorieren.

Eric berichtete von neuen Aufträgen und wies auf Deadlines hin, die unbedingt eingehalten werden sollten. Ein neues Sicherheitssystem der Entwicklungsabteilung war kurz Thema und einige im Team stellten fachspezifische Fragen. Ich reimte mir vieles aus dem Kontext zusammen. Er hatte mich vorgewarnt, und gebeten dranzubleiben. Im Laufe der nächsten Wochen würde ich einiges lernen und schon bald genau wissen, wovon die Rede war.

Nach dem Meeting gingen wir in ein Restaurant ganz in der Nähe, welches für seine gute Pasta bekannt war. Ich bestellte mir Tagliatelle, er hingegen trank nur einen Kaffee. Wir unterhielten uns über meine ersten Eindrücke und er erzählte mir von anstehenden Projekten. Unter anderem kündigte er ein großes, internes Vorhaben an, über das er mir vorerst nichts Weiteres verraten wollte. Ob er mich damit neugierig machen wollte oder ob der Auftrag noch nicht in trockenen Tüchern war und er sich deshalb zurückhielt, wusste ich nicht. Aber er vergewisserte mir, nach einiger Zeit mehr Verantwortung zu bekommen.

Überhaupt war es irgendwie seltsam, wie viel Zeit er sich für mich nahm, mich sogar zum Mittagessen begleitete. Ja, wir waren auf eigenartige Weise befreundet, wenn man das so nennen konnte. Aber er war nun mal der Geschäftsführer und konnte nicht jedem neuen Mitarbeiter so viel Aufmerksamkeit widmen, wie er es in meinem Fall tat. Es war, als wollte er mich umwerben. Und das, obwohl die Bewerber bei ihm sicherlich Schlange standen und ich sein Angebot zudem längst angenommen hatte.

Der Gedanke ließ mich kurz rot werden. Ich fühlte mich geschmeichelt.

Als wir wieder in das Bürogebäude liefen, klingelte sein Handy. Er griff in die Innentasche seines Sakkos und holte sein Smartphone hervor. Ein kurzes Gespräch, das er beendete, bevor wir in den Aufzug stiegen.

Zurück an seiner Bürotür deutete er auf die gegenüberliegende Glasfront, durch die hindurch ich auf mehrere Schreibtische blickte. Ich konnte einige Beschäftigte bei der Arbeit beobachten, die ich von der Konferenz wiedererkannte. Der Tisch ganz rechts bot eine gute Aussicht auf die Stadt und schien noch frei zu sein. Eric hielt mir die Tür auf. Ich dankte ihm mit einem Lächeln, bevor ich an ihm vorbei huschte und mich dem schwarzen Hochglanztisch näherte.

»Dieser Arbeitsplatz steht dir gut.« Er zwinkerte mir zu, schaute aber im nächsten Moment wieder auf sein Handy. Sein Körper setzte sich bereits in Bewegung, als er sich noch mal aufrichtete und Ross anblickte. Ein Kollege, den ich aus dem Team Meeting wiedererkannte und dessen Schreibtisch sich direkt vor meinem befand. »Ach ja. Die Kollegen werden dir alles zeigen.« Dann verschwand Eric in seine eigenen undurchsichtigen vier Wände.

Ross, der in seinem blauen Anzug ziemliche Ähnlichkeiten mit Taron Egerton hatte, holte seufzend ein paar Unterlagen aus dem Regal und setzte sich zu mir.

»Als erstes machen wir dich mal mit den Unternehmenswerten bekannt«, sagte er mit einem schwachen Lächeln, während das Schwergewicht von Ordner auf meinen Schreibtisch krachte. Ross wirkte nicht gerade begeistert, sich um meine Einarbeitung kümmern zu müssen. Vermutlich hatte er auch so schon genug zu tun. Noch war ich ein Klotz am Bein des Teams. Aber ich war fest entschlossen, das schon bald zu ändern.

Nachdem wir das Register mit den Unternehmenswerten gemeinsam durchgearbeitet hatten, gab ich mein Bestes, mir für mich allein möglichst viele Infos der restlichen 142 Seiten einzuprägen. Noch einige Stunden studierte ich das Produktportfolio, las Praxisberichte und durchstöberte Infografiken zu Markttrends. Erst als es dunkel wurde und ich feststellte, dass die meisten schon gegangen waren, verließ ich das Gebäude.

KAPITEL 6

Liz

Der nächste Schritt

Nach sieben Wochen kannte ich mich schon sehr viel besser aus. Ich hatte mich sogar von einer Aktensortiererin zum Mädchen für alles hochgearbeitet.

Dabei agierte ich wie eine Assistentin. Ich unterstützte das Team, arbeitete ihnen entgegen und betreute sogar selbst zwei Kunden, deren Geschäfte ein besonderes Sicherheitssystem benötigten, um sich vor Einbruch zu schützen.

Mein Wissen aus dem Architektur-Studium hatte sich schon das ein oder andere Mal bewährt. Im Team Meeting konnte ich endlich mitreden und Ideen äußern. Erics Strategie für die nächsten fünf Jahre war beeindruckend. Er wollte alte Gewerbeimmobilien aufkaufen und rundum sicher sanieren. Des Weiteren war es der Plan, selbst Gebäude zu entwerfen. Das Besondere an ihnen wäre die höchst innovative und neueste Sicherheitsausrüstung von *Safety Inc.*, die bereits in das Fundament integriert werden sollte. Eine Art Festung. Gebäudesicherheit war wirtschaftlich ein immens wichtiger Faktor. Museen, Banken und IT-Firmen mussten stetig aufrüsten, um ihre Firmengeheimnisse zu bewahren und das Vertrauen von Kunden zu gewinnen. Es ging um eine Menge Geld, um Daten und wertvolle Gegenstände. Und das war weit mehr, als eine sicher verschlossene Tür. Er würde ein großes Imperium aufbauen. Das wäre im Vergleich zum bisherigen, aufstrebenden Vertrieb einzelner Produkte, ein großer Schritt.

Diese Zukunftsaussichten ließen mich innerlich vor Freude hüpfen.

Dass er mich eingestellt hatte, um diesen Plan zu realisieren, bedeutete, dass ich Teil von etwas Großem werden konnte.

Meine Entscheidung, Erics Jobangebot anzunehmen, entpuppte sich immer mehr als die richtige. Ich hatte in den vergangenen Wochen gefühlt mehr gelernt, als in allen Semestern zusammen. Das Wissen über die Produkte war nicht alles, was sich hinter dem Markennamen *Safety* verbarg. Es ging um so viel mehr. Und das reizte mich.

Ein Freiheitsgefühl entsprang meiner Bauchgrube. Wahrscheinlich das amerikanische Freiheitsgefühl, von dem alle immer redeten. Das Dasein als erfolgreiche Karrierefrau könnte mir gefallen.

Unabhängig, so wie Eric.

Apropos Eric.

Was war da eigentlich zwischen uns?

Über das gemeinsame Mittagessen hinaus, das wir einmal die Woche im Kalender stehen hatten, versuchte er mich dazu zu überreden als After Work Event mit ihm auszugehen. Das und dass er sich oft nach mir erkundigte, bevor er in seinem Büro verschwand, machte es mir nicht leicht, von den anderen im Team akzeptiert zu werden. Auch wenn alle freundlich waren, schnappte ich manchmal auf, wie sie mit den Augen rollten oder den Kopf schüttelten. Ich wollte gar nicht wissen, was sie hinter meinem Rücken noch so alles flüsterten.

Maximal unangenehm. Und Eric war nicht gerade der Typ Mann, den man mit einem »Nein« abspeisen konnte. Da er auch noch mein Boss war, machte es das umso schwieriger. Ich fragte mich, ob eine einmalige Zusage ihn vielleicht zufriedenstellte. Und ich fragte mich, was ich wohl für ihn war. Eine Freundin, der er unter die Arme griff? Ein Flirt für zwischendurch? Und ich war mir nicht sicher, ob ich bereit war, es herauszufinden.

Ganz gleich, ob One-Night-Stand oder Beziehung – mich auf ihn einzulassen wäre kompliziert. Nicht nur, weil ich ihn schon immer auf Abstand hielt und zu meinem eigenen Schutz als Freund betrachtete. Ich verdankte ihm auch diesen Job und die Chance, mich zu beweisen. Ihm näher zu kommen, könnte auf so viele Weisen schief gehen und warf unglaublich viele Fragen auf. Andererseits machte es das auch so reizvoll. Und da ich gerade sowieso dabei war mich neu zu erfinden, warum dann nicht mal etwas wagen? Wenn ich so an meine Kindheit dachte, war ich früher nie diejenige gewesen, die sich an Sicherheiten geklammert und ein Blatt vor den Mund genommen hatte. Vielleicht weil alles im Chaos war und es kaum noch etwas zu verlieren gab. Aber heutzutage war ich angepasst, vorsichtig und wollte es jedem recht machen. Und damit war jetzt Schluss. Zumindest in der Liebe.

Ich könnte mich auf etwas Unverbindliches einlassen und mich von allen Erwartungen und Ängsten loslösen. Mein neues, starkes *Ich* war risikobereit und unabhängig genug, in einen Pool voller Unsicherheiten einzutauchen und es zu genießen.

Auch wenn ich befürchtete, mich dann wie eine von seinen vielen einmaligen Matratzen-Abenteuern zu fühlen. Wenn ich immer nur am Spielfeldrand stand und Was-wäre-wenn-Fragen stellte, würde ich nie das Gefühl haben zu leben. Mit dieser Einstellung stürzte ich mich fürs Erste wieder in die Arbeit.

Als hätte Eric meine Gedanken gehört, erschien kurz danach eine E-Mail in meinem Postfach.

Hallo Ms. Jennings,

ich bin untröstlich zu sehen, wie fleißig Sie heute sind. Vergessen Sie aber nicht, auch Spaß zu haben.

Schönen Arbeitstag und bis später.

Mit freundlichen Grüßen
Eric Garcia

PS: Ich hole dich heute um 21:00 Uhr ab. Wir gehen in die Skylounge. Zieh was Schickes an ;-)

Ich konnte mir ein Schmunzeln nicht verkneifen. Umgehend sah ich mich um. Glücklicherweise war das Büro zur Mittagszeit leer und niemand hatte mich dämlich in den Computer grinsen sehen.

Er hatte mich nicht einmal gefragt, ob ich überhaupt ausgehen wollte, und schien sich seiner Sache ziemlich sicher zu sein. Zugegeben machte ihn das verdammt sexy. Was sollte ich antworten? Ich würde ihn ein wenig von seinem hohen Ross herunterholen, aber dabei nicht respektlos sein. Er war schließlich immer noch mein Chef.

Hallo Mr. Garcia,

danke der Nachfrage, ob ich Sie begleite ;-)
Zu Ihrem Glück hat mein lästiger Boss heute etwas vor und ich muss nicht so tun, als wollte ich meinen Freitagabend mit ihm verbringen. 20:00 Uhr passt mir gut.

Bis später und mit freundlichen Grüßen
Liz Jennings

Nach zehn Minuten erhielt ich eine erneute Mail von ihm.

Hallo Ms. Jennings,

wer fragt, lässt ein Nein zur Antwort offen und ich bevorzuge eine zustimmende Reaktion ;-)
Ihr Chef scheint ein netter Typ zu sein. Und dass er seine Freitagabende mit Ihnen verbringen will, kann ich ihm nicht verübeln.

Bis später.

Charmant war er. Das musste ich ihm lassen.

Ich versank noch für einige Stunden mit dem Kopf in einem Ordner. Die Daten auf den aktuellen Stand zu bringen, würde ich heute nicht mehr schaffen. Daher widmete ich mich noch einer Gebäudeskizze, die ein neues *Safety*-Produkt zeigte, und stellte dann mit einem beiläufigen Blick auf die Uhr fest, dass es bereits Spätnachmittag war. Aufregung machte sich in mir breit, denn bald würde ich nach Hause fahren und mich für das Date umziehen.

Ich holte mein Handy hervor, um noch einmal zu lesen, was er mir geschrieben hatte. Zieh was Schickes an. In Gedanken ging ich bereits meinen Kleiderschrank durch. Und ich hatte da schon so eine Ahnung, welches Kleid für heute Abend genau das Richtige war.

KAPITEL 7

Jason

(K)ein freier Tag

Es war ein sommerlicher Spätnachmittag im frühen Juni. Keine einzige Wolke am Himmel. Die Sonne küsste meinen Kopf, während ich mit meinem schwarzen, vollausgestatteten Audi R8 Cabrio durch Miami Downtown fuhr, und nach einem Parkplatz Ausschau hielt. Ich spürte die Vibration des Motors in meinem ganzen Körper. Die Freiheit, allein durch die Stadt zu fahren sowie tun und lassen zu können, was auch immer ich wollte, ließ mich in guter Laune schwelgen. Das hatte ich vermisst. Es war selten Zeit für einen gemütlichen Ausflug. Daher genoss ich diesen Moment in vollen Zügen.

Als ich schließlich eine passende Parklücke gefunden hatte und der Motor zum Stillstand kam, ertönte ein Klingeln aus der Mittelkonsole. Schnaubend nahm ich die verspiegelte Sonnenbrille ab.

Ein Blick auf die Nummer reichte und meine gute Laune

verabschiedete sich. Ich massierte mit den Fingern meinen Nasenrücken und seufzte. Den Anruf-Annehmen-Button anzustarren würde es nicht besser machen. Also überwand ich mich, das Gespräch mit einem Wisch über das Display anzunehmen.

Hiermit war mein freier Tag Geschichte. Er war gestrichen, bevor er richtig begonnen hatte.

Der letzte Auftrag war gerade mal zwei Tage her und den gestrigen Tag hatte ich nur mit dem Schreiben von Berichten verbracht. Ich hatte selten einen Tag frei. Als Teil eines Sondereinsatzkommandos des FBI war ich 24/7 im Dienst.

Manchmal vermutete ich, dass Monica es nicht aushielt, mich nicht ständig auf Abruf zu haben. Als sie mich vor zehn Jahren adoptiert und mich in ein Ausbildungscamp gezerrt hatte, wurde ich gemeinsam mit den anderen Anwärtern und einigen Soldaten trainiert: Von der Außenwelt abgeschnitten, hatten wir tagtäglich im Dreck gesessen, Psychotests absolviert und anschließend die FBI-Akademie besucht. Seither ließ sie die Zügel etwas lockerer, zumindest solange es zu etlichen gelösten Fällen führte. Wenn ich so an den Ausbildungsalltag dachte, war ich froh, dass die strikten Regeln der Vergangenheit angehörten. Als jüngster Anwärter in der FBI-Academy hatte ich neue Maßstäbe gesetzt, sodass man mich auch gesondert gefördert hatte. Diese Bevorzugung hatte mich nicht gerade beliebter gemacht. Dessen war sich Monica bewusst gewesen. Vor allem, da ich nicht der Typ war, der sich lange etwas gefallen ließ. Sie hatte nicht nur einmal Ärger mit mir gehabt, weil ich die Dinge gerne persönlich und direkt regelte. Ich glaubte, das war der Grund, warum sie sich mir gegenüber noch lange wie eine Mutter verhalten hatte. Sie schwankte damals stark zwischen ihrem Mitgefühl für meine Situation und der Professionalität als Chefin des FBI-Programms. Eine weitere Sonderbehandlung, die meine Lage nicht unbedingt verbesserte. Aber sie meinte es gut.

Mit der Zeit hatte sie sich dann ganz auf die Rolle der Chefin fokussiert.

Man könnte meinen, dass ich mir nach vier vergangenen Jahren in dieser Spezialeinheit die nur wenigen Urlaubstage mehr als verdient hatte.

Aber Monica Thompson und ihre ehrgeizige Art würden niemals eine Chance zur Profilierung des Programms ablehnen. *Sie* war nun mal die Chefin. Und wenn sie glücklich war, dann war ich es auch.

»Hey Coleman, ich hoffe, du willst mich nur fragen, wie mein freier Tag so läuft?« Die Wahrscheinlichkeit, dass es so war, lag bei 0,1%, denn Matt gehörte nicht zu den Gesprächigsten.

»Wir haben einen Auftrag.« Die vier Worte, die ich normalerweise liebte, außer heute. »Du musst deinen kleinen Ausflug in die Innenstadt wohl auf einen anderen Tag verschieben. Es geht um eine Bombenwarnung in einem

Hotel.«

»Geht klar!« Ein tiefer Atemzug und ich ließ mich in den Sitz sinken.

»Und Monica möchte, dass du noch etwas für den Gouverneur abholst. Ich schicke dir die Adresse.«

»Soll ich vielleicht auch noch ihren Wocheneinkauf erledigen?«, fragte ich und lächelte sarkastisch. Ich hörte Matt am Ende der Leitung ebenfalls amüsiert schnauben. Dann verabschiedeten wir uns.

Fuck! Dieser verdammte Job würde mich eines Tages noch umbringen. Wenn ich nicht im Einsatz erschossen oder zu Tode gefoltert wurde, dann würde mich das Burnout-Syndrom zugrunde richten. Über mich selbst und die Situation schmunzelnd setzte ich die Sonnenbrille wieder auf und legte das Smartphone an seinen Platz zurück.

Ich hätte sowieso nicht gewusst, wie ich den Nachmittag in Downtown verbringen sollte. Also wem machte ich etwas vor.

Ich gab die Adresse des Boca Lago Golf & Country Clubs ins Navigationssystem ein und ließ den noch heißen Motor wieder an. So würde ich doch wenigstens die zwei Stunden Fahrt genießen, die mich jetzt erwarteten. Mit einem guten Song im Ohr und dem Wind, der durch mein kurzes Haar streifte, folgte ich den Palmen des Highways in Richtung Boca Raton.

◊

Ich fuhr über die Causeway Bridge, dessen nächtliche, magentafarbene Beleuchtung von der Straße aus kaum zu sehen war. Da wir erst vor ein paar Monaten nach Miami berufen wurden, würden Matt und ich uns unser Apartment in Bay Harbor Islands noch eine Weile teilen. Es diente uns derzeit nicht nur als Büro, sondern auch als Wohnung, was mir sehr gelegen kam. Eine eigene Bude erschien mir ohnehin unnötig.

Wir waren oft nur für ein bis zwei Jahre oder noch kürzer in einer bestimmten Stadt. Je nachdem, was auf Staatsebene entschieden wurde und wo gerade Hilfe nötig war. Und ich schätzte es, nicht an die Hauptstellen gebunden zu sein. Hätte Monica mir nicht vor Jahren mit ihrem Programm für herausragende junge Anwärter eine Chance gegeben, wäre ich heute nicht Teil dieses Sondereinsatzkommandos. Da sie die Stärken jedes Einzelnen erkannte und gezielt auszuspielen wusste, brachte sie Ausnahmetalente zusammen. Sie sah genauer hin, ging strategisch vor und war offen, Wege zu gehen, die unkonventionell, aber wirkungsvoll waren. Immer mit der Intention das ideale Team zu formen, um so viele Fälle wie möglich zu lösen.

Ich teilte ihre Ambition und profitierte von ihrem Vertrauen. Im Einsatz war ich einer der Wenigen, den sie agil beschäftigte. Ich konnte mich ebenso gut unterordnen, wie ich in der Lage war zu führen. Daher hatte ich lange Zeit keinen festen Partner. Erst seit knapp über einem Jahr arbeitete ich mit Matt zusammen. Undercover-Einsätze in Wirtschaftsspionage und Betrug wurden für uns zur Regel. Er war ein IT-Genie, machte nahezu alles möglich und konnte sich überall reinhacken. Im Grunde hatte ich den perfekten Job und einen idealen Partner, mit dem ich erfolgreich Verbrechen aufklärte. Alles lief bestens und ich sollte glücklich sein. Leider gab es innere Schatten, die aus den tiefsten Abgründen hervorgekrochen kamen, mir auf Schritt und Tritt folgten und mir das Leben schwer machten.

Als ich am Wohnkomplex ankam, war es fast dunkel geworden. Die Straßenbeleuchtung erhellte die Einfahrt, in der eben noch das Schnurren des Motors zu hören war. Meine Sonnenbrille wartete längst im Handschuhfach auf ihren nächsten Einsatz und die Stille wurde lauter.

Das eigentlich weiße Mehrfamilienhaus reflektierte das Abendrot der Meerseite. Der Blick auf den Atlantischen Ozean und die Wasserkanäle mit den vielen Anlegestellen gaben diesem Wohnort einen gewissen Urlaubsflair. In einer beruhigten Gegend am Stadtrand zu leben half mir allerdings nicht, alles zu verdrängen.

Ich starrte ins Leere.

Beunruhigende Ruhe wie diese mied ich in der Regel. Manchmal, wenn es leise war, sah ich diese… Bilder.

Blut, ein Schrei, laut … ich schluckte.

Alles gut.

Es waren nur wieder die üblichen Schatten in meinem Kopf, mit denen ich nichts anzufangen wusste und auf die die übliche Antwort folgte. Schwarze, unbrauchbare, traurige Leere. Wenn ich doch nur Erinnerungen hätte, die diese Bilder logisch verknüpften. Ich hatte mein Leben in einem Waisenhaus verbracht. Aber ich hatte keinen blassen Schimmer, wie es dazu kam. Hatten meine Eltern mich ursprünglich dort abgesetzt? Und wenn ja, warum? Wie alt war ich gewesen? Waren sie tot? Wieso konnte ich mich nicht daran erinnern?

Fragen, die mir niemand beantworten konnte. Daher schob ich sie, so gut es ging von mir.

Einatmen. Ausatmen.

Die wenigen Momente, in denen ich Zeit hatte, über Gott und die Welt nachzudenken, versuchte ich irgendwie mit Arbeit zu füllen. Mit dieser Strategie war ich leider nicht immer erfolgreich. Allein zu sein, war … unangenehm. Wobei man es nicht Alleinsein nennen konnte, wenn die eigenen Dämonen einen immerzu verfolgten. Wenn ich ehrlich zu mir war, waren sie wahrscheinlich der wahre Grund, warum ich mit Matt in diesem schönen, aber kleinen Apartment hauste, das eigentlich unser Büro war, anstatt eine eigene Wohnung zu mieten. Das alles zu verdrängen war die einzige Lösung.

Jetzt brauchte ich nur noch ein Mittel gegen die Albträume, die in letzter Zeit immer häufiger und schlimmer wurden.

Weniger zu schlafen, die Gesellschaft anderer zu suchen oder mich in die Arbeit zu stürzen, half nicht mehr so gut wie früher.

Ein vorbeifahrendes Auto brachte mich ins Hier und Jetzt zurück.

Mit schwitzigen Fingern umfasste ich den Griff der Autotür und schleppte mich aus dem Wagen.

In dieser Gegend waren abends kaum Leute anzutreffen. Man sah nur vereinzelt Silhouetten von streunenden Katzen am Straßenrand um die Mülltonnen huschen. Der Autoverkehr der Innenstadt hallte leise rauschend im Hintergrund und wurde teilweise vom Wind verschluckt, den das Meer mit sich brachte.

Im dritten Stock angekommen, tippte ich den Code für das Türschloss ein und wartete, bis die Dreifachverriegelung sie hinter mir versperrte.

Dunkelheit empfing mich. Weder im Wohnzimmer zu meiner rechten, noch links in der Küche brannte Licht. Aber geradeaus, am Ende des Flurs, konnte ich durch einen Türspalt hindurch ein Flimmern erkennen. Es stammte vermutlich von dem Bildschirm, vor dem Matt am liebsten seine Zeit verbrachte.

Ich betätigte den Lichtschalter, sodass die offene Küche in freundliches Licht getaucht wurde. Mein Hunger führte mich direkt zum übergroßen Kühlschrank. Gähnende

Leere. Ein paar Energydrinks, Bier und eine einsame Flasche Wasser. Letzteres zog ich hervor.

Im selben Moment stolperte Matt herein.

»Paket ausgeliefert?«, fragte er.

»Ja, alles erledigt. Hast du Hunger?«

Er rieb sich über sein jüngliches, stoppeliges Kinn. »Pizza?«

Ich nickte. Vermutlich war das die erste feste Mahlzeit, die er heute zu sich nahm. Ich hatte mir nach dem Fitness- und Schusstraining heute Morgen mit einigen Müsli- und Proteinriegeln den Magen gefüllt. Aber jetzt konnte ich wirklich etwas vertragen, das über Haferflocken, Whey und Nüsse hinausging.

Über Matts privates Smartphone bestellten wir eine große Pizza, die schon bald geliefert wurde. Zumindest hatte ich wenigsten einen halben freien Tag genießen können. Obwohl ich in Monicas Schuld stand und dankbar war, fragte ich mich manchmal, wie mein Leben verlaufen wäre, wenn sie sich rausgehalten hätte. Da mein Job es nicht hergab, pflegte ich weder ausufernde Hobbys noch tiefgehende freundschaftliche Kontakte. Für ein Hobby reichte die übrige Zeit nicht aus. Die wenige verbleibende Arbeitsruhe nutzte ich zum Trainieren. Und dann war da noch das Berufsrisiko. Wer wollte schon jemanden mit seinem Job in Gefahr bringen oder enttäuschen.

Außer vielleicht ein bisschen mit dem Auto herumzufahren, ins Restaurant zu gehen, eine Bar zu besuchen und mit einer Frau von dort zu verschwinden, wäre mir heute sowieso nichts eingefallen. Die Arbeit war nun mal mein Leben.

Eine Stunde später fand ein Video Call mit Monica statt. Daher gesellten wir uns nach dem Essen an den Konferenztisch im Büro, das sich neben Matts Zimmer befand, und starrten auf die Leinwand, auf die der Call gerade projiziert wurde.

»Guten Abend.« Wir begegneten ihr mit einem respektvollen Nicken.

Monica war wie immer kühl und distanziert. Ihr kurzer Bob, dessen Strähnenenden ihr am Kinn leicht ins Gesicht ragten, ließ sie streng aussehen. So war sie immer gewesen. Nur in wenigen Momenten, in denen ich sie bisher allein angetroffen hatte, zeigte sie wahre Emotionen. Mit Anfang 50 war sie in der Branche viel herumgekommen. Als sie mich damals auf diesen Weg brachte, stand sie mir stets bei. Es war ihr wichtig, dass es mir gut ging. Aber die kühle Distanz stand immer wie eine Mauer vor ihr und schirmte ab, was ihr zu nahe kam.

»Meine Herren, ich habe einen Auftrag für Sie. Morgen findet die alljährliche Gala im Diamond Hotel statt. Es ist eines der exklusivsten Hotels in der Gegend, in welchem hauptsächlich Politiker und Unternehmer logieren. Sie tauschen sich aus und knüpfen Kontakte. Für das Hotel und seine Kundschaft ist diese Veranstaltung sehr wichtig. Deshalb erweitert sich die Gästeliste mit jedem Mal um weitere Persönlichkeiten. Mr. Coleman, Sie sollten bereits das entsprechende Dossier vor sich haben.«

Matt griff nach den Papieren in der vor ihm offenen Akte und schob mir die Gästeliste zu. Als ich sie oberflächlich durchsah, bemerkte ich samt und sonders nur hochrangige Persönlichkeiten.

»Das Haus wirbt mit der Ausstellung des weltberühmten Diamanten *Starlight Harmony*, welcher sich seit Jahrzehnten im Familienbesitz der Hotelinhaber befindet. Heute Morgen jedoch hat die Polizei von einer aus anonymen Quellen stammenden Bombendrohung berichtet. Die Gala soll nicht abgesagt werden. Stattdessen sollen gründliche Kontrollen und Sicherheitspersonal die Gäste schützen. Wir vermuten, dass der Unternehmer Eric Garcia dahinter steckt.«

Matt überflog die vor uns liegende Personenbeschreibung, die ich kurz darauf zu mir über den Tisch zog. Vorname: Eric, Nachname: Garcia. CEO. Haarfarbe braun, 27 Jahre alt, 1,73 groß. Mein Blick überging seine Modelmaße, sprang kurz zu den beiliegenden Fotos, dem Portrait und der Aufnahme, auf der er mit Sonnenbrille und Anzug die Treppen zu einem Firmengebäude hinaufging.

»Warum wird er verdächtigt?«, warf ich ein und sah wieder auf die Leinwand.

»Es besteht Grund zur Annahme, dass er nicht nur mit der Bombendrohung, sondern auch mit weiteren vergangenen Ereignissen in Verbindung steht«, erklärte Monica.

»Er befindet sich dieses Jahr nicht zum ersten Mal auf der Gästeliste. Bei einem Banküberfall, bei dem er sich verdächtig machte, konnten wir ihm nichts nachweisen. Dennoch taucht er bereits zum dritten Mal in der Nähe eines Tatorts auf.« Matt rief einige Zeitungsberichte auf und öffnete die Darstellung des Gebäudeplans des Diamond Hotel auf seinem Laptop.

»Finden Sie heraus, ob er etwas mit der Sache zu tun hat. Und wenn nicht, finden Sie heraus, wer sonst. Es könnte auch sein, dass wir uns irren. Es ist allerdings eine Angelegenheit, in der sich der Gouverneur mit äußerster Dringlichkeit an mich gerichtet hat. Seine Familie steht dem Hotelinhaber seit Jahren nahe. Gehen Sie also kein Risiko ein und arbeiten Sie gründlich.«

»Ja, Ma'am«, versicherte ich.

Die Ergebnisse der Teams, die sie betreute, entschieden darüber, ob Monica ihren Job behalten durfte oder nicht. In diesem Fall scheinbar besonders.

»Carter, Sie gehen undercover.« Ich nickte. »Coleman, Sie unterstützen ihn mit der Koordination vor Ort. Ein Hotelzimmer, in dem Sie das komplette Equipment vorfinden, wird gestellt. Coleman, ich möchte, dass Sie aufgrund des Zeitplans bereits am Mittag vor Start des Events anreisen und sich frühzeitig vor Ort einrichten. Um Carters Tarnung nicht zu gefährden, checken sie getrennt ein und am gleichen Abend wieder getrennt aus. Außerdem erwarte ich regelmäßige Updates von Ihnen.

Sie bleiben wie immer in Verbindung. Keine Alleingänge. Habe ich mich klar ausgedrückt, Carter?«

Ich lehnte mich zurück und ließ mir mein inneres Grinsen nicht anmerken. »Natürlich, Ma'am.«

»Sie bekommen in Kürze ein authentisches Cover zugesandt. Bis morgen Mittag haben Sie Zeit, sich vorzubereiten. Gibt es noch Fragen?« Nach einer kreativen Pause und folglich aufmerksamer Stille fuhr sie fort. »Gut. Melden Sie sich morgen vor Ort.«

Nachdem sich Monica verabschiedet hatte, wandte ich mich Matt zu.

»Hey! Es kommt selten vor und mein halber freier Tag ist noch nicht ganz vorbei. Ein Bier?«

Er lächelte verschmitzt. Sehr gut.

Wie so oft saßen wir da und schwiegen. Es war eine partnerschaftliche Stille. Ich wusste, dass Matt eher in Gesten kommunizierte. Und auch wenn es mir egal sein konnte, war es das nicht. Es war mir wichtig, dass wir uns besser kennenlernten, um miteinander arbeiten zu können. In diesem Job ging es um Leben und Tod. Vertrauen spielte dabei eine entscheidende Rolle. Doch das blieb eine unausgesprochene Regel. Emotionen hatten hier nichts verloren. Ein schmaler Grat zwischen Kaltblütigkeit und Zuwendung, wenn man mich fragte.

Matt hatte keine Familie. So wie ich. Das war keine Seltenheit. Genau genommen waren es die richtigen Umstände für diesen Beruf. Dass er sich mir nur in manchen

Unterhaltungen geöffnet hatte, war in Ordnung. Hauptsache wir konnten uns im Einsatz aufeinander verlassen. Sein Lebenslauf war perfekt für diesen Job. Uniabschluss, Empfehlungen, keine Vorstrafen. Er besuchte ein Internat, war bei Bekannten aufgewachsen, zu denen er den Kontakt vor langer Zeit abgebrochen hatte. Ein unauffälliger, schlaksiger Nerd, den man eher unterschätzte. Doch er hatte es drauf. Es gab nur ihn und die Codes, diese ungekämmten Haare und Kapuzenpullis. Das war sein Ding. Genauso wie der Massenkonsum an Energydrinks.

Ich linste zu ihm herüber. Er sah nachdenklich aus.

»Hey«, sagte ich. »Noch ein Bier?«

Mit einer Fingerbewegung schnippte er mehrmals gegen die leere Büchse. Sein Fingernagel hinterließ ein anstrengendes, sich immerzu wiederholendes Geräusch auf dem Blech.

»Klar«, antwortete er und blickte nicht auf.

Ich trottete zum Kühlschrank, schnappte zwei Dosen und hielt ihm eine davon vor die Nase.

Er nahm sie und stellte die Leere neben sich ab.

»Alles klar?«, hakte ich nach.

»Ja, ich … ich dachte nur gerade an einen ehemaligen Bekannten.«

»Ah ja? An wen?«

»Ein Kollege. Coding Ausnahmetalent. Aber er hat keine Chance bekommen und ist die kriminelle Schiene gefahren.«

Ich nahm einen großen Schluck Bier.

»Hm. Wo wollte er denn davor hin?«

»Er wollte gerne die großen Dinge drehen, für die Regierung arbeiten, solche Sachen eben.«

»So wie du heute.« Wir sahen uns kurz an. Er schnaubte und schwieg dann einen Moment.

»Menschen wie er wurden übersehen und werden deshalb kriminell. Ist es dann dennoch seine Schuld?«

Ein tiefgründiger Aspekt. Ich hatte nicht geahnt, dass ihn so etwas beschäftigte. Seine Frage war nicht unberechtigt. Hat nicht jeder Mensch eine Intention, die er für gut hielt? Vielleicht. Aber wenn diese Intention andere Menschen in Gefahr brachte, musste man die Situation meiner Meinung nach von weiter außen betrachten. Realistisch gesehen, lag diese Entscheidung aber nicht auf unserer Ebene, also konnte man sich nur, so gut es ging, davon distanzieren. Andernfalls hatte man die falsche Einstellung, um Befehle auszuführen. So war das nun mal.

»Ich denke nicht, dass es hier um Schuld geht«, schilderte ich.

»Was meinst du?«

»Dass die Menschen ihn übersehen haben, ist unfair. Das mag sein. Aber geht es dann nicht darum, seinen eigenen Weg zu finden? Obwohl er übersehen wurde und die Möglichkeit nicht bekommen hat, das zu tun, was er wollte, bedeutet das nicht, dass das der einzige Weg war, seine Ziele wahr zu machen. Verstehst du?« Ich sah Matt fragend an, bevor ich meinen Standpunkt verdeutlichte.

»Er dachte, er hatte zwei Möglichkeiten. Dabei hatte er drei. Der dritte Weg wäre nur der Schwerste gewesen. Und er hat sich im übertragenen Sinne für den Leichtesten entschieden. Auf Kosten anderer.« Meine Worte schienen etwas in ihm zu bewegen. Er kaute auf seiner Unterlippe herum, bevor er sich die Dose an den Mund setzte. Ich war selbst überrascht, wie viel ich dazu zu sagen hatte. Womöglich lag mir etwas daran, dass er eine Antwort für seine Fragen fand. Schließlich wusste ich genau, wie es war, wenn sich solche Gedanken in einen hineinfraßen. »Und um mich weiter aus dem Fenster zu lehnen: Ich beneide diesen Mann und gleichzeitig tut er mir leid. Denn einerseits hatte er die Freiheit aus dem, was er konnte, etwas Neues, Eigenes zu schaffen, andererseits hat er sie verschwendet.«

Einen Augenblick lang starrte er mich an. Dann strich er sich mit den Fingern über sein Kinn und legte es denkend in seiner Hand ab.

»Auf das Leben«, prostete ich ihm zu. Er stimmte ohne Worte mit ein. Wir schwiegen noch eine Weile und tranken aus. Dann ging ich ins Bett.

◊

Ich starrte an die Decke und dachte nach, über die morgige Mission und die erdrückende, gottverdammte Stille. Im Raum war es dank der Klimaanlage angenehm kühl.

Die leichte Decke reichte mir bis zum Nabel. Trotz der geschlossenen Vorhänge drang das Licht der Straßenlaterne in mein Zimmer. Durch die sich im Wind bewegende Palme vor dem Fenster, entstand ein seltsames Schauspiel an Schatten, die meine Fantasie anregten. Da waren wieder diese Gedankenfetzen. Schwarze Gestalten. Grässliche Schreie. Flackerndes Licht. Mit Mühe verdrängte ich sie. Ich hasste diese Bilder. Ich sah sie so oft, aber konnte nichts mit ihnen anfangen. Es war, als gehörten diese Erinnerungsfetzen nicht zu mir, als würde sie jemand Fremdes denken. Panik überkam mich. Die reinste Angst. Ich wollte flüchten. Meine Brust schmerzte, zog sich eng zusammen. Ich bekam nur noch oberflächlich Luft. Entweder musste ich sofort hier raus, am besten vor die Tür und weglaufen, oder ich schaffte es, mich zu beruhigen. Für einen kurzen Augenblick erlaubte ich mir, die Augen zu schließen. Ein tiefer Atemzug. Ich drehte mich zur Seite. Der Luftzug der Klimaanlage verstärkte das kalte Gefühl auf meinem nassgeschwitzten Rücken.

Monica hatte mir anfangs Termine beim Psychologen verordnet. Bis ich mich zum ersten Besuch hatte durchringen können, waren Monate vergangen. Niemand hatte in meiner Seele zu wühlen, und schon gar niemand, der es professionell machte. Ich brauchte keinen Therapeuten, der mir half damit klar zu kommen. Viel mehr wollte ich daher beweisen, dass ich mich absolut im Griff hatte. Und das hatte ich, verdammt noch mal.

Seit ich die Besuche beim Psychologen mied, wurden die Bilder aufdringlicher, doch mit Konzentration auf meine Atmung wurde es langsam besser. Das Brennen in meiner Bauchgrube löste sich und so kehrte vorübergehend Entspannung ein.

Monica war es, die mich damals aus dem Waisenhaus holen ließ. Sie war es, die mich zu einem Ausbilder brachte. Und sie war es, die dafür sorgte, dass mein Leben einen Sinn hatte. Fast alles hing mit ihr zusammen.

Nur warum wich sie mir immer aus, wenn es um meine Vergangenheit ging? Sobald ich in irgendeiner Form nachhakte, schickte sie mich zum Psychologen. Vermutlich dachte sie, ich war verrückt.

War ich das? Keine Ahnung wie ich den Psychotest bestanden hatte, dem sich alle unterziehen mussten. Aber das hatte ich, also war alles in Ordnung.

KAPITEL 8

Liz

Das erste Mal

Nach ein paar Drinks häuften sich Erics Komplimente. Die Art, wie wir miteinander umgingen, hatte sich mittlerweile zu einem Spiel entwickelt. Wir wurden uns dabei immer vertrauter. Zumindest ging es mir so und ich glaubte, zu sehen, dass auch er sich mir gegenüber öffnete. Seit Kurzem deutete er Geschichten aus seiner Kindheit an und verlor ein paar Worte über seinen Vater. Auch wenn das im Vergleich zu anderen Menschen nicht viel war, war es seinerseits eine vertrauensvolle Geste. Denn alles, was ich von seiner Familie wusste, war, dass seine Eltern, Mr. Garcia und Mrs. Silva, vor vielen Jahren einen nervenaufreibenden Rosenkrieg geführt hatten, der überall in der Presse zu sehen gewesen war. Angeblich war die Scheidung immer noch nicht durch. Das hatte ich zumindest von Isabelle und Paul mitbekommen. Da Eric so verschlossen war, war das nichts, was man so ohne Weiteres in seiner Nähe ansprach. Seit ich ihn kannte, konnte ich mich nicht daran erinnern, dass er je etwas von sich preisgab. Natürlich von sich und der Arbeit oder sich und seinen Plänen, aber niemals von seinem Leben und seinen Gefühlen. Das bewies mir erneut, dass unter der egomanen Fassade und den Flirts, hinter denen er sich in Sicherheit wog, ein guter Kerl steckte. Derselbe Kerl, der einst auch das Gute in mir gesehen hatte.

Zumindest glaubte ich das bis heute, denn er war damals der Einzige in meinem neuen Umfeld aus angeblichen Bekannten der Familie gewesen, der überhaupt mit mir gesprochen hatte. Er hatte mich, ohne zu zögern, auf seine Yachtpartys eingeladen und mir eine Chance gegeben, Teil der neuen Gesellschaft zu werden. Im Gegensatz zu anderen, die mich nur beäugt hatten, als wäre ich ein herumstreunender Straßenhund. Bei all dem hatte er nie viel Zeit mit mir verbracht, hatte lediglich ein paar Mal nach mir gesehen, um mich dann wieder mir selbst zu überlassen. Das lag vermutlich auch daran, dass er auf seinen Partys meist high, überaus betrunken und von irgendwelchen Flittchen umgeben war. Aber für mich hatte es trotzdem etwas zu bedeuten. Denn wenn er das ignorante Arschloch war, für das er sich ausgab, hätte er mich einfach links liegen gelassen. In manchen Momenten hatte er mich sogar herausgefordert, indem er mich dazu überredete Dinge zu tun, die ich eigentlich nicht tat: Beim Flaschendrehen Pflicht wählen oder wie damals in einem Chanel-Kleid über die Reling einer Yacht ins Wasser springen.

In seiner Nähe kam es in mir zu einem Wechsel der Zustände.

Die Skylounge blieb ihrem Namen treu. Eric bewegte sich offensichtlich nicht nur während der Arbeit gerne über den Dächern der Stadt. Nachdem wir den Eingangsbereich hinter uns ließen, eröffnete sich mir ein zwei Stockwerke hoher Raum, dessen Front vollkommen aus Glas war. Der Club nahm die gesamte 44. Etage ein, sodass man die nächtliche Skyline von Miami von überall aus bewundern konnte. Silberne Ketten hingen wie Kronleuchter von der Decke und reflektierten das Licht der hypnotisierenden Lasershow, die vom erhöhten DJ Pult aus, die tanzende Menge zum Toben brachte.

Ich folgte Eric an der Tanzfläche vorbei in Richtung Lounge. Wir trafen dort noch einen Geschäftskollegen, wie er mir nach unserer Ankunft verriet. Als wir um die Tanzfläche herumgegangen waren, passierten wir die riesige, quadratische Bar in der Mitte des Raums, an der ich im Vorbeigehen zwei junge Männer in Anzügen beäugte. Sie schienen in etwa in meinem Alter zu sein. Einer von ihnen rückte das weiße Pulver auf dem Tresen zurecht, bevor er es sich genüsslich durch die Nase zog. Offensichtlich war Eric nicht der einzige Geschäftsmann, der diesen Club gerne besuchte.

Vor den Tischen der halbleeren Lounge kamen wir zum Stehen. Der Bereich war zwar nicht abgetrennt, aber so weit von der Tanzfläche entfernt, dass die Bässe und

Klänge in den Hintergrund traten. Es war düster. Mit dem Licht war man hier besonders sparsam. Das dunkle Violett und Schwarz der Möbel sowie die Glanzoptik erinnerten mich an ein Bordell. Nicht, dass ich jemals eins besucht hätte. Aber wenn ich es mir vorstellen müsste, kam es der Optik dieser Einrichtung durchaus nahe. Nun wurde mir bewusst, dass die Bar hinter mir die komplette Räumlichkeit wie ein Raumtrenner in zwei Teile teilte. Eine Hälfte der Bar ragte zur Tanzfläche, die andere in die Lounge. Eine kreative Idee, die die Innenarchitekten hier hatten.

Eric führte mich zu einem Sitzbereich für vier Personen. Ich ließ mich auf der Couch nieder und sah ihm dabei zu, wie er uns Getränke organisierte, bevor er sich zu mir gesellte.

Die Beine übereinandergeschlagen saß ich neben ihm, während das schwarze Leder der Garnitur unangenehm an meiner Haut klebte.

Um uns herum spielte sich eine Art Theater ab. Jeder Tisch war eine Nummer für sich. Der eine kurioser als der andere. Nur die unausgesprochene Regel, dass zu langes Hinsehen unangemessen war, hielt mich davon ab, alles genauer zu beobachten.

Der ungepflegte, ältere Mann, der sich zwei Tische vor uns in meinem Blickfeld befand, ähnelte einem Mafioso. Zwei wunderschöne Frauen thronten auf seinem Schoß und grinsten wie dämliche Schoßhündchen. Die Männer, die bei ihm hockten, lauschten beeindruckt seinen Worten, die ich von hier aus nicht hören konnte.

Ich sah wieder zu Eric, der sich zurückgelehnt und einen Arm auf das Polster hinter uns gelegt hatte. Das angezogene Bein stützte er auf seinem Oberschenkel und nahm mit einnehmendem Ausdruck einen Schluck von seinem Whiskey, während seine hungrigen Augen mich von der Seite abtasteten.

»Du siehst umwerfend aus«, sagte er mit einem akustischen Lächeln in der Stimme.

Mein schwarzes, bodenlanges Abendkleid hatte einen tiefen Rückenausschnitt, den er in diesem Moment nicht sehen konnte. Dafür brachte der fast hüfthohe Schlitz des Kleides mein Bein zur Geltung.

Erics Augen glitten immer wieder zu meiner nackten Haut und schließlich zu meinen High Heels.

Ich musste zugeben, dass es mir ebenfalls nicht leicht fiel, meinen Blick von ihm zu lösen. Dieser perfekt sitzende, schwarze Anzug, das aufgeknöpfte weiße Hemd und dieser hungrige Blick, der ständig zu meinem Bein hüpfte, machten mich definitiv verlegen.

Ich befeuchtete meine Lippen und sog die Unterlippe ein, um ein verlegenes Grinsen zu verstecken, das sich in meinem Gesicht ausbreiten wollte. Er sollte nicht das Gefühl bekommen, die Oberhand zu haben, was schwer war, da er mein Chef war und sein Auftreten immerzu Dominanz ausstrahlte. Andererseits wollte ich etwas erwidern, das einem Flirt gerecht wurde. Ich hob die Schulter an, um ihn darüber hinweg mit verzücktem Augenaufschlag anzufunkeln. »Das hast du dir doch gewünscht. Und ich bin schließlich deine Assistentin, oder?«, gab ich kund und meinte es eher humorvoll, als anzüglich. Innerlich hingegen sank ich in mich zusammen. Wieso bot ich mich ihm nicht gleich direkt an?

»Und du erfüllst mir jeden Wunsch?« Er hob die linke Augenbraue und sein koketter Ton ließ Hitze in mein Gesicht aufsteigen.

Mir blieb keine Zeit, um über eine Antwort nachzudenken. Vermutlich besser so. Stattdessen fügte er mit einem Zwinkern hinzu: »Sei vorsichtig, was du mir anbietest, mamacita«. Dann nahm er einen weiteren Schluck seines Drinks, dessen starker und leicht süßlicher Geruch mir für einen Augenblick in die Nase stieg.

Dieser Mann verkörperte für mich das absolut Verbotene. Jede Minute, die ich mit ihm verbrachte, verstand ich die Frauen, die ihn anhimmelten, ein Stück mehr. Die Kontrolle abzugeben und die gemeinsame Zeit zu genießen, anstatt mich über Konsequenzen zu sorgen, war so verführerisch. Seine Wirkung auf mich wurde immer intensiver.

Wir starrten zur Tanzfläche, als er plötzlich sein Handy zückte.

»Ich werde dir gleich jemanden vorstellen«, hörte ich ihn sagen, während der Handybildschirm sein Gesicht in blaues Licht tauchte.

Seine Miene hatte sich schlagartig verändert. Sobald es um die Arbeit ging, wirkte er konzentriert, beschäftigt und ernst.

»Ein neuer Geschäftspartner. Es geht um einen kommenden Auftrag. Gleich nächste Woche soll es losgehen. Eine Basis für meine Zukunftspläne für *Safety*.« Ich wurde aufmerksamer.

»Und da ist er auch schon. Mario Valentini.«

Mit einem charismatischen Grinsen kam Eric in den Stand, schloss sein Jackett und ging um den Tisch herum. Der Mann, der sich uns näherte, war mindestens einen Kopf größer als ich, einige Jahre älter und trug einen dünnen Schnauzer. Sein langes schwarzes Haar war gepflegt und glänzte in einem Zopf in seinem Nacken. Der graue Anzug und die rote Krawatte ließen ihn exzentrisch wirken. Mr. Valentini und Eric gaben sich die Hand. Nun stand ich ebenfalls auf und streckte ihm die Hand entgegen. Doch anstatt sie zu schütteln, führte er sie für die Andeutung eines Handkusses an seine Lippen. Sofort überkam mich das Bedürfnis, mir den Handrücken am Kleid abzuwischen, aber ich wollte nicht unhöflich sein und Eric das Geschäft vermiesen.

Mr. Valentinis Lider zuckten, bevor er den nackten Streifen Haut an meinem Bein fokussierte. »Sie haben heute Abend eine umwerfende Begleitung, Mr. Garcia.«

Ich lächelte ihn an, während ich eine Gänsehaut unterdrückte, da der Hauch seines Kusses immer noch an meiner

Hand haftete.

Wir setzten uns und ich lauschte still ihrem Gespräch, während ich nach dem noch unangerührten *Sex on the Beach* griff, den Eric mir vorhin gebracht hatte. In der Hoffnung, ich könnte den Abend dann leichter genießen, trank ich ihn mindestens halbleer.

Eric begann mit geschickt platziertem Small Talk. Kurz darauf ging es um eine Investition in seine Sicherheitsfirma. Ein paar Minuten später konnte ich ihnen nur noch teilweise folgen. Meine Aufmerksamkeit galt dem Tisch vor uns, an dem immer noch dasselbe Schauspiel vonstattenging, das ich vorhin schon beäugt hatte.

Das Verhalten dieser Püppchen auf dem Schoß dieses alten Ekels störte mich ungemein. Würde ich an Erics Seite genauso enden?

Wenn ich etwas schon immer wollte, dann war es frei und unabhängig zu sein.

Eric hingegen schien seinem Vater nachzueifern. Wenn man Mr. Garcia kannte, wurde klar, dass Eric mit seinen Mühen, ihn stolz zu machen, vielleicht niemals Erfolg haben würde. Ich hatte in meinem Leben noch nie einen so kühlen und trockenen Menschen kennengelernt wie Erics Vater. Dass sich seine Eltern scheiden lassen wollten, überraschte mich nicht.

Wie würde es also zwischen uns sein, wenn ich mich ihm hingeben würde? Denn im Moment standen wir zwischen den Stühlen. Zumindest ich. Keine Ahnung, wie *er* darüber dachte.

Er musste sich nie erklären oder rechtfertigen, weil er nun einmal ein Player war und scheinbar keine Angst hatte, verletzt zu werden. Ich hingegen hatte meine naiven Prinzipien, die er als langweilig beschrieb.

Aber sie schützten mich davor ein Püppchen auf dem Schoß eines alten Ekels zu werden. Auch wenn Eric wirklich heiß war und es mich mehr als die übliche Dosis an Selbstkontrolle kostete, ihm nicht vollends zu verfallen, würde ich stark bleiben – nicht auf einen Wein, der nie getrunken werden würde, mit zu ihm kommen und nackt in seinem Bett landen.

Ich richtete meinen Fokus wieder auf Eric, der ganz der Geschäftsmann war und den Abschluss des Gesprächs einleitete. Valentini erhob sich und Eric stand ebenfalls auf. Ein weiterer Händedruck.

Unerwartet verabschiedete sich Mr. Valentini mit viel Körperkontakt von mir und ließ seine Hand unangenehm lang auf der nackten Haut meines Rückens verweilen. Ein Frösteln durchflutete meinen Körper und ich musste meine Gesichtszüge im Zaum halten. Mit einem letzten aufdringlichen Mustern verschwand er in der Menge.

Ich blickte zu Eric und versteckte nicht, wie angewidert ich war. Es kam mir vor, als hätte er mich gleich mit verkauft. Mein irritierter Ausdruck ließ ihn schließlich nachhaken.

»Alles in Ordnung?«

Abwehrend verschränkte ich die Arme. »Mal davon abgesehen, dass du mich benutzt hast, um dir die Abwicklung deines Geschäfts zu erleichtern, ist alles in Ordnung.«

Er lächelte breit. »Dieses Geschäft ist sehr wichtig für mich. Er ist einer der einflussreichsten Wirtschaftsführer unserer Branche. Es hat der Sache sicher nicht geschadet, an seine Vorliebe für Blondinen zu appellieren. Ich kann gut verstehen, wenn ihn das auf andere Gedanken gebracht hat.« Dieses selbstgefällige, süffisante Grinsen.

Unfassbar. Dieser Kerl hatte mich einfach so zu seinem Vorteil benutzt. Er überspielte es, indem er mich mit Komplimenten bombardierte. Und schon wieder sprang mir der gegenüberliegende Mafioso ins Auge. Oh Gott, vielleicht war es bereits so weit und ich war eines dieser Häschen!

»Hey!«, sagte er. »Entspann dich. Ich hab dich ihm ja nicht zum Fraß vorgeworfen. Ich hab ihm nur gezeigt, was er gerne will und nicht bekommen wird. Das ist alles. Und du warst eine perfekte Unterstützung. Wir sind ein gutes Team. Er hat den Deal zwar nicht genehmigt, aber sollte unser Auftrag nächste Woche erfolgreich vonstattengehen, steht meinen Plänen für *Safety* nichts mehr im Wege.«

Ich verdrehte die Augen, woraufhin er mein Kinn zwischen Daumen und Zeigefinger nahm und mein Gesicht sanft, aber bestimmend in seine Richtung drehte. Ganz automatisch baute ich die Barriere der verschränkten Arme ab und ließ ihn gewähren. Mein Herz setzte für einen

Schlag aus. Zwei Nasenlängen voneinander entfernt, schauten wir uns in die Augen.

»Ich wollte dich heute Abend aber nicht nur deswegen dabei haben. Auch, weil ich dich fragen möchte, ob du ein wichtiges Projekt übernehmen willst.« War das so eine Art Beförderung? Eine Überraschung, mit der ich nicht gerechnet hatte. Zudem beruhigten mich seine Worte, da sie die Fantasie, wie ich auf seinem Oberschenkel saß und willenlos lächelte, plötzlich von der Bildfläche drängten. Nachdem er meine erste Reaktion prüfend beobachtet hatte, fuhr er fort. »Eine Aufgabe, die ich nicht jedem anbieten kann, weil ich auf absolute Diskretion setzen muss. Du hast jetzt mitbekommen, wie Geschäfte laufen. Es geht um Strategie, darum eine Armlänge voraus zu sein, wofür es Verstand bedarf, den du offensichtlich hast.« Er tippte mir mit dem Finger frech gegen die Stirn. »Deine Assistenzarbeiten sind perfekt. Dein Aussehen verdreht jedem Business-Mann den Kopf, und du denkst mit. Das gefällt mir. Wenn du also dazu gehören möchtest, würde ich dich gerne in einen engeren Kreis einweihen.«

Ich schluckte. Das ungute Gefühl in meiner Magengegend legte sich etwas. Vielleicht reagierte ich wirklich über. Diese Sache mit der Eigenständigkeit und der Freiheit beherrschte mich irgendwie. Ich sollte mich, was das anging, wahrscheinlich beruhigen.

Er wollte mich nicht ausnutzen, sondern Zeit mit mir verbringen und sich dazu noch erkenntlich zeigen.

Ich nickte, was er sich offensichtlich erhofft hatte, denn er gab mich wieder frei, damit wir uns setzen konnten.

»Ich bestelle uns jetzt noch ein paar Getränke und wir genießen den Abend. Und morgen reden wir wieder über das Geschäftliche. Was hältst du davon?«

Getränke also. Ich wusste nicht, was er für eine Aufgabe für mich bereit hielt, aber sie erfüllte mich jetzt schon mit Stolz. Ich sollte mich unbedingt locker machen, ihm ein bisschen mehr Vertrauen entgegenbringen und stattdessen meine bisherigen Erfolge feiern. Er war schließlich auch ein Teil der Familie, was sollte schon passieren.

Ich biss mir auf die Unterlippe und gab nach.

»Okay«, schmunzelte ich, schloss die Augen und ließ meinen Kopf gegen die Lehne plumpsen.

Erfreut über meine Antwort, rief er eine vorbeigehende Barfrau zu sich und bestellte nach und nach eine Menge Drinks. Zu viele, zu unterschiedliche, zu starke Drinks.

Nach drei Tequila, zwei weiteren Cocktails und einem halben Glas Wein konnte ich kaum noch klar denken, während Eric nach drei Tequila, einem Cognac und drei Gläsern Whiskey noch relativ nüchtern wirkte.

Er deutete amüsante Geschichten von früher an. Bei ein paar davon war ich dabei, was mich fast pausenlos zum Lachen brachte.

Bei ihm war es mehr ein Grinsen oder ein Schnauben. Seine Augen lachten dafür umso mehr, was ihn unglaublich gut aussehen ließ. Schon vor einer Weile hatte er seine Hand auf mein nacktes Knie gelegt. Immer wieder glitt mein Blick zu seinen Lippen, doch ich verwarnte mich gedanklich, meine Haltung nicht zu verlieren. Mit jedem Schluck meiner Drinks spürte ich allerdings, wie diese mich immer mehr verließ.

Sein Jackett hing mittlerweile über der Lehne der Couch und das enganliegende Hemd deutete seine darunter sitzenden Muskeln an. Wieso musste er auch so verdammt gut gebaut sein?

Die Stimmung war gelöst. Ich fühlte mich wohl, aber meine Augenlider wurden schwerer. Erics Augen waren ebenfalls glasig. Es musste ihm ähnlich gehen. Also beschloss ich, Aufbruchsstimmung zu verbreiten.

Als er die Geschichte über seinen Kumpel beendet hatte, der einmal in seinen eigenen Fuß beißen musste, um für eine verlorene Wette aufzukommen, kicherte ich und legte meine Hand auf seine.

»Es war ein toller Abend Eric. Aber ich bin wirklich total fertig und sollte dringend ins Bett.« Ob ich diesen Satz lallte oder nur müde klang? Ich hoffte auf Letzteres.

Er biss sich grinsend auf die Unterlippe und musterte mich mit schmalen Augen. »In mein oder in dein Bett?«

Ein Scherz, oder? Er ließ wirklich nichts anbrennen.

»Du bist unglaublich«, schlussfolgerte ich und wendete erheitert den Blick von ihm ab. Bereits dabei aufzustehen, hielt er mich am Handgelenk zurück.

»Woher willst du das wissen, bevor du es nicht ausprobiert hast?«, witzelte er mit verführerischen Tönen.

Da er aber ebenfalls aufstand und keine Antwort zu erwarten schien, ging ich davon aus, dass es eine rhetorische Frage gewesen war. Diese Feststellung brachte mich dazu, erleichtert aufzuatmen.

Wir verließen die Skylounge und taumelten ein paar Meter über den Bürgersteig. Die kühle Nachtluft belebte meinen Verstand. Meine Füße brannten hingegen wie Feuer. Die High Heels hatten ihre maximale Tragezeit bereits überschritten.

Erschöpfung überfiel mich, bevor wir in eine Limousine einstiegen, die bereits am Straßenrand wartete. Beim Hinsetzen sog mich das luxuriöse Leder regelrecht in sich hinein, so sehr spürte ich die Müdigkeit meinen Körper erobern. Alles in mir gab nach. Die bunten Lichter der Stadt zogen an mir vorbei, bis der Wagen zum Stehen kam. Wir parkten vor einem hohen Gebäude. Eric stieg aus und – hielt mir die Tür auf?

Irritiert über den Ankunftsort, erhob ich mich aus dem Sitz und sah mich um.

»Das ist nicht mein Bett«, teilte ich ihm mit jämmerlichem Ton mit. Mit den gewohnten Berührungen führte er mich zum Eingang des Wohnkomplexes.

»Ich weiß. Ich muss zugeben: Ich lasse dich heute Nacht

nur ungern gehen.« Er zog mich näher zu sich. »Wenn du wirklich nach Hause willst, dann werde ich dich von meinem Chauffeur heimfahren lassen. Wenn du aber nicht gehen willst …« Sein Blick fixierte mich.

Meine Gedanken verloren sich in der Anziehungskraft seiner Augen, die mich hypnotisierten. Ich fühlte mich betäubt und schwerelos zugleich. Die leise warnende Stimme in mir verstummte. Seine Lippen lagen bereits auf meinen, da realisierte ich: Es war zu spät.

Der süßliche Geschmack von Whiskey erreichte meine Zunge, während die Nuance seines dunklen Parfums mir den restlichen Verstand raubte.

Die Wirkung des Alkohols stieg mir zu Kopf. Meine Wangen wurden heiß und meine Atmung beschleunigte sich. Wenn ich bisher noch nicht vollends die Kontrolle verloren hatte, war es spätestens jetzt der Fall.

In meiner Mitte breitete sich ein flehendes Ziehen aus. Eric gab mich frei, um mich gleichauf mit sich zu ziehen.

Sobald sich die Aufzugtüren hinter uns geschlossen hatten, landete ich erneut in seinen starken Armen. Seine Hände waren so verboten direkt und ließen keine Gnade walten. Sie nahmen sich rücksichtslos, was sie wollten. Und ich hieß sie wimmernd willkommen. Ich konnte ein siegessicheres Blitzen in seinen Iriden erkennen, als der Fahrstuhl uns mit einem hellen Ton in Erics Loft absetzte.

Ein nicht endender Kuss lotste mich in sein offenes

Schlafzimmer. Mein Kleid fiel zu Boden. Kalt und heiß zugleich. Er saugte genussvoll an meinem Hals und drängte sich zwischen meine Beine. Die Welt um mich herum verschwamm. Ich spürte ihn überall. Als würde alles auf dem Spiel stehen. Und es war mir völlig egal.

KAPITEL 9

Liz

Böses Erwachen

Autsch! Warum war es so hell? Intuitiv drehte ich meinen Körper auf die andere, dunklere Seite des Bettes. Dabei landete meine Hand rechts von mir auf einem starken, nackten Rücken. Eine Sekunde später wagte ich es, nachzusehen und – Adrenalin jagte durch meine Adern.

Abrupt richtete ich mich auf. Mein Kopf ließ es mich mit stechenden Schmerzen bereuen, sodass ich mich sofort in die Matratze zurückfallen ließ, womit mich mein Magen wiederum mit einem Schwall von Übelkeit bestrafte.

Oh mein Gott! Hatte ich mit Eric geschlafen?

Ich legte mir die kühle Handfläche auf die Stirn und zog das weiße Laken über meinen entblößten Körper.

Mit verschlafenen Augen versuchte ich mich zu orientieren. Ich war eindeutig in Erics Wohnung. Das Sonnenlicht, das durch die bodentiefe Fensterfront schien, die das komplette Loft umgab, machte mir meine Kopfschmerzen erst richtig deutlich.

Wieso? Wieso hatten wir so viel getrunken?

Unsicher über meine verschwommenen Erinnerungen setzte ich mich dieses Mal vorsichtig auf und suchte eine Kondomverpackung. Hoffentlich hatten wir verhütet, denn ich war auf so etwas nicht vorbereitet gewesen.

Das Laken um meinen Oberkörper wickelnd, zwang ich mich auf die Beine und suchte den Beistelltisch ab. Vergebens. Mein rasender Puls gewann noch mehr an Geschwindigkeit. Auf dem Boden meiner Bettseite war ebenfalls nichts zu finden. Als ich allerdings auf seiner Seite des Bettes etwas Farbiges, Glänzendes auf den schwarzen Fliesen liegen sah, atmete ich erleichtert auf. Er hatte ein Kondom benutzt. Dem. Himmel. Sei. Dank.

Okay, ich hatte also Sex mit Eric gehabt. Geschützten Sex. Ich erinnerte mich an keine Details. Aber das brauchte ich auch nicht, um zu wissen, dass es sich bestimmt als ein Fehler herausstellen würde. Ich wusste ja nicht einmal, was das zwischen uns war. Empfand ich etwas für ihn? Er gab mir zwar das Gefühl, etwas Besonderes zu sein, aber hatte das für ihn überhaupt Bedeutung?

Ich schüttelte den Kopf. Über mich. Über diese Situation. Einfach über alles. Aber das Grübeln rief nur weiteres Stechen hervor, also ließ ich es unweigerlich bleiben.

Der Spur aus Unterwäsche folgend, sammelte ich meinen schwarzen BH und den Spitzentanga ein, in die ich gleichauf schlüpfte. Die Zudecke legte ich auf meine Bettseite zurück.

Anschließend durchforstete ich den Raum nach meiner Clutch und meinem Smartphone.

Isabelle hatte sich wahrscheinlich Sorgen gemacht. Nur selten schlief ich nicht zu Hause. Und wenn, dann gab ich ihr in der Regel immer Bescheid. Ich hoffte, dass es ihr nicht allzu viel Kummer bereitet hatte. Sie wusste, dass ich nach der Arbeit noch mit Eric ausgegangen war.

Meine kleine, strassbesetzte Handtasche lag gegenüber des Bettes neben der weißen Ledercouch. Das Smartphone darin blinkte ungeduldig. Ich sichtete einen verpassten Anruf und drei ungelesene Textnachrichten von Isabelle.

Hallo Schätzchen, ich hoffe, dir geht es gut. Du bist noch nicht zu Hause. Ich wollte mich nur erkundigen, ob alles okay ist.

Ich noch mal. Melde dich bitte, sobald du das liest. Du bist wahrscheinlich mit deinen Kollegen ausgegangen und nur zu beschäftigt, um auf dein Handy zu gucken. Ich hoffe, es ist nichts passiert.

Hey Liebes, ich werde jetzt schlafen gehen. Komm gut nach Hause.

Ich sollte sie dringend zurückzurufen.

Vorbei an der Mauer aus Sonnenlicht und der wunderschönen Aussicht auf Miami stolperte ich durch das Loft in das ans Schlafzimmer angrenzende Badezimmer. Eric musste eine weite Aussicht besonders wichtig sein, denn egal wo er war, schien sich auch dieser Anblick hinzugeben. Vielleicht gab die Aussicht ihm das Gefühl, immer über allem zu stehen. Selbst wenn er improvisierte, war er stets souverän. Meine Gedanken führten mich zu historischen Herrschern, die ihre Burgen auf hohen Bergen errichteten, um sich weniger angreifbar zu machen, aber mein Kopf hämmerte wild weiter.

Das Licht im Badezimmer ging automatisch an und die Tür fiel leise ins Schloss.

Schwarze und goldene Details glänzten im warmen Schein der Deckenleuchten. Der Rand der Luxuswanne, die inmitten des Badezimmers stand, bot die einzig mögliche Sitzgelegenheit. Während das kühle Acryl der Wanne unangenehm gegen meinen Hintern drückte, suchte ich Isabelles Nummer in meinen Kontakten. Der Raum war praktisch ein einziger Spiegel, also konnte ich das Elend mit dem Handy am Ohr von allen Seiten betrachten.

Ob Eric wohl meine Narben aufgefallen waren? Wohl nicht, es war schließlich dunkel gewesen.

Isabelle ging sofort ran.

»Hallo Schätzchen, geht es dir gut?« Schläfrig und besorgt, aber nicht vorwurfsvoll.

»Ja, es ist alles okay. Tut mir leid, dass ich mich nicht gemeldet habe. Wir waren gestern aus und ich habe … viel getrunken. Ich konnte nicht mehr fahren und habe … dann beschlossen bei einer Kollegin zu übernachten«, log ich, weil ich ihr nichts von der Nacht mit Eric erzählen wollte. Obwohl er durch den Bekanntenkreis meines Vaters indirekt zur Familie gehörte, war er generell für wilde Partys und Drogen bekannt. Dass sie deswegen beunruhigt war, musste nicht sein. Sie kannte ihn nicht so wie ich. Auf seine Art einfühlsam. Auch wenn er diese Seite selten jemandem offenbarte.

Am anderen Ende des Hörers wurde es für einen Moment still. Ich schaute auf die Narbe an der Schulter meines Spiegelbilds. Ich hatte sie von Dad. Der Flaschenöffner war spitz gewesen.

»Okay, Schätzchen. Wenn es dir gut geht, ist alles in Ordnung. Wirst du dann bald nach Hause kommen?«

Ich seufzte. »Ja, aber nur kurz, um mich umzuziehen. Ehrlich gesagt treffe ich mich noch mit Eric. Wir arbeiten heute an einem Projekt für nächste Woche.«

»An einem Samstag?«

»Ja. Es ist dringend. Und ich möchte ihm damit beweisen, dass ich mich wirklich einbringe. Die Stelle gefällt mir sehr gut.«

»Okay. Dann überarbeite dich nicht.«

»Werde ich nicht«, antwortete ich ihr mit einem müden Lächeln, das nur ich sehen konnte.

»Dann wünsche ich euch viel Erfolg. Und melde dich später.«

»Danke. Das mache ich.«

Wir legten auf. Mit einem Ruck drückte ich mich vom

Rand der Wanne in den Stand und trottete näher an den Spiegel. Das Make-up von gestern war verwischt. Ich wuschelte mir durch die Haare. Es fiel mir nach dieser Nacht voluminös und wild um das Gesicht.

Zeit für Frühstück. Oder zumindest für einen Kaffee.

Mein verkaterter Körper steuerte am leeren Bett vorbei die Küche an. Eric war mittlerweile ebenfalls wach, denn er lehnte an der Theke, nippte an einem Glas Wasser und starrte, nur mit einer Jogginghose bekleidet, auf Miami hinab.

Den Drang, seine Statur bei Licht näher zu betrachten, schob ich beiseite. Stattdessen begann ich die Holzschränke der schwarzen Küche nach einer Tasse abzusuchen und gab meinen Augen etwas zu tun. Ganz im Gegenteil zu ihm, der mich, ohne zu zögern musterte. Unangenehm. Das Tageslicht bot beste Sicht auf jede Stelle meines Körpers.

»Kaffee?«, fragte ich ihn, während seine Pupillen mich verfolgten.

»Ich lasse uns Frühstück kommen«, war seine Antwort.

Dann suchte er ebenfalls das Bad auf.

Ich fragte mich, ob er mein Telefongespräch mitbekommen hatte.

War dieses Bad hellhörig? Ich würde ihn nicht fragen.

Andererseits hatte ich das Gefühl, dass er jemand war, der nicht viel mithören musste, um zu überblicken, was passierte. Diese Eigenschaft strahlte eine gewisse Macht aus, die mich gleichermaßen anzog, wie abschreckte.

Bevor ich das Essen auf dem Glastisch ausbreitete, das Eric bei einem Restaurant in der Nähe bestellt hatte, schlüpfte ich in einen Bademantel. Ich hatte ihn zurechtgelegt auf meiner Bettseite gefunden. Auch wenn es seltsam war, empfand ich diese Geste als aufmerksam. Nach drei Toasts, einer Schale Früchte und zwei Tassen Kaffee, fühlte ich den gestrigen Abend immer noch. Das ausgiebige Katerfrühstück provozierte meinen Magen. Ich hätte mich am liebsten zurück ins Bett gelegt. In mein Eigenes, verstand sich.

Eric trank ein Glas Tomatensaft und verzehrte eine große Schüssel Müsli. Nachdem er eine Weile auf dem Handy hin und her wischte und, wie ich vermutete, seine Mails checkte, blickte er mit zusammengekniffenen Augen zu mir auf.

»Nach dem Geschäftstermin gestern, hatten wir ein gutes Gespräch. Ich habe dir eine Aufgabe versprochen, einen nächsten Schritt. Einen sehr wichtigen Schritt für mich.« Er forschte in meinem Gesicht, da er sich vermutlich davon überzeugen wollte, dass ich mich noch daran erinnerte. »Dafür muss ich aber erst wissen, ob ich dir vertrauen kann, mi corazón. Wenn ich dich in diesen Kreis aufnehme, dann muss ich mich zu einhundert Prozent auf dich verlassen können.« Natürlich konnte er das. Allerdings nickte ich nur, da ich heute Morgen nicht genug Mut aufbrachte, ihn zu unterbrechen. »Ich habe dir gestern gesagt, dass du die Richtige für diese Aufgabe bist, aber ich will es von dir hören. Glaubst du, du bist bereit, mehr Verantwortung zu übernehmen? Sehr viel mehr? Denn dann würde ich dir einen entscheidenden Posten einer Projektgruppe übergeben. Du hättest Zugriff auf vertrauliche Informationen, die nur wenige in der Firma kennen.«

Ich starrte ihn an und setzte mich aufrecht hin. Er kam heute Morgen schnell zur Sache.

Was würde es bedeuten, diesen nächsten Schritt zu gehen? Dass er mir im Voraus nichts Weiteres über dieses Projekt verriet, verunsicherte mich. Allerdings arbeitete ich bei einem Unternehmen, das Sicherheitsstrategien und Sicherheitstechnik vertrieb. Möglicherweise war es üblich, dass man sich zur Geheimhaltung verpflichtete und besonderen Konditionen wie einer Schweigepflicht zustimmte. Außerdem schien die ganze Sache eine gute Chance für mich zu sein, mich zu beweisen. Ich hatte bei *Safety* nach dieser kurzen Zeit schon eine Perspektive, und diese Chance sollte ich unabhängig dessen, was zwischen mir und Eric war, ohne zu zögern ergreifen. Das war zumindest das, was ich von Eric gelernt hatte.

Auch wenn mein Magen sich immer noch drehte und mein Bauchgefühl deshalb kein guter Ratgeber war, entschloss ich mich dazu, zuzustimmen.

»Ich bin bereit.«

Erics Lippen zuckten. Und da war wieder dieser siegessichere Ausdruck in seinen Augen.

Er erhob sich und ging zur Theke. An die Küche schloss eine kleine Bar an, hinter der sich ein Regal mit einigen edel aussehenden Flaschen befand. Ich beobachtete, wie er nach einer halbvollen Karaffe griff, in der sich die bernsteinfarbene Flüssigkeit bewegte. Zwei Gläser klirrten, als er sie mit einer Hand aus dem Regal hervorholte und ein wenig des starken Alkohols in das durchsichtige Kristall floss.

»Es ist elf Uhr morgens«, stellte ich fest, falls er das vergessen haben sollte.

Er warf mir über die Schulter einen koketten Blick zu, nahm beide Gläser und kam mir entgegen. Anstatt sich wieder zu setzen, stellte er sich vor mich und hielt mir eines davon unter die Nase. Ich stand auf, um mit ihm auf Augenhöhe zu sein.

»Drei Dinge, jetzt da du eine Businesslady bist. Erstens: In den höheren Etagen gibt es keine Uhrzeiten-Regel für Alkohol. Zweitens: Im Anschluss eines abgeschlossenen Geschäfts wird immer angestoßen. Und drittens: Das hier ist ein vierzig Jahre alter Highland Park Single Malt Scotch, den man niemals und ich wiederhole, *niemals*, ablehnen sollte.«

Er ließ mich nicht aus den Augen, als er sein Glas gegen meines stieß und anschließend einen Schluck daraus nahm.

Zuerst erwiderte ich seinen Blick und sah dann auf das Glas hinab. Allein der Geruch widerte mich an. Mein Magen schien für diesen Konter noch nicht bereit zu sein.

Dennoch legte ich das Glas an meine Lippen. Ich war jetzt eine Businesslady.

Nur ein winziger Schluck. Nur für diese Sache.

Sein Blick wanderte meinen Hals entlang, stoppte an meinem Dekolleté und endete schließlich an der Schlaufe meines Bademantels, als plötzlich sein Handy klingelte.

Dem Himmel sei Dank. Er sah auf das Display, bevor er den Anruf annahm und sich abwandte. Ich schluckte den Teil des teuren Tropfens, der sich bereits in meinem Mund befand, und stellte das Glas mit dem enthaltenen Rest auf dem Tisch ab. Der scharfe Nachgeschmack und ein taubes Brennen breiteten sich bereits in meinem Rachen aus. Für einen kurzen Moment bemerkte ich sogar eine Besserung des Kopfschmerzes. Konnte das sein?

»Sie ist dabei«, hörte ich ihn sagen. »Wir treffen uns in einer Stunde im Büro.« Dann legte er auf und platzierte das Handy mit dem Display nach unten auf dem gläsernen Esstisch. Ich fragte mich, mit wem er wohl gesprochen hatte. Besser, ich nahm es mir nicht heraus, nachzuhaken.

Als sich unsere Blicke wieder trafen, näherte er sich mir und griff sanft nach meinem Kinn.

Sein Raubkatzenblick begann mich bereits zu verspeisen, was mein Herz zum Rasen brachte. Doch sein Ausdruck veränderte sich plötzlich. Er ging auf Abstand. Mein Körper rebellierte. Was war los mit mir? Was war los mit *ihm*?

»Ich bin nie dafür, dass Frauen sich anziehen, aber in diesem Fall ist unser Projekt wichtiger. In einer halben Stunde fahren wir.«

KAPITEL 10

Liz

Hinter verschlossenen Türen

In der Limousine starrte ich verträumt durch die Scheibe und verfolgte die vorbeiziehende Stadt. Ein seltsamer Samstagmorgen. Da ich mit dem spontanen Schäferstündchen letzte Nacht nicht gerechnet hatte und Eric mir den kurzen Besuch zu Hause verwehrte, weil er nicht wollte, dass wir zu spät kamen, trug ich heute dasselbe Kleid wie gestern. Er hatte mir nach der Dusche zwar frische Kleidung angeboten, aber die hatte ich abgelehnt. Da ich erst recht keinen Slip von ihm annahm, hatte ich heute auf ein Höschen verzichtet. Wieso hatte ein Kerl, der allein wohnte, Damenkleidung zum Wechseln zu Hause? Da ich mir nur schwer vorstellen konnte, dass er sie selbst anzog, konnte es nur eins bedeuten. Und da trug ich lieber mein Kleid von gestern. Auch wenn es overdressed schien und sich dreckig anfühlte. Inzwischen hatte ich auch Isabelle Bescheid gegeben und versuchte, mich mit der momentanen Unbequemlichkeit so gut es ging abzufinden. Dass ich mich wie eine lebende Tote fühlte, machte es mir allerdings schwer.

Meine schwarzen Riemchen-High Heels drückten in die noch von gestern wunden Stellen, mein Kopf war schwer und mein Magen hatte den morgendlichen Tropfen Alkohol nur mit Protest angenommen. Ich hoffte, dass das frische Make-up, das ich auftreiben konnte, seine Versprechen hielt und das Schlimmste verdeckte.

Aufgeregt und daher auch aufmerksamer, nahm ich die morgendliche Situation gefasster wahr und folgte Eric, dem die gestrige Nacht nicht mehr anzusehen war.

Im sechzigsten und damit obersten Stockwerk des *Safety* Gebäudes angekommen stiegen wir aus dem Aufzug. Und ich hatte mich schon gefragt, warum Erics Büro sich nicht ganz oben befand. Nun wurde es mir klar. Die Büros hinter den Glasscheiben standen vollkommen leer. Es sah aus, wie auf einer Baustelle. Ich erkannte den dunklen Fliesenboden wieder, der auch in der 52. Etage verlegt war. Aufgrund von noch übrigem Staub und Dreck zeigte er nur an manchen Stellen das Spiegelbild der Umgebung.

Stellenweise hing dreckige Folie von der Decke und ein kalter Luftzug fegte durch den Flur. Eigenartig.

Angespannt leckte ich mir über die Lippen, als wir vor einer abgedunkelten Tür stehenblieben. Ein inoffizieller Meeting-Raum?

Über einen Fingerabdruck-Scan öffnete er die Tür.

Als wir das Zimmer betraten, schlug mein Herz etwas

schneller.

Keine der Personen, die mich beim Eintreten mit kritischen Augen abschätzten, saß an dem großen Konferenztisch in der Mitte des Raumes. Stattdessen standen sie um ihn herum.

Besonders streng beäugte mich die rothaarige Dame. Sie war wahrscheinlich um die 40, wirkte aber älter. Ihr Dutt und der lange Bleistiftrock erinnerten mich an Schwester Anna – nur dass Schwester Anna nie so demonstrativ ausladend dreingeblickt hatte.

Zwei Männer in Anzügen lehnten über ein paar Akten. Sie sahen fast aus wie Zwillinge. Ihre klobigen, muskulösen Körper und ihre beeindruckende Größe wirkten sogar noch einschüchternder, als die Waffen, die aus ihren Holstern blitzten. Motive aus schwarzer Tinte zierten ihre Hände und lugten am Hals aus dem weißen Hemd hervor. Die auf den schnellen Blick erkennbaren Bilder untermalten ihre gewaltverherrlichende Ausstrahlung.

Unwillkürlich rieb ich mir die nackten Arme. War es hier drin noch kühler als im Flur oder ging es nur mir so?

Ein dritter Mann begegnete mir als Einziger mit einem Lächeln, das ihn überaus selbstsicher wirken ließ.

Seine schlaksigen Finger rückten die randlose Brille zurecht, die auf seiner Nase saß. Wenigstens einer hier schien normal zu sein.

Das hellblaue Hemd, das in seiner Anzughose steckte, und diese verwegenen, blonden Locken ließen ihn im Vergleich zu den anderen harmlos und belesen aussehen. Seine Augen verfolgten aufmerksam meine Bewegungen.

»Ich würde dir gerne das Team vorstellen.« Eric begrüßte die Runde mit einem Nicken. »Emilia Richter, unsere Koordinatorin. Juan Ramiréz und Alejandro Gorro. Sie arbeiten für mich zeitweise als Bodyguards. Und …«

Gorro war der Kerl mit dem Man Bun. Zum Glück hatte er sich zur Seite gedreht. Ich hätte die beiden sonst vorerst nicht auseinanderhalten können. Eric deutete auf den Freundlichsten der Gruppe. »Alexander Clark, IT-Spezialist mit ungewöhnlicher Expertise für Chemiewaffen.« Clark zwinkerte mir zu. Ein Spezialist für Chemiewaffen? Welches Firmengeheimnis konnte so geheim sein, dass es sein eigenes A-Team brauchte?

»Ich werde Liz noch eine kurze Einweisung geben. Holt euch einen Kaffee«, befahl Eric.

»Selbstverständlich.« Die Rothaarige ging voraus. Die anderen folgten.

Ein Moment der Stille kehrte ein.

Erics ernste Miene machte mich nervös.

»Das Team kennst du jetzt. Kommen wir zum Geschäft. Jeder hier hat sein Spezialgebiet. Ich habe auch dich für eine spezielle Aufgabe vorgesehen.«

Er verschränkte die Hände hinter dem Rücken. »*Safety* ist eines der erfolgreichsten Sicherheits-Unternehmen der Welt geworden. Wir sind Exportweltmeister und unsere Sicherheits-Services und -Produkte werden an die Besten der Besten vermittelt. Und warum? Weil wir immer einen Schritt voraus sind. Jedes erfolgreiche Unternehmen weiß, wie es einen regelmäßig wiederkehrenden Kundenstamm schafft. Um mit den Großen mitzuspielen …« Er legte den Kopf schief und starrte eindringlich zu Boden, bevor er mich wieder ansah. »Nein«, verbesserte er sich selbst, »… um besser zu sein, ist ein besonderer Geschäftssinn nötig. Wir kennen unsere Kunden gut. Manchmal besser als sie sich selbst. Sie wissen oft nicht, welchen Unsicherheiten sie sich wirklich aussetzen und welche unserer Produkte sie brauchen. Und genau deshalb erinnern wir sie daran. Vor etwa drei Wochen habe ich Victor Alban, dem Chef des Diamond Hotels in Miami, ein Angebot unterbreitet. Ein Sicherheitsprogramm, das all seine Sicherheitslücken schließen könnte. Er hat abgelehnt.« Sein scharfer Blick löste sich von mir und betrachtete die umliegenden Häuser. »Aber es gibt ein Familienerbstück, was ihm sehr am Herzen liegt. Ein faustgroßer Diamant, durch den das Hotel erst seinen Namen bekam. Sein wahrscheinlich wertvollster Besitz. Um ihn daran zu erinnern, wie *Safety* sein Geschäft schützen kann, greife ich zu Maßnahmen, die sein Schutzgefühl brechen und letztendlich für ihn, wie auch für mich, ein sinnvolles Geschäft ergeben.«

Einen Augenblick lang ließ er das Gesagte auf mich wirken. Dann musterte er meine Reaktion.

Hatte er mir eben erklärt, dass er seine Kunden manipulierte, um ihnen seine Produkte aufzudrängen? Oder hatte ich ihn falsch verstanden?

Soweit ich das beurteilen konnte, war das äußerst kriminell. Jetzt verstand ich auch, warum er so einen Wind darum gemacht hatte, ihm mein Vertrauen zu schenken. Und ich dachte, er wollte mich befördern, mir mehr Verantwortung geben. Das hatte ich nicht erwartet.

Das Gefühl, das mich überkam, konnte man Panik nennen.

Wie zur Hölle sollte ich aus dieser Situation wieder herauskommen?

Intuitiv suchten meine Augen die Tür. Eine Fluchtmöglichkeit. Ich wusste, dass es nicht clever war, diese Angst zu zeigen. Leider hatte ich im Moment nur bedingt die Kontrolle über meine Bewegungen. Meine Knie wurden zittrig und meine Brust kurzatmig.

»Emilia ist für die Organisation der Baupläne zuständig. Du sollst die Pläne studieren. Ich brauche dich für die Analyse der Lage einer kleinen Bombe. Sie soll der Ablenkung dienen und so platziert sein, dass keiner verletzt wird. Nichts Dramatisches. Da du Expertin für Gebäudestatik bist, bist du die Richtige für diese Aufgabe«, fuhr er fort.

Ich atmete hörbar aus. Mir wurde immer bewusster, wie sehr ich am Arsch war.

Es sollte also keine Verletzten geben. Wenigstens hatte er noch ein Fünkchen Menschenverstand behalten.

Allmählich erreichte mich auch die Erkenntnis, wie lange er sein Vorgehen schon arrangiert haben musste.

War ich von Beginn an Teil des Plans gewesen?

In Gebäudestatik hatte ich immer eine der besten Noten bekommen. Das schien er meinem Zeugnis entnommen zu haben.

Jetzt ergab alles einen Sinn.

»Ach ja und noch was.« Er lächelte arrogant.

Ein kurzer Schauer überkam mich, als ich versuchte, zu schlucken, aber feststellen musste, dass mein Mund völlig ausgetrocknet war.

»Du bist die Kleinste und Schmalste von uns. Außerdem verstehst du genug von Belüftungssystemen, um die Orientierung zu behalten. Das bedeutet, dass du diejenige sein wirst, die durch das Schachtsystem klettern und den Diamanten stehlen wird, während die Sicherheitsbeauftragten die Gäste evakuieren.« Wie bitte? Ein seltsamer Mix aus Emotionen mutierte in meinem Inneren zu einem Wirbelsturm. Ein hysterisches Lachen bahnte sich in mir an, würde aber niemals zum Ausdruck kommen, da die Angst vor diesem Wahnsinnigen mir die Kehle zuschnürte. Damit er meine zu zittern beginnenden Hände nicht bemerkte, ballte ich sie zu Fäusten. »Alle werden abgelenkt sein. Clark wird das Sicherheitsnetz hacken und die Kameras deaktivieren. Du wirst mir den Diamanten bringen. Eine Woche später gebe ich ihn Alban zurück. Kurz darauf werde ich ihm das Angebot erneut unterbreiten und er wird unterschreiben.«

Ich soll ein Hotel bestehlen? Hatte er meinem Zeugnis

etwa nicht entnommen, dass ich gewissenhaft und vor allem nicht kriminell war?

Er war krank zu glauben, dass er über diese heimtückische Masche an meine Zustimmung kam. Andererseits schrillten meine Alarmglocken bei dem Gedanken mich nicht zu unterwerfen.

Denn wenn er so skrupellos war, wie er mir im Moment erschien, konnte ich mir nicht sicher sein, zu was er noch fähig war.

Mir brannte die Magensäure die Speiseröhre hinauf. Ich schluckte, weil ich Sorge hatte, mich sonst übergeben zu müssen.

Langsam kam er näher. Langsam wich ich zurück.

Die sich zwei Meter hinter mir befindende Wand gab mir das Gefühl, in die Ecke getrieben zu werden. Dieses Gefühl war mir durchaus vertraut, denn ich erinnerte mich noch gut daran, wie Dad dasselbe getan hatte. Und wenn es eins gab, was ich noch wusste, dann, dass sich zu ergeben, es nicht besser gemacht hatte.

Ich musste mich wehren.

»Du willst also von mir, dass ich dir helfe, ein Hotel zu bestehlen und andere Menschen mit einer Bombe in Gefahr bringe?« Ich verschränkte die Arme und war stolz, dass meine Stimme nicht genauso zitterte, wie meine Hände und Knie.

»Ich möchte, dass du das machst, weil ich mir sicher bin, dass du es schaffst, die Gäste nicht in Gefahr zu bringen«, antwortete er, als würden wir uns über etwas Alltägliches unterhalten. »Es soll kein Attentat werden, sondern nur eine Warnung.«

»Hör zu. Ich weiß, ich habe dir meine Treue zugesagt. Aber mit so etwas habe ich nicht gerechnet. Ich denke nicht, dass ich die Richtige für diese Angelegenheit bin.« Möglichst selbstbewussten Schrittes ging ich an ihm vorbei, als ich einen unangenehm festen Druck um mein Handgelenk spürte. Er hielt mich zurück. Der wütende Ausdruck in seiner Miene war angsteinflößend.

Sein Unterkiefer schob sich vor und seine Kiefermuskulatur schien angespannt. Scheinbar kämpfte er genauso mit seiner Selbstbeherrschung, wie ich. Die Luft schien dünner zu werden.

»Ich hatte dich gewarnt; dich vorher eindeutig nach deiner Treue gefragt. Deine Zustimmung war leider verbindlich.« Der Druck verstärkte sich. »Deine Fähigkeiten sind perfekt für diese Aufgabe. Du bist gut, in dem was du tust und sollst Teil dieses Projekts werden.«

»Willst du mich etwa zwingen?« Mein Ton war trotzig. Ich fühlte mich hintergangen. Auch von mir selbst. Wie hatte ich ihn nur so falsch einschätzen können?

»Du kannst es nennen, wie du willst. Ich habe Informationen über deinen Vater, die dich in Bezug auf deine Entscheidung sicher interessieren werden.« Die Arroganz in seiner Stimme war unverkennbar. Er deutete auf eine der vielen Akten auf dem Tisch.

Ich hätte ihn nie für so verzweifelt gehalten. Und auch wenn ich viele Fragen an meinen Vater hätte, sollte Eric keine davon beantworten dürfen. Nur dieser eine leise Funke in mir, der vermutete, es könnte sich mehr dahinter verbergen, ließ mich schließlich nachhaken. »Was meinst du?«

»Ich kann dich leider nicht mehr gehen lassen«, erklärte er mit scharfer Stimme. »Hast du dich nie darüber gewundert, dass dein Vater so plötzlich verschwunden ist?« Sein rauer Finger streifte eine Haarsträhne hinter mein Ohr. »Sicher hast du das. Er hat euch nicht verlassen, mi corazón. Er wurde umgebracht.«

Ungläubig suchte ich nach einem Anzeichen für einen äußerst schlechten Scherz. Wieder ballten sich meine Hände wie automatisch zur Faust. Die tiefe Wut, die mit einem Mal in mir hochkochte, brachte meinen Puls zum Anschlag.

»Du verdammter Lügner!«, presste ich leiser als gedacht hervor. Wie konnte er nur! Eine Narbe zu öffnen die bereits verschlossen war und von der er gar nichts wissen sollte. Skrupellos.

Aber – wäre er wirklich in der Lage eine Mordgeschichte zu erfinden, nur um mich in sein sinkendes Boot zu holen?

Sein stechender Blick durchbohrte mich und er wies erneut auf die Akte hin. »Sieh selbst«

Es klang mehr wie ein Befehl. Endlich ließ er mein Handgelenk los.

Ich ging zum Tisch und blätterte durch die losen Seiten.

Meine Fingerkuppen streiften über einige Berichte von besonders schweren Tagen, an denen die Polizei bei uns geklingelt hatte. Auch über einen Bericht, der wie ich schnell erfasste, den Tod meines Vaters beschrieb. Fotos des Tatorts lagen bei. Ich fand mehrere Zeugenaussagen, unter anderem von Isabelle, Mom und ein paar Nachbarn.

Nur um sicherzugehen, inspizierte ich die Bilder genauer. Das Tatortfoto zeigte unser früheres Wohnzimmer. Um die Blutlache waren Fußspuren sichtbar, die das penetrante und teilweise getrocknet aussehende Rot überall verteilten. Ein anderes Foto zeigte Blutspritzer an der daneben liegenden Wand, sogar über der Kommode. Das war zweifellos unsere Einrichtung – unser Teppich und unsere Möbel.

Ein Bericht eines Arztes. Einige beglaubigte Dokumente. Fingerabdrücke. Alle Seiten mit realistischem Datum.

Ich fragte mich, wie ich von all dem nichts mitbekommen haben soll. Wie hatte Dad bei uns zu Hause sterben können, ohne dass mir etwas aufgefallen war?

Ich durchforstete meine Erinnerungen nach möglichen Anzeichen, dass ich etwas übersehen hatte. Daraufhin fiel mir einer der seltenen Tage ein, an denen Isabelle zu Besuch war, bevor ich von der Schule nach Hause kam. Wir hatten gerade eine schlimme Phase mit Dad. Mom meinte, dass sie jemanden zum Reden brauchte. Sie hatten mich gebeten, im Heim Abend zu essen. Konnte es dieser Tag gewesen sein? Hatten sie mich weggeschickt, weil sie sich überlegt hatten, wie sie die Leiche loswurden und die Möbel sauber schrubbten? Mir wurde übel. Die Bilder, die ich aus den hintersten Schubladen meines Langzeitgedächtnisses fischte, waren neblig, aber es war durchaus möglich, dass diese Dokumente der Realität entsprachen.

Ich befürchtete, keine Luft zu bekommen. Das durfte nicht wahr sein. Ich wollte das nicht glauben.

Aufdringlich drückten sich Tränen in mein Sichtfeld, doch ich blinzelte sie davon. Schluss damit! Dieses Arschloch manipulierte mich von Anfang an. Wieso sollte er hiermit die Wahrheit sagen? Ich ließ mich nicht erpressen. Schon gar nicht mit einer sicherlich inszenierten Geschichte. Wenn es so gewesen wäre, wie es hier stand, dann hätte Mom es mir gesagt. Und Isabelle auch.

Oder?

Ich ließ die Akte zurück auf den Tisch fallen und schloss die Augen. Einen Atemzug gönnte ich mir. Dann fasste ich einen Entschluss. Ich wollte hier raus. Kontrolliert steuerte ich Richtung Tür. Genug.

Sein Griff schnellte hervor, packte dieses Mal meinen Oberarm. Er zog mich zurück, bis mein Gesicht direkt vor seinem war.

Ich wand mich, was den Druck aber nur fester werden ließ. Obwohl ich mich in diesem Moment unterlegen fühlte, meine Beine nachgaben und ich jede Emotion nur mit Mühen zurückhalten konnte, würde ich keine Schwäche vor ihm zeigen.

»Hast du den Bericht gelesen?«, fragte er. Ich antwortete nicht.

»Hast du den Bericht gelesen?«, brüllte er. Ich blinzelte und schluckte, bewegte mich aber keinen Zentimeter.

Ich hatte ihn überflogen. »Nein. Ich glaube deine Lügen nicht.«

Er biss sich wütend auf die Unterlippe, bevor er mit ruhiger Miene fortfuhr: »Als dein Dad mal wieder über seinen Durst getrunken hat und in Prügellaune war, war Isabelle an Ort und Stelle. Dein Dad schlug deine Mom fast tot und wollte sich danach dich vorknöpfen. Isabelle hatte euch an diesem Tag besucht. Sie nahm eine Tischlampe und …«, seine Pause sprach Bände.

Ich schloss die Augen, um seinem Blick zu entkommen.

Was er sagte, klang nicht unwahrscheinlich. Aber selbst wenn es real wäre: Wie war Isabelle damit davon gekommen? Und wieso sollte ausgerechnet Eric davon wissen? Das machte alles keinen Sinn.

»Woher weißt du das alles? Woher hast du die Akte und wieso ist Isabelle nicht …«

Er schnitt mir das Wort ab. »Isabelle wäre wegen Mordes ins Gefängnis gekommen. In unseren Kreisen bedeutet das einen irreparablen Rufmord. Sie und Paul hätten weder beruflich noch privat jemals wieder Fuß fassen können.« Trotz seiner in diesem Moment dunklen, zusammengekniffenen Augen konnte ich klar erkennen, dass er mich missbilligte. Ein Blick, der mir bekannt vorkam und von dem ich dachte, ihn niemals in seinem Gesicht zu lesen. Als wären ich, Isabelle und Paul unwürdig ein Teil dieser Gesellschaft zu sein. »Mein Dad und seine von ihnen so verschrienen Vorgehensweisen waren dann plötzlich doch nicht mehr so falsch«, fügte er hinzu. Ich schluckte hart, denn was ich als Nächstes vermutete, wollte ich nicht hören.

»Sie wandten sich an ihn und fragten um Hilfe. Mit seinen Kontakten und einer hohen Geldsumme konnte illegal vertuscht werden, was Isabelle getan hatte. Für einen großen Gefallen war mein Dad bereit zu helfen. Er hat Anspruch auf die mit Paul geteilten Firmenanteile genommen. Seit ich diesen Anteil geerbt habe, habe ich Zugang zu internen Akten. Ich habe alles erfahren, was ich wissen musste.«

Nun ergab doch alles einen Sinn. Das plötzliche Verschwinden meines leiblichen Vaters, meine Adoption durch Isabelle und Paul, dessen Jobwechsel kurz nach meinem Einzug, auch ihre warnenden Blicke, bevor ich zu Eric in die Firma fuhr – es passte alles zusammen. Hatten sie mich etwa all die Jahre belogen?

Wenn all das tatsächlich der Wirklichkeit entsprach, hatte Isabelle uns aber nur beschützen wollen. Mich und Mom.

Er gab meinen Arm frei und senkte den Kopf, bis er mir in die Augen sehen konnte. »Noch etwas: Ich bin bereit, diese Geschichte öffentlich zu machen, wenn du nicht tust, was ich dir sage.« Wie bitte? Das wagte er nicht. Ich spürte meinen Herzschlag gegen die Haut meines Halses hämmern und vergrub die Fingernägel in den Handflächen. Das durfte alles nicht wahr sein.

»Denk daran. Sie hat es nur für dich getan. Um dich zu beschützen. Willst du ihr also ihr restliches Leben zerstören? Vergiss nicht, dass sie Ihres für Deines riskiert hat. Dass dann die ganze Vertuschung umsonst gewesen wäre, all eure zukünftigen gemeinsamen Jahre gestrichen wären.«

Jede Zelle in mir wehrte sich, doch alles, was ich tat, war mir auf die Zunge zu beißen und zu nicken.

Fürs Erste hatte ich zumindest keine andere Wahl.

Er hob mein abgewandtes Kinn sanft in seine Richtung. »Alles wird gut, mi corazón«, hörte ich ihn fast behutsam flüstern. Dann klingelte sein Smartphone. Er zog es aus der Tasche und meldete sich mit gewohnt professionellem Ton. Seine eiskalte Art brachte mich zum Frösteln. Ich brauchte einen Moment, um mich nach diesem Schock zu fassen. Dann wischte ich mir die Tränen von der Wange, die ich erst jetzt bemerkte und sah mich Halt suchend um. Erst einmal musste ich Ruhe bewahren. Dann würde ich weitersehen.

KAPITEL 11

Liz

Immer und immer wieder

Es war bereits Mitternacht. Ich lag in meinem Bett, eingemummelt in eine leichte Decke. Während der Wind die Vorhänge durch das offene Fenster sanft hin und her wog, kreisten meine Gedanken um die heutigen Geschehnisse. Erschöpfung und Schlaflosigkeit durchzogen meinen Körper. Ich resignierte innerlich und starrte in die Dunkelheit, die mich ummantelte.

Isabelle hatte meinen Dad ermordet. Es stimmte. Ich spürte es. Erics Geschichte beantwortete so viele Fragen: Warum es ausgerechnet Isabelle war, die mich adoptiert hatte, warum mein Vater schlagartig, wie vom Erdboden verschluckt, verschwunden war, und warum meine neue Familie diese starke Verbundenheit zu dem so gegensätzlichen Clan der Garcias aufrecht erhielt.

Als ich heute von der Arbeit nach Hause gekommen war und Isabelle und Paul mir beim Abendessen gegenübersaßen, hatte ich keinen Ton herausgebracht. Ich musste immerzu daran denken, wie Dads Blut an Isabelles Händen klebte und dass sie mir, obwohl ihr Offenheit immer so wichtig gewesen war, nichts davon erzählt hatte. Dachte sie, dass ich vielleicht nicht stark genug war, das zu verkraften? Fühlte sie sich schuldig? Ich konnte mir kaum vorstellen, wie es war, einen Mord vor jemandem geheim zu halten. Sie litt wahrscheinlich jeden Tag. Jedes Mal, wenn ich von meinem leiblichen Vater erzählt hatte, erinnerte ich sie wohl an den Mord. Und gleichzeitig spürte auch ich ein schlechtes Gewissen. Ich wünschte, ich hätte weniger von ihm gesprochen. Nachdem ich ein paar Bissen heruntergewürgt hatte, war ich direkt ins Bett gegangen. Nur an Schlaf war immer noch nicht zu denken.

Isabelle hatte für mich und Mom alles riskiert. Sie hatte sich für uns eingesetzt. Was hätte sie sonst tun sollen? Zusehen wie er uns tot prügelte und das Risiko eingehen, dass er auch ihr etwas antat? Sie hätte uns auch zurücklassen und flüchten können. Aber so war sie nicht.

Mein Bauch brannte, meine Kehle schnürte sich zusammen.

Dass sie dieses Leid für mich auf sich nahm, berührte mich tief. Nun war es an der Zeit, dass ich *sie* beschützte. Ich konnte nicht zulassen, dass jemand erfuhr, was passiert war.

Die Polizei zu rufen kam mir in den Sinn, doch da Eric und sein Vater gute Kontakte zum Präsidium zu haben schienen, wäre das Wagnis zu groß. Im schlimmsten Fall würde das zur Veröffentlichung des Tatberichts und der Vertuschungsaffäre führen.

Und wenn ich Eric ebenfalls erpresste? Ich war über sein kleines, geheimes A-Team im Bilde. Doch auch in diesem Fall war er mir weit überlegen. Ich hatte keine richtigen Beweise und er war mir planmäßig meilenweit voraus. Mit Sicherheit hatte er für jeden möglichen Fall vorgesorgt.

Es war also schlichtweg egal, wie ich es drehte und wendete. Immer lief es darauf hinaus, dass Isabelles Geheimnis ans Licht kam.

Daher blieb mir nichts anderes übrig, als die Sache durchzuziehen. Ich würde Eric so gut ich konnte unterstützen. Danach musste ich sehen, wie ich aus dem Team wieder aussteigen konnte. Es *musste* eine Möglichkeit geben. Vielleicht würde ich meine Chance noch bekommen. Vorerst war mitzuspielen die beste Lösung.

Und was meinen leiblichen Vater anging? Sein Tod war mir nicht egal. Im Gegenteil. Ich spürte Schmerz. Überfälligen Schmerz, den ich lange erfolgreich von mir gedrückt hatte. Er war nicht immer so brutal gewesen. Auch wenn er, je älter ich wurde, immer distanzierter war, erinnerte ich mich an eine weit entfernte Zeit, in der ich ihn als meinen Dad liebte. Dass ich nicht gewusst hatte, was genau passiert war, hatte es mir einfach gemacht ihn zu hassen. Und mir wurde klar, dass er schon länger tot war, als der Bericht der Gerichtsmedizin aussagte.

Nur die Frage, ob er uns eines Tages in seinen Abgrund

mitriss, hatte im Raum gestanden. Isabelle hatte sie für uns beantwortet. Die Geschehnisse hatten einen Schneeballeffekt ausgelöst: einen Domino Day meines persönlichen Albtraums.

Wer fiel, trieb auch den nächsten Spielstein zu Boden. So hatte Dad auch Isabelle zu Fall gebracht. Und auch *er* musste von jemandem zu Fall gebracht worden sein. Daher wollte ich ihn nicht mehr verurteilen.

Ich schloss die Augen und stellte ihn mir vor. So wie er früher war. Wie er meine kleine Hand in seine genommen hatte. Trostspendende Wärme umhüllte mich, während brennend quälende Hitze mein Inneres erfüllte und meine Kehle in die Enge trieb. Es war nicht leicht zu vergeben. Die Schuldzuweisungen, die ich ihm im übertragenen Sinne täglich geschickt hatte, überdauerten schon lange. Für vieles hatte ich ihn verantwortlich gemacht. Aber damit musste jetzt Schluss sein.

Ich ballte meine Hände um den Stoff der Decke. Zeit, mich zu fokussieren. Denn der geplante Raub, mit dem ich mich zwangsweise auseinandersetzen musste, rückte immer näher.

Schon morgen würde ich an Erics Seite die Gala besuchen. Allein der Gedanke, ihn in meiner Nähe zu wissen, brachte mich zum Zähneknirschen. Eric würde als eingeladener Geschäftsmann seine übliche Rolle einnehmen. Sein hierfür gebuchtes Hotelzimmer im vierten Stock diente mir als Schachteinstiegshilfe, denn dort begann der

Kanal, dessen Öffnung mich am anderen Ende zum Diamanten führte.

Anschließend würde ich, mit Mr. Clark im Ohr, durch die dunklen Rinnen kriechen, während er die Alarmanlagen und das komplette Sicherheitsnetz unter seine Kontrolle brachte.

Wie zur Hölle sollte ich das schaffen?

Ich durfte das auf keinen Fall versauen, denn dann würde ich nicht nur Isabelles, sondern auch meine Zukunft opfern. Falls die Sache schief ging, musste ich mich vor einem Gericht verantworten. Dann konnte ich mich auf einige Jahre Haft einstellen. Mein Leben würde an den Gittern meiner Zelle vorbeiziehen. Daher musste alles nach Plan laufen.

Der Diamant befand sich in der Eingangshalle des Hotels in einer Vitrine eines Schmuckgeschäfts für jedermann sichtbar. Die Explosion der kleinen und geschickt platzierten Bombe, die ich vorhin mit Eric geplant hatte, sollte meine Deckung sein.

Die Sicherheitsleute würden versuchen, die Bombe zu orten und die Gäste zu evakuieren, was meine Chance wäre unentdeckt zu bleiben.

Eine absichtlich an die Polizei durchgesickerte Bombenwarnung, die Emilia schon vor ein paar Tagen eingeleitet hatte, war ein cleverer Trigger.

Wenn ich mir den Diamanten geschnappt hatte, würde ich durch die Lüftungsschächte verschwinden, mich unter die fliehenden Menschen mischen und nach draußen gelangen, wo Eric und die anderen mich bereits erwarteten.

Ich ging den Plan immer wieder durch und versuchte, die aufkommenden Sorgen und Ängste zu verdrängen, die mit jedem weiteren Mal neue, grausamere Formen annahmen. Ich *musste* es einfach schaffen. Kostete es, was es wolle. Das war ich Isabelle schuldig.

KAPITEL 12

Jason

Showtime

Ich öffnete meine Augen, blinzelte gegen das Sonnenlicht an, das durch die Jalousie drang wie ein Messer durch ein Stück Papier. Wie viel Uhr war es? Mit der flachen Hand tastete ich nach meinem Smartphone und drehte mich auf die andere Bettseite, die angenehmerweise im Dunkeln lag. 07:56 Uhr.

Ich ließ den Kopf zurück in die Federn sinken.

Heute würde ich Eric Garcia dazu bringen, einen Fehler zu machen. Er war Monica ein absoluter Dorn im Auge. Das bedeutete, dass das FBI im Allgemeinen viel daran setzte, dass wir ihn stoppten.

Ich kannte ihn kaum, kannte nur seine Akte. Aber was ich gelesen hatte, wies bereits darauf hin, wie unberechenbar er war.

Einer psychologischen Einschätzung nach neigte er zu aggressivem Verhalten und Überheblichkeit. Yacht-Partys, Frauen und der ganz große Erfolg: Mit seiner

Firma brachte er dem Familiennamen und den *Garcia Incorporations* Einflüsse in ranghohe Politikebenen.

Er war hochintelligent und nicht zu unterschätzen. Es würde also nicht so einfach werden.

Erneut griff ich nach dem Smartphone. In meinem Posteingang fand ich eine Nachricht von Monica.

Ihre Garderobe wird um 8:00 Uhr geliefert.

Im selben Moment summte es an der Tür.

Ich richtete mich auf und schleppte mich durch den Flur. Ein Bote hielt mir den Stift entgegen, mit dem ich den Code zur Bestätigung meiner Identität in das Gerät tippte.

Ein Paar Schuhe, Parfum, Hemd, Smoking und eine kugelsichere Weste – wie ich sehen konnte, war alles bereit.

Mit einem Energydrink aus dem Kühlschrank lief ich zu Matts Zimmertür, klopfte, trat ein und stellte die Dose auf seinen Nachttisch.

»Aufstehen, Mann!«

Es gab noch das ein oder andere zu erledigen. Matt schuldete mir noch die Organisation eines Wagens. Außerdem mussten wir den Ablaufplan durchgehen. Wir hatten nicht mehr viel Zeit.

In der Küche organisierte ich mir Kaffee und holte die Gästeliste aus den Unterlagen hervor. Das Fitnesstraining musste ich skippen. Ich brauchte meine volle Energie für den Einsatz.

Stattdessen studierte ich die Namen auf den Seiten und

merkte mir die Gesichter der Geschäftsführer und Geschäftsführerinnen großer Konzerne und Verbände. Mit wachsender Erfahrung hatte ich eine Art fotografisches Gedächtnis entwickelt, mithilfe dessen ich mir Daten und Auffälligkeiten in kurzer Zeit einprägen konnte.

Eine halbe Stunde später schlurfte Matt aus seinem Zimmer. An ihm vorbei betrat ich das Badezimmer. Mit der Dusche wusch ich die letzte Nacht von meinem Körper. Das kalte Wasser weckte auch die letzte Zelle in mir.

Am frühen Abend konnte es losgehen. Matt war bereits vor ein paar Stunden zum Hotel aufgebrochen und ich würde ihm zeitnah folgen.

Der Smoking saß perfekt. Klassisch, schwarze Hose und Jackett und ein weißes Hemd. Stilvoll. Mit einem Blick in den Spiegel steckte ich mir das kleine Headset ins Ohr. Ich liebte Undercover-Einsätze genau für dieses Gefühl. In die Rolle des reichen Millionärssohns würde ich mich schnell hineinfinden. Als Investor für innovative Technologien war ich heute Abend der ideale Sparring Partner für Eric Garcia und sein Security-Unternehmen.

Jack Cornelius Jones. In reichem Hause aufgewachsen, gutaussehend, erfolgreich und mitunter ein Charmeur.

Siegessicher zog ich die Haustür hinter mir zu.

Showtime.

Matt hatte versprochen, mich mit dem Auto nicht zu enttäuschen. Und er hatte Wort gehalten. Mit einem Knopfdruck auf den Schlüssel öffnete ich das BMW 8er

Gran Coupé, das direkt vor der Haustür parkte. Ein Sportwagen der Extraklasse und genau der richtige Wagen für Jack Cornelius Jones.

Die weibliche Stimme des Navigationssystems leitete mich durch die Innenstadt, während ich ausgelassen mit *Will Smith* zu seinem Song *Miami* rappte, bis ich schließlich auf den großen Parkbereich des Hotels einbog. Er war ziemlich geräumig und zog sich über die gesamte Breite des Gebäudes. Eine Menge Luxuswagen parkten auf einer Fläche von etwa zwei Fußballfeldern. Bei 800 Zimmern, 50 Suiten und gut betuchten Gästen wohl nicht verwunderlich.

Vorbei an unzähligen Stellplätzen brachte ich das Baby vor dem Eingang zum stehen und übergab den Schlüssel an den Park-Service.

Wie ich das Auto umrundete, fiel mir die pompöse Beleuchtung des Hotels ins Auge. Eine Wahnsinnskulisse. Weißes und goldenes Licht wurde durch die mehrfach verglasten Fensterscheiben der beiden Hotelflügel reflektiert und strahlte verstärkt aus den großen Türen des Haupteingangs nach draußen. Der Abendhimmel diente der Szene als gelungenes Beiwerk.

Im Gehen knöpfte ich den Anzug zu und überprüfte den Sitz meiner Manschettenknöpfe. »Geschlossene Gesellschaft« deklarierte die goldene Schrift auf dem schwarzen Schild. Dieses Event war so exklusiv, dass heute nicht mal die Presse Zugang zum Gelände erhielt.

Die automatischen Türen des Haupteingangs schoben sich zur Seite. Zwei Security-Mitarbeiter traten mir in den Weg. Sie tasteten die Gäste ab und suchten nach Waffen oder spitzen Gegenständen. Brav streckte ich die Arme zur Seite, während die Hände des Mitarbeiters meine Anzug- und Hosentaschen ergründeten. Mit einem Nicken ließ er mich passieren.

Ich folgte dem roten Teppich zur Rezeption. Links von mir konnte ich den prominenten Diamanten hinter der Glaswand des Juweliers schimmern sehen. Eine Verkäuferin tummelte sich im Inneren. Rechts von mir war eine Informationsstelle, bei der sich Besucher ein paar Golfschläger leihen konnten. Es lagen Broschüren und Magazine aus.

Von einer Bombe war bei der glamourösen Atmosphäre keine Spur. Man konnte es sich nur schwer vorstellen, dass es in dieser Welt von Glanz und Glitzer, in der wir uns bewegten, auch Unsicherheiten gab. Ich wusste nicht genau warum, aber ich mochte es, Menschen in Sicherheit zu wissen. Ich hasste Gewalt. Und ich hasste es, wenn Menschen zu Unrecht Leid erfuhren. Aber so war es eben. Und das zu denken war paradox, denn mein Beruf bestand darin, Gewalt anzuwenden, wenn es nicht anders möglich war.

Ich drückte einen Abzug und auf der anderen Seite hauchte jemand das Leben aus. Um mich und andere Menschen zu verteidigen – im Namen des FBI. Viel zu oft hatte mich der Gedanke getragen, im Guten zu handeln. Aber wenn man es genau nahm, gab es kein richtig und kein falsch. Es gab nur Menschen, die handelten und Entscheidungen trafen. Und dennoch spürte ich tief in mir einen Antrieb und ein Gewissen, das mich wie ein Instinkt leitete, mich gleichzeitig aber in Zwiespalt versetzte.

Sowohl links am Juweliergeschäft als auch rechts an der Information vorbei erstreckten sich einige Meter Flur, welche jeweils in einem Treppenaufgang in den ersten Stock sowie zwei Aufzügen endeten.

Ich stellte mich in die Schlange zur Anmeldung. Am heutigen Abend stand das Hotel ausschließlich den Gästen der Gala zur Verfügung.

Die hübsche Dame hinter der Theke der Rezeption lächelte mich offen und freundlich an. Ihr Ausdruck veränderte sich, wurde noch freundlicher, als sie mich genauer musterte.

»Schönen guten Abend und willkommen im Diamond Hotel. Darf ich Sie um Ihren Ausweis bitten?« Ich erwiderte ihr Lächeln und hielt Blickkontakt, woraufhin ihr Gesicht unmittelbar rot anlief.

»Guten Abend. Selbstverständlich.« Sie nahm meine Personalien entgegen und sah im System nach, ob ich auf der Gästeliste stand. Ihr bestätigendes Nicken verriet, dass sie Jacks Namen auf der Liste gefunden hatte. »Wenn ich fragen dürfte … ist Mr. Garcia schon eingetroffen?«

Ihre mitleidige Mimik ließ mich bereits ahnen.

»Es tut mir leid. Ich darf hierzu leider keine Auskunft geben.«

Ich sah mich geheimnisvoll um, bevor ich näher an die Theke rückte.

»Es ist mir wirklich unangenehm. Wissen Sie, ich setze wirklich viel auf den ersten Eindruck und hatte vor, das erste Aufeinandertreffen nicht dem Zufall zu überlassen. Eine Schwäche von mir.« Mein Schwiegersohn-Lächeln imponierte ihr offensichtlich. Sie biss sich auf die Unterlippe und schien kurz zu überlegen. Dann grinste sie und tippte auf der Tastatur. Nach zwei Mausklicken sah sie mich an und reichte mir die goldene Hülle mit der Karte zu dem für uns gebuchten Hotelzimmer.

In dem Moment, als ich nach der Key Card griff, hielt sie kurz inne.

»Zimmer 650 … und er ist noch nicht eingecheckt.«

Ich dankte ihr mit einem breiten Lächeln und konnte sehen, wie sie sich schmunzelnd dem nächsten Gast zuwandte.

Sehr gut. Alles war vorbereitet. Nach links, vorbei am Ballsaal, erreichte ich einen der geräumigen Aufzüge.

Mit weiteren Gästen fuhr ich in den sechsten Stock. Zwei der Personen erkannte ich. Sie standen auf Seite drei, in der siebzehnten Reihe der Liste, die ich heute Morgen studieren musste.

Wir stiegen aus. Die Wände des Ganges, an dem sich links und rechts Hotelzimmertüren reihten, waren mit

Bildern berühmter verstorbener Stars geschmückt, die sich mit dem Hotelbesitzer vergangener Generation hatten ablichten lassen.

Zimmer 650. Ich zückte meine Zimmerkarte. Ein klirrender Piepton verschaffte mir Zugang zu Waffen, Ersatzkleidung und Technik, mit der ich die Kontrolle der Security nicht hätte passieren können.

Um Sicherheitslücken zu vermeiden, waren die Mitarbeiter und Mitarbeiterinnen des Hotels nur bedingt eingeweiht.

»Und? Bereit?«, fragte ich Matt, der planmäßig vor seinem aufgebauten Equipment saß und mir über den Bildschirm hinweg einen kurzen Blick zuwarf.

»Jap, bin im System. Hab im Auto übrigens alles mitbekommen. Dein Headset war an.« Er zeigte auf sein linkes Ohr. »Warn mich das nächste Mal vor. Es war wie ein Unfall. Aber deine Interpretation der Frauenstimmen war beeindruckend.«

»Danke, Mann. Dass dir das aufgefallen ist, bedeutet mir viel. Vor allem, da wir uns heute ein Hotelzimmer teilen.« Ich grinste ihn an und wippte vielversprechend mit den Augenbrauen, bevor ich mich vorbeugte, um den Koffer unter dem Bett hervorzuziehen. Mit dem Eingeben der Codes öffnete ich ihn und griff nach der geladenen und gesicherten Glock 18, sowie einem von zwei Messern. Die Glock steckte ich in mein Holster und versteckte sie unter meinem Sakko.

Das Messer verstaute ich ohne den dazugehörigen Gurt in meiner linken Socke. Das war seit der Ausbildung so mein Ding. Es hatte mir bisher immer Glück gebracht. Konnte also nicht schaden.

Mit einem letzten Blick auf meine teure Armbanduhr stolzierte ich zur Tür, betrat den Flur und ließ das Hotelzimmer hinter mir.

Der Aufzug brachte mich zurück ins Erdgeschoss, wo ich den Personengruppen, die zum Galasaal strömten, folgte. Aus dem großen Raum drang die Geräuschkulisse vieler Stimmen. Schick gekleidete Damen und Herren plauderten in kleinen Runden, während klassische Musik aus Lautsprechern dudelte. Der hohe Saal glitzerte im Licht des Kronleuchters.

Ich schnappte mir ein Champagnerglas vom Tablett des Kellners, scannte den Saal und suchte nach Garcias dummer Visage, der entweder bereits hier war oder jeden Moment auftauchen musste.

Mochten die Spiele beginnen.

KAPITEL 13

Liz

Der Tango beginnt

Wir waren fast da. Der Türgriff drückte schon seit einer gefühlten Ewigkeit unangenehm an mein Knie und der Anschnallgurt schnitt in meine Schulter. Leider war es nicht anders möglich gewesen, Abstand zu Eric aufzubauen, der unmittelbar neben mir saß. Ein akzeptabler Schmerz im Vergleich zur Ansicht dieses Ekels.

Wie war noch mal der Plan? Lieber konzentrierte ich mich auf unser Vorgehen, um nicht daran zu denken, wie gerne ich auf ihn losgehen würde. Ich durfte nicht die Fassung verlieren und musste ruhig bleiben, so gut es ging. Auch wenn es mir nicht ganz gelingen würde, die Nervosität und den Groll vollkommen abzuschütteln.

Uns gegenüber saßen Erics Bodyguards. Sie wirkten kühl und abweisend. Da wir unmittelbar vor den Eingang fuhren, warf ich nun doch einen Blick in Erics Richtung. Sein Ausdruck zeigte keinerlei Zweifel. Viel mehr konnte ich eine fast freudige Ausstrahlung hinter seiner Miene erkennen. Er schien in Gedanken bereits seinen Siegeszug zu feiern.

Mittlerweile sah ich ihn mit anderen Augen. Einerseits war da diese unermessliche Abscheu. Andererseits fragte ich mich, was ihn antrieb. Nach unserer Zusammenarbeit im Büro die letzten Wochen und den intensiven Gesprächen, kam es mir so vor, als würde es ihm um seinen Vater gehen. Der kühle, berechnende Geschäftsmann, dessen Ausstrahlung einem Eisklotz glich. Und zwar dem, der die Titanic ohne schlechtes Gewissen in den Abgrund beförderte. Ihm nachzueifern musste für Eric die einzige Chance sein, ihm nahezukommen.

Die rothaarige Emilia hatte uns heute Abend glücklicherweise nicht begleitet. Sie hätte ich ungern noch zusätzlich ertragen.

Wie auch Clark, der bereits die Sprengkörper positionierte, war auch sie schon früher angereist.

Eric stieg aus, umrundete den Wagen und hielt mir die Tür auf. Ich ignorierte diese Geste, was ihm nicht entging, ihn aber auch nicht weiter zu kümmern schien. Beim Anblick der Sicherheitskontrolle trocknete meine Kehle aus. Eine starke Frau mit strammer Erscheinung tastete mich vom Hals bis zu den Heels ab. Vergeblich, denn unsere gesamte Ausrüstung war in einem Hotelzimmer verstaut. Dennoch fühlte es sich an, als könnte sie etwas finden. Vielleicht wünschte ich es mir auch nur, denn das wäre ein leichter Ausstieg für mich.

Nach dem Passieren ließ ich die Hotelluft in meine Atemwege strömen. Der Geruch erinnerte mich an den Duft eines nagelneuen Autos. Die detaillierten Holzarbeiten und Ecken, die fließenden Formen und der italienische Ursprung entführten mich ins Barock-Zeitalter. Goldenes Licht. Majestätische, rote Details.

Eine Hand packte meinen Arm und zog mich zu sich.

Hier spielt die Musik, deutete ich in Erics Augen.

Und er hatte recht. Wir hatten keine Zeit für Ablenkungen.

Ich würde ihn zuerst einmal auf den Ball begleiten. Wenn der Abend fortgeschritten war, würde ich das Hotelzimmer aufsuchen, meine Kleidung wechseln und die Lüftungsschächte entlang bis zum – dann bereits geschlossenen – Schmuckgeschäft kriechen.

Wie ich so an mir heruntersah, ergab das im Moment noch so gar keinen Sinn. Mein rosa Designer-Abendkleid glitzerte und reflektierte das Licht der Kronleuchter. Der transparente Ausschnitt an der Hüfte und der weite Schlitz am Bein war mir in Erics Nähe unangenehm. Ebenso mein Dekolleté. Protziger Schmuck von Cartier zierte mein Handgelenk und meine Ohren. Nicht mein Stil. Eric hatte ihn mir zurechtgelegt. Ich wollte ihn nicht tragen, aber er hatte mir gedroht, ich würde nicht herausfinden wollen, was passierte, wenn ich nicht tat, was er wollte.

Was er mit dieser Geste bezwecken wollte? Keine

Ahnung. Er war ein egoistisches Arschloch. Manchmal glaubte ich, zu sehen, dass ich ihm vielleicht doch etwas bedeutete. Aber ich wurde alle paar Minuten eines Besseren belehrt.

Moms Kette passte mal wieder nicht zu meinem Outfit. Wie so oft. Aber da ich sie unbedingt tragen wollte, verbarg ich sie hinter dem auffälligen Collier, das meinen Hals besetzte.

Die Bodyguards folgten uns. Mit jedem weiteren Schritt stieg Hitze in mir auf. Ich strich mein langes Haar zur Seite. Was, wenn ich es nicht schaffte?

Nein. Daran durfte ich keinen Gedanken verschwenden. Die Option zu versagen, gab es nicht. Ich würde das alles wieder hinbiegen. Stück für Stück.

Während Eric an der Rezeption die Schlüsselkarten nahezu erflirtete, standen Gorro, Ramiréz und ich am Rand der Lobby. Mit verschränkten Armen schwiegen wir uns an. Ob sie freiwillig für Eric arbeiteten? Ihre Mimik, die großen Körper und die einschüchternden Staturen offenbarten, dass sie diese berufliche Richtung schon länger verfolgten. Und diese Narben. Ob sie von Erics Aufträgen stammten? Vielleicht folterten sie ab und an nicht kooperierende Zeugen oder warfen Leichen in den Miami River.

Gorro brummte und mir wurde bewusst, dass ich ihn anstarrte. Ups. Erfreulicherweise gesellte sich Eric im gleichen Moment zu uns.

An der Rezeption vorbei schritten wir durch eine große

Tür. Ein riesiger Ballsaal mit Hunderten von Gästen erstrahlte vor meinen Augen. Musik fügte sich dem Ambiente ein und Kellner verteilten Champagner und kleine Häppchen. Ich trottete Eric hinterher, der gezielt auf einen Mann zusteuerte und eine Unterhaltung begann. Sie kannten sich bereits, wie ich im Zusammenhang erfuhr.

»Und wenn ich vorstellen darf: Das ist Liz Jennings.«

Der ältere Mann asiatischer Herkunft streckte mir seine schlaksige Hand entgegen. Ich schenkte Eric einen trotzigen Blick, bevor ich den Handschlag erwiderte. Wenn er glaubte, dass ich wie letztens im Club sein Geschäft noch beflügeln würde, irrte er sich.

Ich wartete einen Augenblick, bis das Gespräch seinen Lauf nahm. So konnte ich mich möglichst unbemerkt entfernen.

Es dauerte noch eine Weile, bis es an der Zeit für mich war, das Hotelzimmer aufzusuchen. Eine dreiviertel Stunde noch. Die Bodyguards verfolgten jede meiner Bewegungen, als unerwartet ein anderer älterer Mann auf mich zukam.

»So ein hübsches Fräulein ganz allein auf einer Gala?« Er prostete mir mit einem Champagnerglas zu und lächelte verwegen.

»Ehrlich gesagt bin ich nicht allein hier, aber danke für das liebe Kompliment.«

Der Mann musste um die 60 Jahre alt sein. Sein Gesicht war faltig. Er trug einen weißen Schnurrbart sowie nahezu transparentes Kopfhaar.

»Das hätte mich auch schwer gewundert. Wissen Sie, ich arbeite bei … « Er erzählte von sich, doch ich konnte ihn nicht mehr hören. Viel mehr fixierte ich einen Mann im Hintergrund, der mich anstarrte, als hätte er den Tod gesehen.

Mein Herz setzte für einige Schläge aus. Das war unmöglich.

KAPITEL 14

Jason

Bauchlandung

Das Champagnerglas in meiner Hand sollte nur als Alibi dienen. Aber ich hatte es mir jetzt anders überlegt. Was hatte sie hier zu suchen? Sie sah mich an, wie ein Reh die Scheinwerfer eines Wagens bei Nacht.

»Gibt es ein Problem?«, hörte ich Matts Stimme in meinem rechten Ohr.

Ja und es beherrschte mich bereits.

»Nein, kein Problem«, antwortete ich. Ein überheblicher Unterton stellte sich bei mir ein, den ich mithilfe des Champagners herunterschluckte. War sie mit ihrem Freund oder gar Ehemann hier? Oder aus eigenem Interesse? Sie hätte vor allem auf der Gästeliste stehen müssen. Warum war das nicht der Fall? Ich erinnerte mich an jeden Namen, aber ihren hatte ich nicht gelesen. Zum Personal konnte sie ihrem Kleid nach auf jeden Fall nicht gehören. Der roséfarbene, hautenge Stoff schmiegte sich um ihre Hüften und ließ mich schwer schlucken. Verdammt, sie war zum

Niederknien schön.

Seit zehn Jahren hatten wir uns weder gesehen noch gehört. Sie nach so langer Zeit wiederzuerkennen, überraschte mich. Als ich sie zuletzt sah, waren wir beinahe noch Teenager gewesen. Sie hatte sich nicht zu sehr verändert. Ihre Haare waren noch genauso blond. Ihr rundes kindliches Gesicht hatte weibliche, erwachsene Züge bekommen. Die Art, wie sie sich bewegte und mich ansah, war aber nach wie vor dieselbe.

Eigenartig sie ausgerechnet heute zu treffen. Was für ein Zufall. Ich musste herausfinden, warum sie hier war, um mich danach in Ruhe um Garcia zu kümmern.

»Matt? Ich melde mich später zurück.« Er bestätigte. Dann zog ich heimlich den Knopf aus meinem Ohr.

Vorbei an Gästen mit teuren Abendkleidern und maßgeschneiderten Anzügen drängte ich mich ihr entgegen, bis ich direkt vor ihr stand. Erst nach ein paar Sekunden erlangte sie die Fassung wieder, warf die Haare über die Schulter und setzte ein falsches Lächeln auf, in dem ich lesen konnte, dass sie es bereute, nicht die Flucht ergriffen zu haben.

Sie wäre mir sowieso nicht entkommen.

»Guten Abend.« Mit dem Glas in der Hand deutete ich auf Liz und sah dabei den älteren Herrn an. »Dürfte ich die Lady für einen Moment entführen?«

Er gehörte zur Kategorie der geschäftsführenden Gesellschafter und zog sich zurück.

»Entschuldigung?« Empörung schoss aus ihren Augen. »Ich wüsste nicht, was *wir* zu besprechen haben.«

»Tja! Wenn dir nichts einfällt – ich hätte da ein paar Ideen.«

Sie verschränkte die Arme.

Ich bemerkte einen Mann am Rand des Saals, der jede unserer Bewegungen verfolgte. Seiner Erscheinung nach war er Bodyguard und gehörte zu … ihr?

Ich hatte ziemlich viele Fragen, die sie mir ihrer Laune nach zu urteilen, nicht so einfach beantworten würde.

»Zwingst du Frauen immer dazu, mit dir zu reden?«, provozierte sie mich.

Warum zur Hölle war sie so mies gelaunt? Ich bemühte mich ja immerhin auch freundlich zu sein.

»Bist du immer so unausstehlich?«, fragte ich zurück. Ich hatte eher mit einem *Hallo, lange nicht gesehen*, gerechnet.

»Das kommt ganz auf die Gesellschaft an.«

Ihre Augen blitzen mich an und entlockten mir ein verschmitztes Lächeln.

»Wer ist denn sonst so Teil deiner Gesellschaft? Mit wem bist du hier?«

»Mal abgesehen davon, dass dich das nichts angeht – mit Eric.« Als sie stolz mit arroganter Geste in Garcias Richtung deutete, stieg Wut in mir hoch. Sie gehörte also zu ihm.

Ich ballte die Faust. Wo zur Hölle war meine gewohnte Beherrschung geblieben?

»Du bist mit diesem Typen hier?« Verdammt! Ich sollte meine Klappe halten.

Sie wirkte verwundert. »Du kennst ihn?«

»Nein. Er passt nur einfach nicht zu dir. Das ist alles.« Meinen plötzlichen Launenumschwung zu verbergen kostete mich Unmengen an Überwindung.

»Ach ja? Was passt denn zu mir?«, fragte sie überheblich. Und sie hatte recht. Ich konnte sie gar nicht mehr kennen. Es war immerhin zehn Jahre her.

»Ich kann es dir gerne zeigen.« Ich musterte sie und ließ meinen Blick auf ihrem nackten Bein verweilen, bevor ich ihr wieder in die Augen sah. Ihre Wangen färbten sich so rosa wie ihr Kleid. Sie biss sich auf die Unterlippe, bevor sie genervt seufzte, um zu überspielen, was ich ihr ansah.

Wie konnten wir uns unterhalten, als hätten wir uns gestern erst gesehen und auch noch gestritten? Das machte absolut keinen Sinn.

Ihr Bodyguard setzte sich in Bewegung. Er trug die Haare auf seinem Hinterkopf zu einem Zopf gebunden. Ich ahnte, dass er mexikanischer Herkunft war. Genau, wie Garcia.

»Ist hier alles in Ordnung?« Sein Akzent bestätigte meinen Verdacht.

»Danke Gorro, aber mit ihm werde ich allein fertig«, entgegnete sie eisig, ohne den Blick von mir abzuwenden.

Der Riese zögerte, zog dann aber ab und ließ mir mit zusammengezogenen Augenbrauen noch eine Warnung zukommen.

Ich sah wieder zu Liz. »Soll das eine Herausforderung sein?«, hakte ich mit ernstem Ton nach.

»Ich spiele nicht. Was machst du überhaupt hier?«

»Ich bin eingeladener Unternehmer und Investor. Aber zurück zum Thema. Ich meine es ernst. Halte dich von Garcia fern, er ist – « Ich musste meinen verdammten Mund endlich halten. Ich vertraute ihr scheinbar zu sehr, ließ mich von Erinnerungen leiten. Dabei kannte ich sie gar nicht mehr. Dennoch war es wie ein Reflex. Ich wollte sie beschützen. Sie war auf der falschen Seite und wusste es wahrscheinlich nicht einmal.

Keine Ahnung, was sie an ihm fand. Klar, er sah gut aus, war reich – aber er war ein Macho. Na gut, vielleicht stand sie auf so etwas. Sie hatte sich um den Finger wickeln lassen und ich war mir sicher, er würde sie hintergehen. Genauso wie er das FBI verarschte. Bastard.

»Ich kann sehr gut selbst auf mich aufpassen – danke. Kümmere du dich lieber um deinen eigenen Kram.«

Aber das war mein Kram. Wenn sie wüsste, wie sehr das mein Kram war. Ich war überhaupt neugierig, inwieweit sie mit Garcias Machenschaften in Verbindung stand. Vermutlich gar nicht. Zumindest nicht, wenn sie immer noch so naiv war wie früher.

Garcia sah zu uns herüber. Liz schien das nervös zu machen.

»Da wir jetzt alles besprochen haben – viel Spaß noch.«

Sie machte auf dem Absatz kehrt und ging Garcia entgegen, der sich im selben Moment in Bewegung setzte. Er fragte sie etwas, sie winkte ab. Dann sah er mich an, bevor er ihr genussvoll einen Kuss aufdrückte. Ein Knirschen drang an mein Ohr, sodass ich erst jetzt bemerkte, dass ich mit den Zähnen mahlte.

Seine Hände auf Ihren Hüften. Dieser Kuss. Seine Visage sollte näher an meiner Faust sein als an ihrem Gesicht. Leider musste ich mich vorerst gedulden. Vor allem musste ich mich endlich beruhigen.

Unglaublich, was gerade passiert war. Zehn lange Jahre hatten wir uns nicht gesehen. Und es war, als wäre erst gestern unsere letzte Begegnung gewesen. Für gewöhnlich, dachte ich, stellte man nach oberflächlichem Smalltalk fest, dass ein Auseinanderleben unvermeidlich war. Man wünschte sich einen angenehmen Abend und ging seines Weges. Vielleicht verbrachte man noch eine Nacht zusammen. Von mir aus. Aber das?! Das war nicht normal.

Ich entfernte mich, um Garcias klebrige Blicke von mir zu lösen. Das war viel zu auffällig. Auch wenn er nicht wissen konnte, wer ich wirklich war, war ich von jetzt an kein Unbekannter mehr. Das hatte ich gründlich vermasselt. Aber nun konnte ich immerhin sicher sein, dass Liz und er in einem Boot saßen. Auch wenn mir nicht klar war, ob Liz ahnte, dass sie sich auf der verdammten Titanic befand.

Meine Augen suchten den Raum nach der Dame mit

dem Tablett ab und den guten Tropfen.

Dieser Auftrag war wichtig. Musste sie ausgerechnet heute hier sein? Mit ihm? An seiner Seite? Kein Alkohol im Dienst, flüsterte eine Stimme in mir. Ungehobelt griff ich eines der Gläser und nahm einen großen Schluck. Diese Sache mit Garcia wurde persönlich. Und wenn es eine Regel gab, dann, dass das niemals der Fall sein durfte. Aber ich hatte sowieso schon getrunken. Darauf kam es also auch nicht mehr an. Im zweiten Zug leerte ich das Glas und stellte es mit ungezügelter Kraft aufs Tablett zurück. Die entsetzte Lady ignorierte ich. Sie war nicht die Einzige, die heute Abend empört war. Meine Wut überschattete meine Manieren. Und meine Selbstkontrolle. Ich war nicht ich selbst. Und ich war froh, dass Monica das nicht sah, denn ich wäre augenblicklich suspendiert worden.

Nachdem ich sicher war, unbeobachtet zu sein, rief ich Matt über das Headset in meinem Ohr wieder an.

»Alles okay?«, fragte Matt. Dass ich Liz kannte, durfte niemand erfahren. Monica würde mich dem Fall sofort entziehen und Matt würde meine Entscheidungen hinterfragen.

»Ich musste auf Nummer sicher gehen. Garcia ist nicht allein gekommen. Er ist mit einer Frau hier. Ich hab mit ihr gesprochen, um herauszufinden, ob sie mit drin hängt.«

»Und?«

»Nach aktuellem Stand *nicht*.« Keine Lüge. Aber reine Spekulation. Oder ein Wunschgedanke. Ich hatte nämlich keine Ahnung.

Ich sah kurz zu ihr und versuchte zumindest in ihre Nähe zu laufen, um zwischen den Gästen hindurch mit dem Smartphone eine unauffällige Aufnahme zu machen. Dann ergänzte ich: »Ich sende dir ein Foto für die Gesichtserkennung.«

Einen Augenblick später berichtete er.

»Liz Jennings. Sie arbeitet noch nicht lange bei *Safety*, hat zuvor Architektur studiert an der Universität von Miami und lebt bei ihren Adoptiveltern Isabelle und Paul Jennings. Vor ihrem Leben in Miami gab es keine Verbindung zu Garcia.« Ich nahm einen tiefen Atemzug und ließ die Luft langsam aus mir herausströmen. Sie hatte eine Familie gefunden. Jennings hieß sie also mittlerweile. Wärme stieg in mir auf bei dem Gedanken, dass sie auch glückliche Tage erlebt hatte, nachdem wir uns vor so langer Zeit zuletzt gesehen hatten.

»Gibt es irgendwelche Verbindungen über Verwandte?«

Tippgeräusche rauschten durch die Leitung.

»Paul Jennings hat einmal mit Garcias Vater zusammengearbeitet. Er hat später seine Anteile an ihn verkauft und ihm damit das alleinige Anteilsrecht am Unternehmen zugestanden. Verlief aber alles sauber. Keine Auffälligkeiten im System vermerkt.«

»Danke.«

Wie hatten sie zusammengefunden? Höchstwahrscheinlich über ihren Bekanntenkreis oder den Job, den sie machte.

Die eben noch allgegenwärtige Wärme wandelte sich zu einer unangenehmen Hitze. Dieser verdammte, schmierige Gigolo. Hielt er sie aus seinen Geschäften heraus? Er wirkte, als würde er die Intelligenz einer Frau unterschätzen und sie deshalb lieber auf Distanz wissen. Er betrachtete sie wahrscheinlich als ein Schmuckstück, das ihm zu mehr Glanz verhalf, wenn es ihm von Vorteil war.

Liz war etwas Besonderes. Wenn der Typ ihr weh tat – ich schwor bei Gott, würde ich ihm höchstpersönlich die Eier abschneiden. Auch wenn Liz mittlerweile ein anderer Mensch war. Ich würde es für die Liz von früher tun.

Warum sie mir gegenüber so verdammt zickig war, ergab für mich keinen Sinn. *Sie* war es doch gewesen, die mir niemals geantwortet hatte. Auf keinen meiner Briefe. Und dabei hatte ich oft an sie gedacht, als ich durch den Dreck gerobbt war. An jedem einzelnen Tag meiner Ausbildung. Eine Telefonnummer wäre damals hilfreich gewesen. Tja. Es waren eben andere Zeiten. Und sie hatte sich dazu entschieden, auf Abstand zu gehen. Bis heute schien das nicht verjährt zu sein.

Mein Auftrag war es, das Hotel und die Gäste vor einer Bombe zu bewahren und herauszufinden, was Garcia damit zu tun hatte. Wenn sie jedoch auf seiner Seite stand, was offensichtlich der Fall war, was würde ich tun, wenn sie vor meinen Pistolenlauf gelangte?

Nachdenklich fuhr ich mir mit den Fingern übers Kinn. »Mir ist allerdings nicht klar, warum sie nicht auf der Gästeliste stand. Kann es dafür irgendwelche plausiblen Gründe geben?«

»Vielleicht war nicht geplant gewesen, dass sie ihn begleitet. Den Unterlagen nach wurden die Einladungen bereits vor Monaten verschickt. Wahrscheinlich hat er sie beim Eventmanagement nachtragen lassen. Genau wie Monica es bei uns gemacht hat. Das wäre zumindest ein Grund, weshalb sie auf den offiziellen Dokumenten, die uns ausgehändigt wurden, noch nicht vermerkt war.«

»Ja, das wäre möglich.« Vor allem, da er aufgrund seines Einflusses einen exklusiven Status genoss. Außerdem könnte das bedeuten, dass sie vielleicht noch nicht allzu lang ein Paar waren.

Ich beobachtete, wie sie in der Nähe des Bodyguards stand und sich umsah. Ihr blondes Haar glänzte golden. Diese Hüften, dieser Hintern. Meine Gedanken ließen mein Blut in die falsche Richtung wandern. Mit Mühe ließ ich von ihr ab und blickte durch die sich ergebenden Lücken der Menschengruppen hindurch. Ich musste mich fokussieren. Ich war aus einem wichtigen Grund hier. Garcia unterhielt sich bereits mit dem nächsten CEO.

Ich brauchte mehr Informationen. Waren er, Liz und – ich glaubte zwei Bodyguards – bereits sein gesamtes Team? Er war nicht der Typ, der sich die Hände selbst schmutzig machte. Aber vielleicht musste er das auch gar nicht, weil die Bombe längst an Ort und Stelle war. Dann musste er sich nur noch rechtzeitig in Sicherheit bringen.

Verfluchte Scheiße! Wir wussten gar nichts. Vielleicht führte er das FBI auch an der Nase herum oder hatte gar nichts mit der Bombenwarnung am Hut. Ich musste meine Möglichkeiten durchgehen, ihn beobachten und verfolgen. Ich konnte mir aber auch meine Verbindung zu Liz zunutze machen. Jedoch musste ich sie dafür auch zum Teil auf meiner Seite wissen. Wenn sie mich verriet, war ich weiter von meinem Ziel entfernt, als ich es je sein könnte.

KAPITEL 15

Liz

Für & Wider

Jason ausgerechnet heute und hier zu treffen, reihte sich zu den anderen blöden Situationen, in die ich zurzeit zu geraten schien. Eric stellte meine Zukunft infrage und meine unverdaute Vergangenheit war auf derselben politischen Gala, auf der meine Wenigkeit genau genommen nichts verloren hatte.

Das hatte mir gerade noch gefehlt. Wie sollte ich nun meine Tarnung aufrechterhalten? Ich packte bewusst nach meiner Clutch und kontrollierte, ob ich noch alles bei mir trug. Ein eigenartiger Reflex, dem ich schon lange nicht mehr nachgeben musste. Mein Tick. Besonders ausgeprägt war er zuletzt, als ich zu Isabelle gezogen war. Ich hatte alle paar Minuten meine Tasche öffnen müssen, um nachzusehen, ob ich etwas verloren hatte. Es jetzt nicht mehr unter Kontrolle zu haben, wunderte mich. Oh Gott! Was passierte hier?

Rückschritte Liz. Das waren Rückschritte.

Ich hatte gehofft, dass mich heute Abend niemand kannte, niemand bemerkte, wenn ich die Party verließ und niemand sich an mich erinnern würde. Alles sollte nach Plan laufen. Die vorbei huschende Dame hatte meinen durstigen Blick verstanden und blieb stehen, um mir das letzte Glas auf dem Tablett anzubieten. Champagner auf Ex – im wahrsten Sinne des Wortes. Oder im übertragenen Sinne? Ein offizielles Paar waren wir ja nie gewesen.

Das Getränk brannte meine Kehle entlang. Fast verschluckte ich mich an dem Schaum, der durch das hastige Trinken entstand. Der saure Rückstand, den der teure Tropfen auf meiner Zunge hinterließ, war erst der Vorgeschmack.

Alkohol hatte ich noch nie wirklich vertragen. Dennoch dankte ich dem kurzen Effekt, den er in diesem Moment auf mich hatte. Die Betonung lag auf kurz. Denn ich wusste, dass das jetzt nicht die Lösung war. War es auch bei Dad nicht gewesen. Es sollte nur meinen nervösen Geist betäuben, der sich gerade um die neuen Bilder stritt.

Die Erinnerung an den Schmerz von damals mischte sich mit dem neu erhaschten Bild Jasons stabiler Statur. Selbst unter diesem Smoking war seine Stärke zu erahnen. Er war unangenehm attraktiv geworden. Seine Blicke trafen mich immer noch wie Pfeile. Um mich nicht in meinen Vorstellungen seiner Erscheinung zu verlieren und darin, was sich unter seiner Kleidung verbarg, musste ich öfter blinzeln und schaute einen Moment in die Menschenmenge. Eric durfte auf keinen Fall erfahren, dass ich hier jemanden kannte. Ich wollte Jason nicht in Gefahr bringen. Wer wusste, ob Eric ihm sonst etwas antun würde, weil er vermutete, dass er mit mir zusammenarbeitete. Allein die Möglichkeit, er könnte mich beobachten und uns den Coup versauen, indem er mich vielleicht verriet, wäre für Eric ein driftiger Grund, ihn loszuwerden. Das wusste ich genau. Eric überließ nichts dem Zufall. Er war der Typ Mann, der immer drei Schritte im Voraus plante.

Ich hatte es gerade so geschafft, Eric davon abzuhalten auf Jason zuzugehen. Er war bereits misstrauisch geworden.

Wieso? Wieso musste Jason ausgerechnet heute hier sein? Ein unpassenderer Zeitpunkt wäre mir nicht eingefallen. Ich dachte, wir würden uns niemals wiedersehen. Und nach damals wäre mir das auch mehr als recht gewesen.

Er hatte mich im Stich gelassen, als ich ihn am meisten brauchte; war einfach weggegangen und hatte sich nie wieder gemeldet. Als hätte ich mir das zwischen uns nur eingebildet. Demütigend. Andererseits war ich ein Teenie gewesen. Genau wie er. Wir hatten sowieso nicht gewusst, was wir da taten, auch wenn es sich damals magisch für mich angefühlt hatte ihn zu küssen und in meiner Nähe zu wissen. Er war so wichtig für mich gewesen.

Verwirrt, gleichzeitig zutiefst verletzt, hatte ich nach all dem das Vertrauen zu Menschen vollkommen verloren. Es hatte nur noch Rückzug gegeben. Davon hatte ich mich mittlerweile erholt. Doch in diesem Moment fühlte es sich an, als wäre es erst gestern gewesen.

Meine Aufmerksamkeit kehrte in die Gesprächsrunde zurück. Zwei Männer und Eric lauschten dem Herren, der mit seinem gemusterten Smoking mit den vielen goldenen Stickereien eine einschüchternde Ausstrahlung hatte. Er sprach nicht viele Worte, dann aber mit einer prägnanten Handgestik, die seine vielzähligen, an seinen Fingern prangenden, goldenen Ringe präsentierte. Neben ihm stand ein dickerer, älterer Herr mit dünnem Haar und einer tiefen Falte zwischen seinen Augenbrauen.

Mit voller Aufmerksamkeit verfolgte Eric seine Worte. Obwohl er um einiges jünger war, spielte er seinem Auftreten nach in derselben Liga. Hingegen wirkte der jüngere Mann mit dem Leberfleck auf der Wange nicht, als würde er dazugehören. Er wippte mit den Füßen und wischte seine Hände ständig an der Anzughose ab.

»In der Fahrzeugbranche ist es ungewöhnlich, ein Sicherheitssystem unter dem erwähnten Niveau zu nutzen. Sicherlich gibt es eine Möglichkeit, ins Geschäft zu kommen, Mr. Garcia.« Die Worte des älteren Mannes ließen Erics Augen leuchten.

»Mr. Garcia, Sie haben doch sicher auch zukünftige Strategien für anderweitige Geschäftsmodelle zu bieten. Welche Referenzen haben Sie vorzuweisen, um beispielsweise den indischen Markt zu bedienen?«

Wenn sie wüssten, dass ein Geschäft mit Eric bedeutete,

vielleicht ausgeraubt zu werden, würden sie sich die neugierige Fragerunde ersparen.

Jason hatte sich wahrscheinlich wieder unter die Gäste gemischt und führte wahrscheinlich ebenfalls wichtige Gespräche. Ich konnte ihn auf den ersten Blick nirgends erkennen. Ich öffnete meine Handtasche. Schon wieder. Es war noch alles da. Wie viel Uhr es wohl war? Die Zeitangabe auf meinem Smartphone leuchtete nach einem Touch auf den Bildschirm auf. Noch 15 Minuten. Dann würde ich das Hotelzimmer aufsuchen, mich umziehen und den Diamanten stehlen. Eine Dosis Adrenalin jagte durch meinen Körper.

Das Catering unterbrach die Männerrunde, um eine Auswahl an Häppchen zu kredenzen. Eric nutzte diese Möglichkeit und entschuldigte sich für einen Augenblick. Dann wandte er sich mir zu.

»Gleich geht es los. Halte dich bereit.« Dabei sah er mich nicht einmal an. Stattdessen ging er zu Gorro. Ich strich mein Kleid zurecht. Meine nervösen Hände suchten bereits jetzt ein Ventil.

Ich hatte keine Kontrolle darüber, was heute Abend geschehen würde. Vor allem weil Jason hier war und ich Angst hatte, dass der schlimmste Fall eintrat. Irgendjemand könnte verletzt werden oder schlimmer.

Jason? Isabelle? Ich? Was, wenn ich erwischt würde?

Ich war mir sicher, Eric könnte den ganzen Plan wie *meine* Idee aussehen lassen. Das war zwar unlogisch, aber er hatte jedes Mittel, das man sich vorstellen konnte. Sein Einfluss und seine Macht schienen über dem Gesetz zu stehen. Seine Kontakte reichten über die ganze Welt und er spielte Spielchen, die ich nicht gewinnen konnte und deren Regeln ich nicht kannte.

Spielchen, für die man die notwendige Dreistigkeit brauchte, die ich nicht besaß. Ich schaute noch ein letztes Mal auf die Uhrzeit meines Smartphones. Dann steckte ich es zurück in meine Clutch und lief Richtung Tür. Im Augenwinkel bemerkte ich, dass Eric mir kurz nachsah. Auch die Bodyguards sahen, wie ich den Raum verließ und davon stolzierte. Wie ich mich dem Ausgang der Gala näherte und aus dem Blickfeld verschwand, glitten die Geräusche der Feier mehr und mehr in den Hintergrund. Die Gespräche wurden leiser und die vorher mit dem Stimmenmeer verschwommene Jazzmusik wurde erst klarer, bis sie verblasste.

Als ich um die Ecke bog und die Treppe anstrebte, packte mich eine Hand am Arm und zog mich ruckartig in eine Ecke des Flurs, die nicht voll beleuchtet war. Ich wurde an eine Wand gedrückt, während ein Schatten sich vor mir aufbaute und nach meinem zweiten Arm fasste. Ich versuchte, mich zu wehren, stemmte mich dagegen, doch bevor ich wirklich um mich schlagen konnte, erkannte ich Jason. Entsetzt ließ ich davon ab, mich weiter zu wehren.

»Was fällt dir ein, verdammt?!«

»Hast du dich jetzt mal eingekriegt? Nebenbei gefragt,

wolltest du mit dieser Fuchtelei einen Gegner bezwingen? Damit machst du maximal einem Kind Konkurrenz.« Er machte sich über mich lustig und grinste.

»Halt den Rand!« Wütend über seinen Überfall und seinen anschließenden Spott, verschränkte ich die Arme. »Was willst du von mir? Hast du nicht irgendwelche wichtigen Gespräche zu führen, anstatt mir hier aufzulauern, wie ein Stalker?«

Ein amüsierter Blick blieb in seinen Augen zurück und er analysierte meine Mimik. Seinen rechten Arm stützte er über meinem Kopf an der Wand, sodass er mir den Fluchtweg versperrte.

»Ich wollte dich allein sehen. Ohne diesen Kerl, mit dem du offenbar hier bist.«

Trotzig schob ich das Kinn vor. »Ach ja! Und wieso?«

»Warum bist du hier?«, ignorierte er meine Frage gekonnt und stellte stattdessen eine eigene.

Ich schüttelte den Kopf, schaute an ihm vorbei und lachte, als könnte ich es nicht fassen. Dann entschied ich mich, ihm wehzutun. Ich wollte ihm *so* weh tun, wie er mir damals wehgetan hatte. Ihn genauso verletzen. Verzweifelt versuchte ich, mir das Gemeinste zusammenzureimen, das mir in diesem Moment einfiel.

»Das geht dich überhaupt nichts an! Eric und ich, wir haben etwas Besonderes, verstehst du? Etwas, das du mir nie bieten könntest. Wir sind ein gutes Team. Er würde mich niemals in eine dunkle Nische ziehen, mir niemals weh tun, mich niemals verlassen, wenn ich ihn am meisten brauchte.« Ich spürte, wie Adrenalin und pure Wut durch meine Adern pumpte. Meine Zunge war schneller als jeder klare Gedanke und gleichzeitig spürte ich die Scham in mir aufkommen, für den Quatsch, den ich von mir gab. Die Scham über den verzweifelten Versuch, ihm zurückzuzahlen, was ich gespürt hatte, als er vor Jahren einfach verschwand und sich nie wieder meldete. Ich konnte ihm dabei nicht einmal in die Augen sehen.

Wieso es dazu gekommen war, dass er sich nicht mehr gemeldet hatte, würde ich ihn niemals fragen. Die mögliche Antwort, dass seine neue Familie ihm letztendlich mehr bedeutet hatte als ich, konnte ich nicht ertragen. Er war früher das Einzige gewesen, das meinem Leben kontinuierlich etwas Gutes verlieh, während ich mit meinen Eltern ein stetiges Auf und Ab erleben musste. Um es metaphorisch zu sagen, war er einst mein Fels in der Brandung gewesen. Es war demütigend zu spüren, wie einseitig mein Empfinden war. Und jetzt tauchte er hier auf und würde mir auch noch meine und Isabelles Zukunft versauen? Das würde ich nicht ohne Kampf zulassen.

Sein Blick verdunkelte sich und er schaute zu Boden. Ich konnte sehen, dass das, was ich gesagt hatte, ihn nicht kalt ließ.

Genauso wie ich es vor noch wenigen Sekunden gewollt hatte.

Enttäuscht von mir, merkte ich, wie ich die Kontrolle

über mich langsam zurückerlangte. Ich erinnerte mich auch wieder, warum ich eigentlich hier war, und kramte nach meiner Clutch, um die Uhrzeit auf meinem Smartphone zu checken. Ich war bereits sieben Minuten zu spät und hätte längst am Treffpunkt sein müssen. Zwei verpasste Anrufe von Clark, der auf mich wartete. Mist! Ich musste los, sonst würde am Ende noch jemand nach mir suchen.

»Ich muss jetzt gehen.« Bestimmt wollte ich mich an ihm vorbeidrücken, doch er ließ mich nicht durch. Mit verstärkender Geste stellte er mir den Arm in den Weg, den er vorhin über mich gestützt hatte.

»Hör zu«, begann er und klang müde. »Ich weiß, dass hier irgendeine Scheiße läuft, von der du mir nichts erzählst. Vermutlich weil du mit drin steckst.«

Ich erschrak, weil er ins Schwarze traf.

Seine kalte Stimme ließ mich meine eben demonstrierte Lüge noch mehr bereuen. Das schmerzende Gefühl in der Magengegend mischte sich mit Adrenalin und Angst. Mir war leicht schwindelig und der Kloß in meinem Hals wehrte sich dagegen, heruntergeschluckt zu werden. Ich blickte an ihm vorbei. Unruhig, da ich wusste, dass Clark vermutlich schon Eric Bescheid gegeben hatte. Mit einem aus Verzweiflung geborenen Hinweis hoffte ich, ihn zu überzeugen.

»Du darfst mir das heute Abend nicht ruinieren. Bitte lass mich einfach gehen«, flüsterte ich.

Er starrte mich an. Ich sah an seinem Arm vorbei,

meinem Ziel, dem Aufzug entgegen, blickte dann aber noch mal in das eisige Blau seiner Augen. Ich bildete mir ein, Sorge darin zu erkennen. Genauso wie Sturheit, Wut und Kontrollwahn. Schließlich zog er seinen Arm zurück und gab mir den Weg frei.

Anstatt die Aufzüge im Erdgeschoss zu nutzen, eilte ich den leeren Flur entlang, die Treppe hinauf in den ersten Stock, ohne zurückzusehen. Je schneller ich Abstand von ihm nahm, desto besser. Nachdem sich die Aufzugtüren vollständig geschlossen hatten und der Fahrstuhl sich endlich in Bewegung setzte, brach Erleichterung aus mir heraus. Dank der Aufbewegung entstand eine immer größer werdende Distanz zwischen mir und Jason. Und auch, wenn ich wusste, dass ich gleich die darauffolgende Ausfahrt Richtung Hölle nahm, gönnte ich mir zumindest einen kurzen Atemzug der Ruhe. Dann zog ich mein Handy hervor und wählte Clarks Nummer. Um schlimmere mögliche Auswirkungen zu verhindern, war es besser, er hörte von mir. Keine Ahnung, wie ich ihm erklären sollte, warum ich noch nicht bei ihm war.

Er hob den Hörer ab. »Jennings? Wo bleiben Sie?«

»Es tut mir leid. Ich bin in wenigen Minuten auf Position. Ich wurde aufgehalten«, erklärte ich außer Atem.

»Von we-?«, hörte ich ihn noch fragen, legte aber schnell auf, um ihm keine Erklärung abgeben zu müssen.

Im vierten Stockwerk angelangt folgte ich den Zimmernummern. Das ist sie! Hastig und zitternd hielt ich die

Zimmerkarte ans Schloss. Ich knipste das Licht an und trottete zum Bett, auf dem ein schwarzer enger Jumpsuit mit einigen eingenähten Taschen sowie ein kleiner Rucksack lag. Aus meinen Schuhen schlüpfend, öffnete ich nebenbei den Reißverschluss meines Kleides. Ich wechselte mein Outfit so schnell ich konnte, zog die bequemen Schuhe an, steckte mir den Knopf ins Ohr, den ich ebenfalls vom Bett nahm und flocht meine Haare zu einem Zopf. Alles wie besprochen.

Meinen Schmuck legte ich ab. Nur die Kette von Mom behielt ich an. Im Rucksack fand ich eine Kletterausrüstung, ein paar Werkzeuge und ein Klappmesser. Den Klettergurt legte ich bereits an. Dann schaute ich zur Decke und suchte den Lüftungsschacht.

»Ich bin so weit! Ich werde jetzt in den Schacht einsteigen«, sagte ich zu Clark, mit dem ich über den Knopf im Ohr kommunizieren konnte.

»Sehr gut.« Seine Stimme klang angenehm und entschleunigte mich. Mein Herz kam ein wenig zur Ruhe. Auch wenn er offenbar kriminell war, war er im Gegensatz zu den anderen stets höflich. Gut für mich. Ich musste es einfach schaffen, das erfolgreich hinter mich zu bringen. Fokussiert, Schritt für Schritt. Mit Ruhe und genauen Anweisungen. Nichtsdestotrotz war ein Teil meiner Gedanken bei Jason. Ich hoffte, dass Eric nicht zu misstrauisch geworden war und ihm nachspionierte oder gar etwas antat.

Warum war es Jason überhaupt so wichtig, was Eric,

ich oder wir ausheckten? Es konnte ihm doch egal sein. Vielleicht hatte er Schuldgefühle. Aber vielleicht war es für ihn auch ein scheiß Spiel, in dem er versuchte, mit seinem heutigen Ich bei mir zu punkten, um sein Ego zu polieren. Ich wusste es nicht. Vielleicht hatte ich mich auch vollkommen zum Affen gemacht, weil er verheiratet war oder das Ufer gewechselt hatte. Keine Ahnung. Und es sollte mir egal sein. So oder so war die Flamme zwischen uns doch längst erloschen. Alles, was zählte, war Isabelle zu retten und heil aus der Sache herauszukommen.

»An der Decke befindet sich der Eingang«, erklärte Clark.

Ich hatte die Lüftungsanlage des Hotels auf dem Bauplan regelrecht studiert. Normalerweise gab es bei der Lüftung von Gebäuden zwei Rohrverläufe. Eines für das Ansaugen der frischen Luft und eines für das Entsorgen der verbrauchten Luft. Der Schmuckladen bzw. der Diamant waren aus Sicht des Bauplans auf der linken Seite des Hotels. Die Lüftungsanlage des Juweliers war mit dem Schacht, der über dem gebuchten Zimmer verlief, verbunden, sodass ich den kürzesten Weg hatte, den Diamanten zu erreichen. Ich musste lediglich dem Rohr folgen, um die Ecke biegen und schließlich den gefährlichen Teil hinter mich bringen, bei dem das Rohr steil nach unten verlief. Mehrere Stockwerke Abgrund warteten auf mich, dann ging es nochmals ein paar Meter eben und schließlich würde ich zum Diamanten gelangen.

Ich blickte mich nach einer Möglichkeit um, an den Schacht zu kommen. Eine Kommode fiel mir ins Auge, die direkt gegenüber des Bettes stand. Ich schob sie mit aller Kraft fast in die Mitte des Raumes. Laut Bauplan musste das Rohr in etwa hier verlaufen.

Ich hievte mich auf den halbhohen Schrank und reckte mich in die Höhe, um die Fliese der Deckenverkleidung anzuheben und beiseitezuschieben. Bingo! Der Hauptbelüftungskanal der Zimmer verlief genau über mir. Ich blickte auf eine rechteckige Metallscheibe, die den Kanal an dieser Stelle abdichtete. Man hatte sie hier als einen Ersatz für ein Belüftungsgitter an das Rohr montiert. Genau, wie Erics Pläne es vorausgesagt hatten. Eilig kramte ich nach dem Schraubenzieher in meinem Rucksack und drehte dann die Schrauben heraus. Mit einem geschickten Wurf fielen sie auf das Bett. Ich musste sie später wieder finden, um die Sperre erneut zu befestigen. Das Metallteil ließ ich ebenfalls auf die Matratze plumpsen. Kurz darauf steckte ich den Kopf in die Öffnung. Es war dunkel und eng. Mein schmaler Frauenkörper würde hier gerade so hindurch passen. Vermutlich würde ich mich noch durch einige engere Passagen quetschen müssen.

Ich hoffte, dass die Rohre stabil genug waren und ich nicht irgendwo einbrechen würde. In Gedenken an die Yoga- und Athletikeinheiten der Uni, bereute ich im selben Moment, keinen Kletterkurs belegt zu haben. Wer hätte es gedacht, aber das wäre jetzt hilfreich gewesen.

4

KAPITEL 16

Jason

Verfolgt

Ich verstand diese Frau immer noch nicht. Was zur Hölle war in der Zwischenzeit passiert, dass sie mir gegenüber so feindselig war?

Meine Gedanken kreisten, während ich nur stillstehend hier im Flur lehnte und dem Aufzug nachstarrte, der sie längst in ein anderes Stockwerk befördert hatte.

Sie in eine dunkle Ecke zu ziehen, war vielleicht nicht meine beste Idee gewesen. Andererseits hatte ich für die Wahl eines angemessenen Orts für gemütlichen Austausch bei Wein und Käse keine Zeit gehabt. Diese Nische war ideal gewesen, da sie weder von den Sicherheitskameras, noch von den Gästen oder Garcia eingesehen werden konnte. Aber das hatte mir im Nachhinein auch nichts gebracht.

Uns lief die Zeit davon, aber ich würde einen Teufel tun und mich abziehen lassen. Ich musste unbedingt herausfinden, was Liz hier zu suchen hatte und inwieweit sie mit

Garcia unter einer Decke steckte. Sie hatte mich gebeten, ihr nicht im Weg zu stehen. Was auch immer sie damit meinte, ich würde ihrer Bitte nachkommen. Aber das hieß nicht, dass ich sie aus den Augen ließ.

Ich rief Matt an.

»Kannst du die Kameras des Galasaals in den Fokus nehmen und Garcia und seine Bodyguards im Auge behalten? Es sind zwei. Außerdem brauche ich, so schnell es geht, Garcias Zimmernummer und die Kamera-Rückverfolgung von Liz Jennings der letzten 5 Minuten. Sie hat den Fahrstuhl genommen.« Ich hatte langsam das ungute Gefühl, dass die eigentliche Party woanders stieg. »Ich muss wissen, wo sie hin ist, nachdem sie aus dem Aufzug gestiegen ist. Sie hat die Veranstaltung als Einzige verlassen und verhält sich verdächtig.«

Ich würde mir jetzt Informationen beschaffen und sicher nicht hier herumstehen und auf etwas warten, was wir verhindern könnten.

»Geht klar!«

Es dauerte nicht lange, bis …

»455. Jennings ist dort reingegangen und nicht wieder rausgekommen.«

»Danke«, antwortete ich und machte mich auf den Weg zum Aufzug. Ihrer Eile und ihrer Aussage nach zu urteilen, hatte sie mehr vor, als sich lediglich frisch zu machen.

»Matt, wie kannst du aus meiner Schlüsselkarte am schnellsten eine General-Schlüsselkarte machen?«

»Dafür brauchst du dein Smartphone. Nimm die NFC-Funktion und lies die Daten deiner Schlüsselkarte aus. Dann starte ich das Bruteforcing, kümmere mich um den Rest und du kannst in weniger als einer Minute jede Tür öffnen, die du willst.«

Ich holte mein Smartphone raus und ließ es sofort die Daten meiner Keycard lesen. Matt haute in die Tasten.

»Fertig!«

Sehr gut. Ich steckte das Smartphone und den Generalschlüssel zurück in meine Smokingtasche.

Ein ungutes Gefühl machte sich in meiner Magengegend breit.

Ich konnte einfach nicht glauben, dass Liz nach all der Scheiße, die sie erlebt hatte, nun auf die schiefe Bahn geraten sein sollte. Sie war ein anständiges Mädchen gewesen. Hatte sie sich etwa vollkommen verändert? Auch wenn sie manchmal frech und vorlaut gewesen war, wusste ich immer, dass sie es nur nicht ausgehalten hatte, ihre Schwächen zu zeigen. Ihr Vater hatte sie das sonst wohl büßen lassen. Zumindest vermutete ich das, nachdem sie mir mal erzählt hatte, dass sie vor ihrem Vater niemals geweint hatte.

Umso mehr ich darüber nachdachte, wie sie früher war, desto weniger ergab ihr heutiges Verhalten einen Sinn.

Im Aufzug drückte ich die Stockwerknummer und sah den Türen zu, wie sie sich vor meiner Nase schlossen.

Aber Liz war eben nicht mehr wie früher. Wer wusste schon, was sie noch durchgemacht hatte, nachdem unsere

Wege sich getrennt hatten.

Ich stieg aus und lief den Gang entlang.

»Da stimmt etwas nicht«, sagte Matt.

Mein Herzschlag beschleunigte sich. »Was meinst du?«

Er antwortete nicht.

Zimmer 455. Ich horchte an der Zimmertür. Nichts.

Dann sah ich mich um. Nichts.

»Zimmerservice«, rief ich und klopfte.

Nachdem sich ihr hübscher Arsch immer noch nicht rührte, um mich hereinzulassen, zückte ich die Generalschlüsselkarte und öffnete die Tür. Mit einer Hand an der Waffe schlich ich Schritt für Schritt den kurzen Flur entlang. Das Schlafzimmer vor mir war hell erleuchtet. Eine Kommode stand mitten im Raum. An der Decke darüber fehlte eine Fliese.

»Hallo?«, fragte ich in den Raum hinein und sah mich in alle Richtungen um, suchte nach Regungen.

»Matt? Mach jetzt nicht auf geheimnisvoll …«, hakte ich außerdem nach. Aber er antwortete immer noch nicht.

Der Schlafbereich war leer, die Vorhänge an den Fenstern geschlossen. Die Badezimmertür war angelehnt. Ich drückte sie auf und suchte den Lichtschalter. Der Raum erhellte sich. Niemand zu sehen. Handtücher und Seife waren unbenutzt.

Um sicherzugehen, ließ ich die Hotelzimmertür hinter mir – und damit auch meine Fluchtmöglichkeit, zufallen, als sich draußen im Flur verdächtig schnell Schritte näherten. Fuck! Mit Wucht drückte ich die Tür zu. Zu spät. Sie wurde aufgetreten, bevor sie sich schließen konnte. Ich taumelte zurück, schlüpfte um die Ecke durch die offen stehende Badezimmertür und lehnte mich an die Wand. Mit dem Lauf zielte ich auf den einzig möglichen Eingang.

Matt hätte über die Überwachungskameras doch etwas sehen müssen. Wieso zur Hölle hörte ich ihn nicht mehr? Was war passiert?

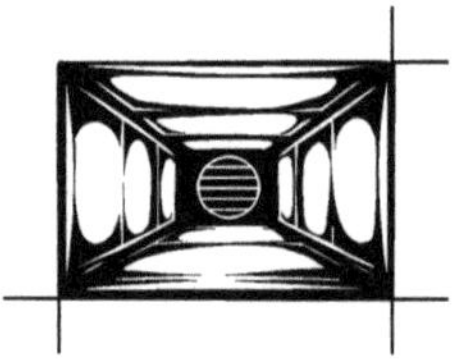

KAPITEL 17

Liz

Kein zurück

Wenn ich unter meinen Beinen hindurch schaute, konnte ich nur ein schwarzes Loch und den ersten Meter hinter mir sehen, der von meiner Kopflampe beleuchtet wurde. Es war verdammt eng hier. Umdrehen konnte ich mich nicht, es ging praktisch nur in eine Richtung. Nach vorn. Die Kriechposition, in der ich mich befand, verschaffte mir ein unangenehmes Gefühl. Sich nicht aufrichten zu können und keine Bewegungsfreiheit zu haben, war befremdlich. Ich durfte nicht zu viel darüber nachdenken und mich hineinsteigern, denn ich hatte noch nicht einmal die Hälfte des Weges hinter mir. Bisher war es nur geradeaus gegangen. Ich wusste von dem Bauplan, dass demnächst eine Mündung folgen würde. Immer wieder kam ich an Zimmern vorbei, durch dessen Luftschächte Licht drang, das von den Nebenschächten bis in den Hauptbelüftungsschacht schien. Ein Hoffnungsschimmer, der mich alle paar Meter erwartete und daran erinnerte, dass ich nicht endlos lang hier drin feststecken würde.

Der Luftzug und die beiläufigen Geräusche der Anlage ließen mich ab und an erschaudern. Clark, der immer noch in meinem Ohr war und wartete, dass ich die Mündung erreichte, hatte sich in der Zwischenzeit in das Netzwerk gehackt und die Lüftungsanlage auf die geringste Stufe gestellt. Wenn wir sie ausgeschalten hätten, hätte es nur Techniker angelockt und uns vermutlich noch verraten.

»Du bist gleich an der Mündung. Dann geht es abwärts«, hörte ich Clark, der meine Position auf seinem Bildschirm im Blick hatte. Ich hatte keine Ahnung, von wo aus er alles steuerte und traute mich auch nicht zu fragen.

Da es in diesen Rohren ein wenig hallte und gleichzeitig dumpf klang, musste ich die Klappe halten und konnte maximal flüstern. Ich beließ es bei Schweigen und konzentrierte mich auf meine Bewegungen.

»Moment mal.« Er klang überrascht. »Wir haben Besuch.«

Ich hörte, wie er jemanden anrief und Eric kurz darauf den Hörer abnahm.

»Ja?«

Clark ergriff das Wort. »Jemand hat sich in das Netz gehackt. Soeben betritt jemand ihr Hotelzimmer.«

»Ich kümmere mich darum.«

Eric klang angepisst. Mit einem wütenden Knurren legte er auf.

Was passierte hier, verdammt? Wenn jemand in Zimmer

455 war, würde er mich verfolgen oder abfangen können. Wie schon so oft in den letzten Stunden, stieg erneut Panik in mir auf.

Willkommen du weiteres unangenehmes Gefühl, wir haben heute Versammlung.

Ich betete innerlich, dass es sich nur um eine technische Störung oder ein paar Hotelmitarbeitende handelte, die mich eventuell ausfindig gemacht hatten und nicht um jemand Schlimmeren.

Tippgeräusche begleiteten mich, bis ich an die Mündung kam. Ich spähte in einen schwarzen Abgrund. Glücklicherweise war das Rohr hier etwas breiter und ein Stück höher. Ich nutzte den gewonnenen Platz, um mich zu drehen. Bewegungsfreiheit war so etwas Schönes.

»Ich bin da«, flüsterte ich.

»Sehr gut. Sieh in deinem Rucksack nach der Kletterausrüstung. Du brauchst als Erstes den Bohrhaken.« Ich zückte das Teil, von dem ich glaubte, es könnte gemeint sein. Es sah aus wie ein großer Nagel mit einer dicken Metalllasche. Die war wohl zum Einhaken da.

»Hab's!«

»Nimm den Hammer und schlag es in den Rohrboden. Unter dir befindet sich kein Zimmer mehr.« Um seinen Anweisungen zu folgen, musste ich mich erneut ein wenig drehen. So gut es ging, positionierte ich den Haken. Mit Kraft drückte ich ihn gegen das Material und drehte, um eine Kuhle zu schaffen. Hoffentlich würde der Nagel seine

Position beibehalten, wenn ich mit dem Hammer für Festigkeit sorgte. Ich stieß ihn mit Wucht hinein, mehrmals und spürte, wie das Blech, durch das ich ihn rammte, erst nachgab und dann durchbohrt wurde. Bei jedem Scheppern zuckte ich zusammen.

»Zieh an dem Haken, fühlt er sich fest an?«

»Ja!«

»Dann geh kurz zur Seite.« Ich hörte ein mechanisches Geräusch. Ein lauter Schlag folgte, dessen dumpfes Echo durch die Kanäle hallte, bevor die Stille die Dunkelheit wieder erfüllte. »In diesem Bohrhaken befinden sich weitere Haken, die sich gerade eben mit Druck mechanisch in der Wand verkeilt haben. Das Ding sitzt jetzt bombenfest.«

Mithilfe seiner Anweisungen verstärkte ich das Kletterseil mit einem Sackstichknoten. Dann band ich eine weitere Schlinge in die jeweiligen beiden Seilenden. Um das Kletterseil führte ich ein kürzeres, dünneres Band mit einer anderen Technik, die mir Clark ganz genau und geduldig erläuterte. Die Schlinge am Bund befestigte ich mit einem Verschlusskarabiner. Anschließend war das Abseil- und Sicherungsgerät einzuhängen. Mit einem Zug wurde alles samt straff. Fühlte sich sicher an. So weit, so gut.

Und jetzt sollte mich das frei hängend tragen?

Da ich nicht genug Platz hatte, mich in der entsprechenden Technik abzuseilen, riet mir Clark, mich langsam vorzutasten.

Ich hangelte mich mit einer so breitbeinigen Position wie möglich die Blechwand entlang. Das Springen in kleinen Schritten gab mir Halt. Dabei gab ich mir immer wieder etwas Seil und glitt Stück für Stück nach unten. Ein eigenartiges Gefühl, allein in einem engen und dunklen Kanal zu hängen, in dem es zwanzig Meter in die Tiefe ging.

Mit viel Geduld, haufenweise Adrenalin, aber ohne weitere Komplikationen erreichte ich die Öffnung im Erdgeschoss. Kurz stützte ich mich und gönnte mir eine Pause. Hier wurde es wieder enger. Der vor mir liegende Schacht war mit jedem Zimmer im Erdgeschoss verbunden. Dazu gehörten auch die Küche und weitere Räume für die Mitarbeiter.

Ich kletterte hinein, löste mich vom Seil und ließ es hängen. Stattdessen wagte ich mich in die Schwärze vor. Das Kriechen scheuerte an meinen Knien. Wenn ich nicht bald hier raus war, bekam ich noch eine Panikattacke. Mit der ersten Abbiegung nach rechts, die mich schon nach wenigen Metern erwartete, war ich fast angekommen.

Bitte lass es gleich einfach und schnell vorbei sein.

kurz

KAPITEL 18

Jason

Fressen oder gefressen werden

Immer noch an die Wand des Badezimmers gelehnt, hoffte ich, dass mein unerwarteter Gast zuerst den Schlafbereich des Hotelzimmers anstrebte und das hell erleuchtete Badezimmer übersprang. Aber so dumm war vermutlich keiner. Der Gegendruck meines Körpers auf die Tür war deutlich gewesen. Und da es nicht gerade eine große Auswahl an Deckungsmöglichkeiten gab, konnte ich im Badezimmer nur schwer übersehen werden.

Aufgrund der vorherigen Kostprobe seiner Kraft vermutete ich, dass mein Angreifer ein Mann war. Er bewegte sich langsam und trat, so geräuschlos er konnte, einen Schritt nach vorn.

»Wir haben Ihren Kollegen«, sagte der Kerl. Ein mexikanischer Akzent. Der Bodyguard. War er allein? »Rauskommen! Und ihm passiert nichts.«

Ein Klicken verriet mir: Seine Waffe war entsichert.

Ich dachte nicht einmal daran, mich zu ergeben und

sein lächerliches Spiel mitzuspielen. Offensichtlich unterschätzte er mich. Na ja, dieses Badezimmer war ein Loch mit nur einem Ausgang, der für jedermann offenstand. Aber ich antwortete mit einem gleichsamen Klicken und richtete den Lauf meiner Waffe auf die offen stehende Tür – das Gefängnis, in dem ich war, war dadurch auch ein sicherer Hafen.

Er machte eine weitere vorsichtige Bewegung vorwärts. Wäre die Wand neben mir nicht zwischen uns, würden wir wahrscheinlich nebeneinanderstehen. Nur Beton und der erste Schuss, den keiner von uns wagen wollte, trennten uns. Oder würde er?

Wir kannten die Position des anderen, ich brauchte also nicht zu schweigen. »Was haben Sie mit ihm gemacht?«, fragte ich und entschied mich, das Spiel erst mal doch mitzuspielen.

Sie konnten nichts von ihm oder unserem Hotelzimmer wissen. Vielleicht pokerte er und Garcia oder einer seiner Leute hatte nur unsere Leitung gehackt. Oder hatten sie ihn etwa geortet?

»Wir haben ihn in seinem Zimmer überwältigt und halten ihn vorübergehend fest. Jetzt bin *ich* mit fragen dran. Was wollen Sie von Mr. Garcia?«, fragte er daraufhin.

»Na ja, das ist so eine Sache, wissen Sie? Wenn ich es jemandem sage, dann muss ich denjenigen töten. Das verstehen Sie sicher.« Ein Klassiker.

Ich glaubte, ein Grinsen in seinem Schnauben zu hören.

»Du hältst dich für clever, hm? Bist arrogant. Wir haben dich in der Hand, wieso kommst du nicht raus?«

»Hmmm…« Meine Antwort ging in ein Lachen über. Er stimmte mit ein. »Das wäre doch langweilig«, fügte ich hinzu.

Während wir uns unterhielten, schindete ich Zeit und sah mich nach Gelegenheiten um, mir wieder Oberwasser zu verschaffen.

»Du hast keinen Respekt«, hörte ich ihn sagen. »Keine Ahnung, was du von Mr. Garcia willst, aber du wirst es nicht kriegen. Ich habe auch gesehen, wie du die Kleine angesehen hast. Wolltest du sie ausfragen, um Informationen zu bekommen? Wer bist du?«

Ich grinste. »So viele Fragen. Auf welche antworte ich zuerst?!«

Er schnaubte. Dann fügte ich amüsiert hinzu: »Jack Cornelius Jones. In reichem Hause aufgewachsen. Gutaussehend, erfolgreich und ein Charmeur. Ms. Jennings ist mein Beuteschema. Ich stehe auf bereits vergebene Frauen und bin ihr wie ein Perversling hierher gefolgt.« Ich lachte entschuldigend. »Tja, erwischt.«

»Hör auf mich zu verarschen!«, brüllte er.

»Mein Fehler«, entschuldigte ich mich mit ironischem Unterton.

Ich konnte ihn im Nahkampf sicherlich überwältigen, auch wenn er recht groß war. Nur seine Waffe hielt mich davon ab. Ich brauchte ein Überraschungsmoment. Durch die offene Tür konnte ich in das Schlafzimmer sehen. Mir kam eine etwas riskante Idee. Ich zielte kurzerhand auf die immer noch leuchtende Deckenlampe im Raum und gab einen Schuss ab. Die Glühbirne zerbrach und der Raum verdunkelte sich. Sofort knipste ich auch im Bad das Licht aus, hastete geduckt um die Ecke und griff nach dem Metall in seinen Händen. Blind schaffte ich es, ihn zu entwaffnen. Dabei entglitt mir meine eigene Waffe. Scheiße! Auch seine Glock fiel jetzt zu Boden. War wohl doch nicht die beste Idee gewesen.

Intuitiv bückte ich mich, auf der Suche nach den Waffen. Das schien er zu ahnen. Er schlug mir in die Seite und rammte mich mit seinem ganzen Gewicht gegen die Wand. Fuck! Das hätte ich kommen sehen müssen.

Ich musste an die verdammten Waffen kommen! Am besten, bevor er das tat.

Durch die Dunkelheit und das, was ich von ihm spürte, konnte ich nur ahnen, was seine Position war und wie er sich verhalten würde.

Ich wusste, dass hinter mir irgendwo ein Lichtschalter war. Diese Tatsache konnte ich vielleicht für mich nutzen. Auch das Messer, das ich an meinem Knöchel trug, konnte ich erspüren und greifen. Er nutzte den Moment erneut und schlug mir blind in die Bauchgegend. Ich unterdrückte ein Keuchen, aber nutzte meinen Schwung für einen Kopfstoß gegen seinen Kiefer. Zumindest vermutete ich, es war sein Kiefer. Durch seinen dumpfen Aufschrei, der klang, als ob er sich mit den Händen das Gesicht hielt, wusste ich, der Moment war gekommen. Mit einer schnellen Bewegung schaltete ich das Licht im Flur an. Grelles Licht blendete mich.

Ich suchte nach der Waffe. Die eine musste irgendwie vor die Kommode ins Schlafzimmer gerutscht sein, die andere lag etwa eineinhalb Schritte von uns entfernt. Wenn ich bloß an eine der beiden herankommen würde.

Ich drückte mich an ihm vorbei, doch sein schwerer Körper war mir überlegen. Er holte aus und gab mir einen ordentlichen Kinnhaken. Obwohl ich nur noch Sterne sah, suchte ich einen wunden Punkt. Sein Solarplexus. Ich stieß ihm, während er sich nach der Glock streckte, das Messer mit aller Kraft in den Bauch. Sofort krümmte sich sein klobiger Körper und er schnappte nach Luft. Wie ich das verabscheute.

»Du dreckiger Bastard«, knurrte er in gebückter Haltung durch die zusammengebissenen Zähne und hielt sich mit den Händen den Bauch. Ich griff nach der Glock auf dem Boden. Nun hatte ich ihn. Sein letzter mexikanischer Fluch verstummte, als ich abdrückte. Die Patrone brachte ihn zu Fall. Blut trat aus seiner Stirn. Die Wand hinter ihm präsentierte ein rotes Gemälde des Schreckens.

Verdammte Scheiße! Ich hasste das, aber er hätte andernfalls mich erschossen. Oder wir hätten noch einige Stunden dagestanden. Ich hätte darauf gehofft, dass er kein guter Schütze war. Aber ich wusste, wenn es nur lang genug gedauert hätte, hätte Garcia Verstärkung geschickt.

Im selben Augenblick klingelte das Smartphone des Typen. Ich ging zu seinem leblosen Körper, vermied den Augenkontakt mit der Leiche, stieg über seine Beine und holte das Telefon aus seiner Smoking-Innentasche. Auf dem Display stand »Ramiréz«.

Mein Blick fiel erneut auf die Flurwand hinter diesem Kerl. Blut war überall und der metallische Geruch hatte sich bereits im ganzen Raum verteilt. Ich konnte ihn beinah schmecken. Das war der schlechte Teil meiner Arbeit.

Ich schloss die Augen, schluckte und spürte, wie Schweiß auf meine Stirn trat. Mein Herz begann zu rasen. Was war denn jetzt auf einmal los, verdammt? Ich war weder getroffen, noch schlimm verletzt. Meine Atmung beschleunigte sich. Ich ging zur Kommode in der Mitte des Zimmers, schloss die Augen, stützte mich ab und versuchte, ruhig zu atmen. Ein und aus. Ein und aus. Bilder blitzten vor meinem inneren Auge auf. Immer wieder diese Bilder.

Ich gab mir Mühe, an etwas anderes zu denken, projizierte bewusst Erinnerungen an Liz, dachte an ihr Lächeln. Schwer atmend ließ ich mich hinabsinken, saß auf dem Boden und lehnte meinen Kopf an die Kommode. Ihr blondes Haar, wie sie den Kuchen an ihrem Geburtstag aß und wie wir am Lagerfeuer saßen. Ich atmete tief durch, wischte mir mit dem Unterarm über die schweißnasse Stirn und merkte, wie sich mein Puls langsam wieder beruhigte.

Was zur Hölle war das?! Schon klar, ich hatte diese

Träume. Aber dass diese Anfälle jetzt im wachen Zustand und dann auch noch im Einsatz stattfanden, war verdammt gefährlich. Ich stützte mich wieder hoch und schleppte mich zur Minibar gegenüber des Bettes. Bier, Wein und eine Flasche Whiskey. Letzteres zog ich hervor, stieg ohne hinzusehen über die Leiche und ging ins Bad. Ich schaltete das Licht an. Mein Spiegelbild zeigte eine Platzwunde auf der Stirn. Mit einer Drehung des Hahns floss kühles Wasser wie Balsam über meine schmerzenden Knöchel. Rot getränktes Wasser rann die weiße Keramik entlang. Ich zog Tücher aus dem Spender, die ich in Alkohol tränkte und tupfte damit die Wunde ab. Es brannte, als das weiche Papier sie berührte und mich vollends ins Hier und Jetzt zurückholte. Vielleicht war es der Schmerz, der mich von meinen Anfällen befreite – und das der Grund, warum ich den Kampf und die Einsätze so mochte.

Ich nahm einen großen Schluck aus der Flasche, drehte sie zu und stellte sie zur Seite. Die Papiertücher spülte ich das Klo herunter. Ich musste herausfinden, was bei Matt los war. Der letzte Blick in den nur noch schwach vom Flurlicht beleuchteten Schlafbereich brachte mich wieder auf Kurs. Das Handy des Mannes, das ich eben unbemerkt fallengelassen hatte, hob ich auf und steckte es in meine Smokingtasche. Dabei untersuchte ich den Raum nochmals auf Auffälligkeiten.

Liz trieb sich also in den Luftschächten herum. Ich stieg auf die Kommode und steckte den Kopf durch das Loch in der Decke, um nachzusehen, ob sie sich hier versteckte. Aber sie war nicht zu sehen. Das Loch war klein. Da passte ich nicht hindurch. Was wollte sie da drin? Etwa die Bombe platzieren? Warum hier? Ich übersah etwas. Doch bevor ich mich weiter darum kümmerte, musste ich Bericht erstatten und Matt erreichen.

Ich stieg von der Kommode und fegte entschlossenen Ganges Richtung Tür. An der Türschwelle blieb ich stehen. Kurz blickte ich an mir hinunter. Es war wohl besser, wenn ich den Smoking schloss. Die Blutspritzer prangten auf meinem weißen Hemd wie ein unnötiges Statement-Tattoo, für dessen Rechtfertigung ich jetzt keine Zeit hatte. Genauso wenig für das Wechseln meiner Kleidung.

Ernüchtert ließ ich das Hotelzimmer hinter mir und kämpfte gegen das grelle Licht, das in meinen Augen schmerzte. Das leichte Brennen auf meiner Stirn begleitete mich zum Aufzug. Was sollte ich jetzt tun? Ich brauchte Zeit nachzudenken. Außerdem musste ich Matt finden. Sollte ich Monica anrufen?

Die Leiche würde Ärger geben, aber so war es nun mal. Fressen oder gefressen werden.

KAPITEL 19

Liz

Bombenstimmung

Das entfernte Geräusch eines Schusses hallte durch die Rohre und ließ mich aufhorchen.

»Was ist da los?«, fragte ich Clark, den ich immer wieder tippen hörte und der ab und an mit jemandem sprach. Ich verstand nur Fragmente. Aber das, was ich mitbekommen hatte, könnte bedeuten, dass sie jemanden geschnappt hatten. Jemanden, der versucht hatte, uns hinterherzuspionieren. So wie ich das verstanden hatte, ein anderer Hacker. Hatten sie ihn etwa erschossen? Die Erkenntnis traf mich wie ein Schlag. Sollte die Gefahr bestehen, dass Eric auffliegen könnte, wäre er sicherlich auch dazu fähig, jemanden umzulegen.

Was, wenn es Jason war? Vielleicht konnte er es nicht gut sein lassen und war mir gefolgt. Und dann hatten Eric und seine Männer ihn umgebracht. Mir wurde schlagartig übel.

»Wir haben alles im Griff.« Clark klang konzentriert

und vertieft.

»Ich bin da, was soll ich tun?«

»Gedulde dich einen Moment. Wir machen jetzt ein bisschen Stimmung.« Er schien das alles hier zu genießen. »Ich werde die Bombe zünden in 3, 2 … 1.«

Aus Reflex hob ich die Schultern und duckte mich. Wieder hallte ein entfernter Knall durch den Schacht. Dieses Mal so heftig, dass das kühle Material unter meinen Fingern kurzzeitig vibrierte. Die Alarmanlage ging los. Das Heulen einer Sirene dröhnte in meinen Ohren. Menschen kreischten. Dabei hatte ich die Bombe so platziert, dass keiner verletzt und keine notwendige Säule oder tragende Wand beschädigt würde. Clark hatte sie genau so gebaut, dass sie die richtige Intensität hatte, um die Menschen zu schocken, aber niemanden zu verletzten. Das hatte er mir nach unserer Unterhaltung zur Statik zumindest versichert und das hoffte ich zutiefst. Es sollte nur ein Materialschaden entstehen.

Clark seufzte, als hätte er sich verliebt. Er klang fast so stolz wie Isabelle, als sie mich nach Monaten Unterricht das erste Mal Klavierspielen hörte. »Ich liebe meine Arbeit.«

Schockiert atmete ich durch. Nun war mir klar, warum er mit Garcia arbeitete.

So schnell wie möglich wollte ich das jetzt hinter mich bringen.

»Wie geht es weiter?«

»Nimm den Schraubenzieher, dreh die Schrauben aus der Gitterfliese und hebe sie raus.«

Ich tat, was er sagte, und hob die Fliese an.

»Siehst du die Ladentür? Sobald der Alarm losgeht, schließt sie sich doppelt und zu dem Diamanten kann weder jemand herein, noch kann jemand aus dem Laden heraus. Du bist da drin also gefangen. Aber auch sicher. Es ist nur wichtig, dass dich niemand sieht. Also versuch, so schnell zu sein, wie möglich. Dein einziger Ausweg ist über die Rohre zurück. Hast du das verstanden?«

»Verstanden«, sagte ich, während mein Blick durch die Öffnung bis zur Schaufensterscheibe fiel. Ich sah, wie die Gäste zum Ausgang eilten und die Sicherheitsleute allerhand zu tun hatten, sie zu beruhigen. Dann ließ ich meinen Blick zur Vitrine schweifen. Sie stand *natürlich* direkt vor dem Fenster.

»Gut. Du kannst starten. Das Sicherheitssystem habe ich gehackt. Die Videoüberwachung im Laden ist durch Standbilder getauscht, der Rest ausgeschaltet. Du seilst dich jetzt ab, genau wie vorhin, alles genau gleich. Beeil dich. Viel Zeit haben wir nicht, bis sich die Situation wieder beruhigt oder sogar jemand merken könnte, dass das Sicherheitssystem gehackt wurde. Und lass dich nicht erwischen!«

Meine Atmung beschleunigte sich und ich schluckte. Ob meine schwitzigen Hände mich halten würden?

»Okay.«

Wie Clark gesagt hatte, zog ich den zweiten speziellen Bohrhaken hervor, der sich in das Material klemmte. Ich knotete das zweite Kletterseil und bereitete alles für den Abstieg vor. Das Problem war, dass ich viel weniger Platz hatte, als in dem Rohr zuvor und daher länger brauchte und mich öfter winden musste.

»Schneller, Jennings«, hörte ich ihn sagen.

Die Augen rollend, atmete ich genervt durch und schluckte herunter, was ich eigentlich antworten wollte.

Fuck. Diesen Knoten mit zitternden Händen zu binden, war nicht das Gleiche. So! Jetzt hatte ich es.

Ich knipste mein Kopflicht aus, drehte mich und ließ meine Beine zuerst runter. Es waren nur ein paar Meter. Ein bisschen mehr Seil und ich erreichte den Boden. Sofort nahm ich eine hockende Position ein, um zu vermeiden, dass jemand durch das Fenster eine Bewegung wahrnahm. Dann begann ich über den Boden zu kriechen. Wie ein Tier zog ich mich mit den Armen durch die Schatten über den weißen Marmorboden. Um mich herum standen weitere Glasboxen, voll mit Perlenketten, Ringen, Uhren und weiß Gott welchen Edelsteinen. Sie reflektierten das hereinstrahlende Licht des Hotel-Eingangs, das nicht mal bis zur hinteren Ecke des kleinen Ladens reichte.

»Ich bin an der Vitrine. Was jetzt?«, flüsterte ich gestresst, während ich hinter der Säule saß und mich versteckte. Hinter dem Glas, das sich über mir befand, erstrahlte der Diamant.

»In deiner Tasche ist ein Glasschneider.«

Ich holte meinen Rucksack nach vorn und zog das Werkzeug hervor, von dem ich – mal wieder – glaubte, dass es gemeint sein könnte. Oh Gott, ich machte das doch auch alles zum ersten Mal!

»Die Größe müsste passen. Er wurde so eingestellt, dass du mit deinem Arm gut durchkommst. Der Glasschneider hat einen Saugnapf. Positioniere ihn und drehe ihn an dem Rädchen an der Seite fest. Dann nimmst du die Messerseite und schneidest das Glas.«

Ich erhob mich auf die Knie und folgte seinen Befehlen. Soweit so gut.

Das Glas ließ sich anschließend leicht eindrücken. Während die Gäste draußen immer noch evakuiert wurden, ließ ich meine Hand, vorbei an den scharfen Kanten, vorsichtig nach vorne gleiten. Der Diamant passte genau in meine Faust. Er war wunderschön. Klar, funkelnd und wahrscheinlich jede Menge Geld wert.

Ich griff nach dem Schmuckstein, der in eine drahtige Konstruktion eingelegt war und balancierte ihn aus der Vitrine heraus. Nur noch ein kleines Stück. Jetzt hatte ich den Diamanten sicher. Ein schneller Kontrollblick, dann würde ich verduften. Ich linste nach draußen und konnte Jason erkennen, der mit verschränkten Armen vor dem Schaufenster stand und mir direkt in die Augen sah. Sein Kiefer mahlte und seine Nasenflügel blähten sich auf, während seine Augen mich wütend verurteilten.

»Fuck!«, rutschte es mir im selben Moment heraus. Ich starrte ihn, wie die in flagranti erwischte Betrügerin an, die ich war.

»Was ist?«, fragte mich Clark, beunruhigt über meine Reaktion.

Um jetzt nichts Falsches zu sagen, biss ich mir auf die Lippen. Mist, was sollte ich jetzt tun? In der nächsten Sekunde beobachtete ich, wie sich ein Security-Mitarbeiter näherte – wahrscheinlich um Jason die Ausgänge zu zeigen.

Oh Gott! Jason sah zu ihm herüber, dann wieder zu mir. Immer noch auf meine Unterlippe beißend, schüttelte ich langsam den Kopf und flehte ihn mit Blicken an die Klappe zu halten. *Bitte! Bitte bitte deck mich.*

Ich verschanzte mich hinter der Säule und hoffte innig, dass er mich nicht verpfeifen oder die Security mich nicht sehen würde.

»Jennings? Ist alles in Ordnung?«, hakte Clark mit schärferem Ton nach.

»Ja … ja.«, stammelte ich. »Es ist alles gut. Ich bin nur fast erwischt worden, das ist alles.«

»Okay. Wenn Sie den Diamanten haben, dann nichts wie raus da!«

Ich nickte, obwohl er mich nicht sehen konnte.

Noch ein Moment verstrich, bis ich mich entschied nachzusehen. Weder die Security noch Jason konnte ich sehen. Wo waren sie hin?

Scheiße! Egal, ich musste hier raus.

Geduckt eilte ich zum Seil. Den Diamanten stopfte ich in ein für ihn vorgesehenes Samtsäckchen und verstaute es wieder im Rucksack. Mit letzten Kräften, die ich vor allem aus der Angst schöpfte, zog ich mich das Seil hoch. Puh! Oben angekommen, schloss ich die Augen. Zurück in der Enge, dafür in Sicherheit.

»Der Adler ist gelandet«, brachte ich gerade noch so hervor.

»Sehr gut, Jennings. Und jetzt zurück.«

Wie knapp war das denn bitte gewesen? Aber ich hatte es geschafft.

Immer noch spürte ich meinen rasenden Herzschlag. Das Adrenalin rauschte in meinen Ohren. Was für ein komisches Bild das war. Ich, die zufrieden lächelnd mit einem Diamanten in einem engen Rohr saß. Unterdessen hallten die Sirenen durch das Hotel. Wenn mir das jemand vorausgesagt hätte ... Auch wenn es verdammt gefährlich und illegal war, hatte ich es geschafft einen Diamanten zu stehlen, mich aus höchster Höhe abzuseilen und durch den engsten Schacht der Welt zu kriechen. Jetzt musste ich mich aber beeilen.

Ich knipste mein Kopflicht wieder an, verstaute das Seil und legte die Fliese an ihren Platz zurück. Mit dem Schraubenzieher drehte ich die Schrauben hinein. Damit schloss ich die Öffnung zum Laden und ließ das Schmuckgeschäft hinter mir.

KAPITEL 20

Jason

Bombenstimmung

Ich musste erst einmal nachdenken. Irgendetwas kam mir komisch vor. Die Aufzugtüren öffneten sich im Erdgeschoss.

Es fühlte sich an wie eine Finte. Als würde Garcia meinen nächsten Schritt bereits kennen und auch erwarten. Und diese Genugtuung wollte ich ihm auf keinen Fall geben. Wollte er, dass ich Matt suchte? Wollte er, dass ich mich zurückzog oder angriff? War Matt bereits tot? Oder bildete ich mir nur ein, dass Garcia mich lenken wollte, und lief paranoid durch die Weltgeschichte, während Matt blutend auf seine Rettung hoffte?

Ich huschte die Treppe nach unten. Stufe für Stufe näherte ich mich der Lobby und dem Eingangsbereich der Gala, als plötzlich ein lauter Knall meine Gedanken durchbrach. Der Boden vibrierte.

Ich blieb stehen. War das eine Explosion? Die Bombe? Verdammte scheiße!

Die Alarmanlage heulte auf und ein schriller Ton erfüllte die Räume.

Die ersten Gäste konnte ich bereits hektisch zum Eingang laufen sehen. Die Sicherheitsleute fassten sich an die Ohren, vermutlich an ihre Headsets und gaben sich Informationen durch. Mit dirigierenden Handbewegungen machten sie auf die Notausgänge aufmerksam und beruhigten hysterische Damen und Herren auf dem Weg nach draußen. Immer mehr Menschen suchten den Weg zum Ausgang. Auch die Mitarbeitenden des Hotels. Küchenleute, der Catering-Service …

Mission missglückt, dachte ich. Wie konnte das passieren? Matt war verschwunden, Liz war wie vom Erdboden verschluckt und Garcia war die ganze Zeit auf der Gala gewesen, oder irrte ich mich? Die Bombe war bereits gezündet. Was hatte ich übersehen?

Der Sprengkörper schien weiter entfernt explodiert zu sein. Vielleicht ein gezielter Angriff auf nur eine Person? Schwachsinn! Dann wäre der Zusammenhang mit dem Tipp der Bombe an die Polizei völlig unnötig gewesen. Aber warum hat der Täter die Bombe nicht direkt auf der Gala gezündet oder gar in der Nähe, wenn es darum ging, einen Anschlag zu verüben?

Vielleicht weil es gar niemanden treffen sollte. Vielleicht sollte es eine Ablenkung sein. Garcia arbeitete für eine Sicherheitsfirma. *Safety Inc.* Schon bei dem Banküberfall hatte es einen Anschlag in der Nähe gegeben. Zufall?

Sicher nicht! Das musste eine Masche sein. Was könnte er in diesem Hotel wollen? Vielleicht hatte er versucht, den Hotelinhaber als Geschäftspartner zu gewinnen und um sein Angebot deutlich zu machen, sorgte er für eine Sicherheitslücke. Rein sachlicher Schaden wäre allerdings kein sonderlich gutes Argument. Es müsste schon etwas in Gefahr sein, was dem Hotelinhaber mehr bedeutete. Da fiel es mir wie Schuppen von den Augen:

Der Diamant.

Es könnte sein, dass er den Diamanten stahl. Ich setzte mich wieder in Bewegung. Vorbei an panischen Gästen, die es zum Ausgang trieb, eilte ich auf den Schmuckladen zu. Hier war der Diamant ausgestellt, dem das Hotel seinen Namen verdankte. Mit angestrengten Blicken suchte ich die dunkle Räumlichkeit nach Bewegungen ab. Volltreffer! Ich ging näher heran, um zu sehen, ob es sich um die Verkäuferin handelte, die ich vorhin dort gesehen hatte. Doch was ich in dem immer wieder aufblinkenden Licht stattdessen sah, waren goldblonde, lange Haare, die zu einem Zopf geflochten waren. Ein Arm der fast bis zum Anschlag in der Diamantenvitrine steckte und wenige Sekunden später, erschrockene Augen, die mich fassungslos ansahen.

Sie war vollkommen erstarrt. Mit verschränkten Armen starrte ich ihr entgegen. Ich konnte es nicht fassen. Was zur Hölle war in sie gefahren? Sollte das ein verdammter Witz sein?

Liz wand sich und fokussierte etwas hinter mir. Aus Reflex drehte ich mich um und sichtete einen Sicherheitsmitarbeiter, der auf mich zugelaufen kam. Dann blickte ich zu ihr zurück. Mit mitleidigen Augen flehte sie mich wortlos und kopfschüttelnd an, sie nicht zu verraten.

Ich konnte verdammt noch mal nicht glauben, was ich da eben gesehen hatte. Und jetzt verlangte sie von mir, sie zu decken?

Wut stieg in mir auf und ich mahlte mit den Zähnen. Der aufkommenden Hitze in mir hätte ich gerne Ausdruck verliehen. Zu gern hätte ich sie in die Finger bekommen und ihr zur Hölle noch mal einen Einlauf verpasst. War sie völlig übergeschnappt? Sich mit Garcia zusammentun und gemeinsam Banken und Hotels auszurauben?

Früher hatte sie sich immer eine Zukunft gewünscht, in der sie in Frieden leben konnte, vielleicht Kinder bekam und einen Vorgarten mit einem Hund besaß. Aber das? Das hätte ich ihr nie zugetraut.

Hätte mir das auffallen sollen, als wir damals regelmäßig Essen aus der Küche stahlen?

Der Herr der Security näherte sich und ich drehte mich schnell zu ihm um. Mit einem entschuldigenden Glucksen und der verlegenen Geste mir den Arm in den Nacken zu legen, schaute ich ihm entgegen.

»Alles in Ordnung, Sir? Bitte begeben Sie sich zu den Notausgängen«, wies er mich streng zurecht.

»Wissen Sie, meine Frau ist noch da drin. Wir wollten uns genau hier am Laden treffen. Können Sie nicht eine

Ausnahme machen? Ich will nicht, dass sie sich Sorgen macht, wenn ich dann nicht am Treffpunkt bin.«

»Das geht leider nicht, Sir. Bitte begeben Sie sich unverzüglich zu den Notausgängen«, wiederholte er und legte ungeduldig eine Hand auf meinen Rücken, um mich einige Meter zu führen. »Ich werde mich nach Ihrer Frau umsehen. Wenn ich eine Dame am Laden stehen sehe, werde ich sie informieren, dass Sie bereits draußen warten.«

Ich schindete noch einen Moment Zeit, indem ich mich etwas zierte, gab dann aber doch nach und ließ mich von ihm zum Ausgang bringen. Sobald der Security-Mitarbeiter seine Aufmerksamkeit abwandte und sich von mir entfernte, fiel meine Maske. Durch die mir entgegenströmenden Hotelgäste drängte ich mich zurück in Richtung des Aufzugs. Vorbei am Schmuckladen konnte ich im Inneren keine Regungen mehr erkennen.

Warum hatte ich das verdammt noch mal gerade getan? Ich hatte sie in Schutz genommen und mich damit strafbar gemacht. Was stimmte nicht mit mir, sie davonkommen zu lassen, mit einem verdammten Diamanten, obwohl ich ein verdammter Agent der Regierung war. Monica würde mich eigenhändig ins Gefängnis schleifen. Der gottverdammte Job war alles, was ich hatte. Fuck! Aber da war diese Überzeugung, die mir aus weiter Entfernung zurief, dass sie unschuldig war. Sie machte mich absolut nachlässig und machtlos, nahm mir die Kontrolle über meine Vernunft.

Entsetzt über mich selbst, die gesamte Situation und meinen Zwiespalt, zog ich mich in eine dunkle Ecke zurück. Mit dem Smartphone in der Hand verharrte ich. Mein Finger stoppte über dem grünen Hörer-Button. Warum zögerte ich, Monica anzurufen? Sie war vielleicht die Einzige, die mich aufzuhalten verstand. Gleichzeitig wollte ich aber nicht aufgehalten werden. Hatte ich versagt? Konnte ich ihr überhaupt unter die Augen treten? Widerwillig gab ich der Vernunft nach und drückte die verfluchte grüne Taste.

»Carter?«, fragte sie mit ihrer strengen Stimme. Ich umklammerte den Hörer.

»Ja, Ma'am«, bestätigte ich. »Wir brauchen einen neuen Plan«, hörte ich mich außerdem sagen.

»Wo ist Coleman? Ich kann ihn nicht erreichen.« Dass Monica *mich* nicht versucht hatte zu kontaktieren, wunderte mich nicht. Im Einsatz kam das selten vor. Es barg seine Gefahren. Daher meldete *ich* mich, wenn die Situation entschärft war. Entschärft traf hier jedoch nicht ganz zu.

»Ich bin mir nicht sicher, Ma'am. Eric Garcia hat uns gelinkt. Er …«, ich zögerte. »Er hat eine Komplizin.«

Diese Beichte könnte und würde mein Untergang sein. Wenn sie herausfand, dass es einen Zusammenhang zwischen mir und Liz Jennings gab, würde sie sich fragen, warum ich mich nicht abziehen lassen hatte. Eine Suspendierung oder gar Kündigung stand im Raum. Dennoch war es das Vernünftigste. Ich konnte mich und sie nicht ewig belügen. Nicht wenn es mittlerweile die Sicherheit mehrerer Hundert Menschen infrage stellte und ein Agent verschwunden war. Monica schaute Nachrichten. Selbstverständlich wusste sie bereits, dass eine Bombe explodiert war.

Ich musste mich verdammt noch mal zusammenreißen und ordentlich Bericht erstatten. Wenn sie die Verbindung zu Liz feststellte, dann hatte ich mich ihrer Entscheidung zu ergeben.

Einhändig fummelte ich mir die Fliege vom Hals und öffnete die oberen zwei Knöpfe meines weißen Hemds.

»Der Funkkontakt zu Coleman ist im Einsatz abgebrochen. Ich musste Garcias Bodyguard töten und habe erfahren, dass seine Männer Coleman im Hotelzimmer überwältigt haben. Ich habe Grund zur Annahme, dass Coleman sich im Netz bewegt und die IT von Garcia unsere Verbindung gekappt hat.« Ich fuhr mir durch die Haare und schaute mich nach der Security um. »Sie haben Coleman wohl gefunden und im Hotelzimmer ausfindig gemacht. Er hat auf keinen meiner Anrufe reagiert. Ich habe außerdem einen Raub in Erfahrung bringen können.« Ich räusperte mich, da unmittelbar das Bild von Liz in meinen Gedanken auftauchte und mich wieder in Zwiespalt versetzte. Wie sie den Arm in die Vitrine steckte und mich anschließend mit ihren Augen anflehte, sie nicht zu verpfeifen. »Garcias Komplizin hat den Diamanten gestohlen, während das Hotel aufgrund der Explosion evakuiert wurde. Sie müssen das Sicherheitssystem deaktiviert und sich über die Luftschächte bewegt haben. Das vermute ich, weil es in dem Hotelzimmer, indem ich Garcias Mann beseitigt habe, einen offenen Eingang zum Schacht gab und ich die Komplizin selbst das Hotelzimmer betreten sehen habe.«

»Es war also alles nur ein Ablenkungsmanöver«, folgerte sie.

»Ja, Ma'am.« Ich ließ ihr einen kurzen Moment. Dann fügte ich hinzu: »Ich werde jetzt noch mal das Hotelzimmer mit dem offenen Schachteingang aufsuchen, die Komplizin abfangen und dann unser Hotelzimmer, in dem Coleman zuletzt war, stürmen. Vielleicht ist er noch dort.«

»Ja …« Sie zögerte, als wollte sie noch etwas hinzufügen. Doch sie tat es nicht. »Beeilen Sie sich, Carter.«

Ich legte auf und lief den Treppenaufgang hinauf. Rechts befand sich der Aufzug, den ich aufgrund eventueller technischer Schwierigkeiten nach der Explosion lieber vermied. Ich ging stattdessen nach links. Dort fand ich die erste Treppe in den nächsten Stock. Ich rannte nach oben. Jeder Schritt auf rotem Teppich – Stufe für Stufe. Vier Stockwerke.

Der Einsatz war noch nicht vollkommen verloren, ich konnte Liz immer noch abfangen und den Diamanten beschlagnahmen.

Über die Fenster, die sich in jeder Ebene wiederholten, erhaschte ich einen Blick auf den Parkplatz vor dem Gebäude. Eine Menge Leute versammelten sich dort.

Keine Menschenseele kam mir entgegen. Das bedeutete, sie hatten das Gebäude fast vollständig geräumt.

Oben angekommen, blieb ich stehen, um einen Moment durchzuatmen.

Der schrille Ton der Alarmanlage schrie wie ein Komparse Garcias stetig weiter und störte meinen Fokus. Ich war sonst durch nichts aus der Ruhe zu kriegen – was war heute bloß mit mir los?

Ein Summen drängte auf einmal aus meiner Sakko-Tasche. Bei der Grundlautstärke hätte ich es fast nicht bemerkt. Ich zog beide Handys hervor. Es war das Smartphone des Bodyguards, das vibrierte. *Mr. Garcia.*

Nein. Ich würde jetzt nicht rangehen. Das könnte mich verraten. Es war mitunter eine Warnung. Denn wenn der Bodyguard nun bekannterweise vermisst wurde, würden sie, wenn es nicht schon passiert war, nach ihm suchen.

Das Summen stoppte und ein weiterer versäumter Anruf reihte sich in die Liste. Anschließend ploppte eine Textnachricht auf.

»Sind mit dem Hacker in Zimmer 651.«

Der Flurgang war leer. Das Hotelzimmer 455 fiel in mein Blickfeld. Zuerst musste ich mich um Liz kümmern. Ich zückte die Zimmerkarte, die Matt für mich zum Generalschlüssel umprogrammiert hatte, aber sie funktionierte nicht mehr. Zur Sicherheit versuchte ich es noch ein weiteres Mal. Zwecklos.

Verärgert biss ich die Zähne zusammen und atmete hörbar laut aus.

So langsam hatte ich die Nase voll.

Ich zog meine Waffe aus dem Bund, lud sie, richtete sie auf den Keycard Scanner und schoss mehrere Male energisch um das Kartenschloss herum. Die Löcher, die die Kugeln in das Holz der Tür rissen, machten das Schloss instabil. Mit einem Tritt brachte ich es zum Durchbrechen, sodass es auf der anderen Seite zu Boden fiel und nun ein riesiges Loch in der Tür prangte. Das, was noch von der Tür übrig war, ließ sich nun mühelos aufschieben. Na also.

Bevor ich hineinging, sah ich mich um. Der leblose Körper lag noch immer an derselben Stelle und richtete seinen leeren Blick gegen die Zimmerdecke, während das Flurlicht die Leiche immer noch beleuchtete. So, als hätte ich den Mord arrangiert und in Szene gesetzt.

Als ich ein paar Schritte vorging, konnte ich über mir dumpfe Geräusche wahrnehmen, die mit jeder Sekunde lauter wurden. Na also!

Ich wischte mir mit dem Handrücken den Schweiß von der Stirn und lehnte mich bequem in den schattigen Teil des Raumes. Von hier aus beobachtete ich Liz, wie sie sich mit einem Bein nach der Kommode streckte. Sie trug einen unanständig engen, schwarzen Suit. Ihr Kleid und die Teile des Schachts, die sie abgeschraubt haben musste, lagen auf dem Bett. Nachdem auch das zweite Bein auf der Kommode stand, kletterte sie nach unten und erreichte schließlich den Marmorboden.

Mein Blick verfing sich an ihrem wunderschönen Gesicht.

»Sieh nicht hin«, warnte ich sie. Liz zuckte zusammen, bevor ihre überraschten Augen meine fanden und schließlich die Leiche.

KAPITEL 21

Liz

Gehen lassen

Festen Boden unter den Füßen zu spüren, war ein Privileg, das ich zukünftig mehr wertschätzen würde. Erleichtert ließ ich Luft in meine Lungen strömen. »Sieh nicht hin«, – die mir sofort im Hals steckenblieb.

Ich wandte mich zu der Quelle und sah, wie Jason aus einer dunklen Ecke des Raumes hervortrat, an dessen Wand er lässig gelehnt hatte. Hatte er auf mich gewartet? Wieso war es so dunkel? Und was roch hier so nach …

Ein farbiger Fleck im Raum zog meine Aufmerksamkeit auf sich und ließ mich auf der Stelle erschauern.

Gorros regungsloser Körper lag auf dem Boden. Hinter ihm die rot getränkte Wand, die einem Horrorfilm entsprang. Ich drückte mir die Hand vor den Mund, um meinen Würgereflex zu unterdrücken. Mit den Fingern suchte ich Halt an der Kommode. Auf Gorros Stirn prangte ein Einschussloch und es roch wirklich fürchterlich nach Blut. Das war ein entsetzlicher Anblick.

»Ich hab doch gesagt, sieh nicht hin«, ermahnte mich Jason, der lässig auf mich zugelaufen kam, um mich zu stützen.

Seine Berührung hatte etwas Tröstendes an sich. Aber ich wusste es besser, denn meiner Erfahrung nach, würde es nicht halten.

Clark waren die Geräusche nicht entgangen.

»Was ist da los?«, fragte er, immer noch in meinem Ohr.

Ich drehte mich von Jason weg, der meine Bewegungen intensiv verfolgte. »Da ist …«

Eine Hand auf meinem Mund stoppte mich. Ich runzelte die Stirn. Jason griff grob an mein Ohr, schnappte sich das Mikro schneller, als ich mich wehren konnte, ließ es auf den Boden fallen und trat es kaputt.

Entgeistert über seine Reflexe und beleidigt wegen des Übergriffs, spitzte ich die Lippen und schenkte ihm einen fassungslosen Blick, während ich mir das Ohr rieb.

»Entschuldigung?«, fauchte ich.

»Entschuldigung angenommen«, antwortete er frech und zog seine Augenbrauen in die Höhe. Machte er sich etwa schon wieder über mich lustig? Aber ich konnte auch einen ernsten Ausdruck in seinen Augen erkennen.

»Das war nicht …«, begann ich, doch dann schüttelte ich meinen Kopf, als wollte ich diesen angefangenen Satz wieder verwerfen. Es brachte sowieso nichts.

»Danke, dass du mich nicht verpfiffen hast«, vervollständigte ich stattdessen meinen Satz.

»Mach das nie wieder!«, drohte er.

Was war er denn jetzt so aggressiv? Sein eindringlicher Blick fing mich ein, seine Nasenflügel blähten sich auf und sein Kiefer mahlte.

»Was meinst du?« Ich schnaubte und lachte verächtlich über mich selbst. »Du meinst ein Hotel auszurauben?« Ich griff nach meinem Rucksack und legte ihn auf dem Boden ab.

Er nickte und der Muskel an seinem Kiefer zuckte. Dann fügte er hinzu: »Und mich dazu zu bringen, solche Entscheidungen zu treffen.«

Ich verstand nicht ganz, hakte aber nicht weiter nach. Dachte er etwa, ich würde das aus freiem Willen tun? Natürlich dachte er das. Es sah ja auch danach aus. Trotzdem verärgerte es mich, dass er einfach so davon ausging.

»Ich musste es tun …«, verriet ich und wich seinem Blick aus. Die Lippen aufeinandergepresst, dachte ich darüber nach, wie gern ich mir von der Seele reden wollte, was in den letzten Tagen passiert war. Aber ich konnte ihm nichts davon erzählen. Das würde ihn nur in Gefahr bringen. Und mich auch.

»Ich kann es dir jetzt nicht erklären, aber irgendwann, wenn diese ganze Sache vorbei ist …«, entschuldigte ich mich und führte meinen Satz wieder nicht zu Ende. Denn wer wusste schon, wann es vorbei war.

»Hat dich dieser verdammte Bastard dazu gezwungen?«, fragte er mich mit wütendem Ausdruck.

Ich schnaubte. Damit wollte ich den Eindruck erwecken, er hätte nicht gerade ins Schwarze getroffen. Aber das hatte er. Schon wieder. Ich würde einen Teufel tun und dafür sorgen, dass er sich da selbst mit hineinzog. Daher schluckte ich den Kloß in meiner Kehle herunter und wandte mich von ihm ab. Erst nahm ich den Diamanten aus dem Rucksack und dann aus dem Säckchen. Als ich zur Tür ging, spürte ich seinen stechenden Blick auf mir. Clark hatte wahrscheinlich längst Alarm geschlagen. Ich musste dringend los.

Doch – ein klickendes Geräusch und ich hielt inne. Als ich mich umdrehte, sah ich direkt in den Lauf einer Pistole. Jason stand wie angewurzelt da und hielt eine Waffe auf mich, als wäre ich eine schuldige Verbrecherin.

»Wer bist du?«, flüsterte ich, während ich versuchte, eins und eins zusammenzuzählen.

»Ich bin Agent. Ich arbeite für die Regierung.« Ich konnte Verzweiflung in seinen Augen sehen. Zwiespalt. Er wollte mich aufhalten, aber nur zu meinem Besten. »Du hast den Diamanten noch. Wenn du da rausgehst …« Er fasste sich an die Stelle zwischen seinen Brauen und schloss für einen Moment seine Augen. Die schnelle Atmung und aufgeblähten Nasenflügel verrieten mir – ich hatte ihn die ganze Zeit falsch eingeschätzt.

»Fuck!«, fluchte er und nahm die Waffe herunter. Sein Kiefer zuckte schon wieder.

Den Auftritt als Millionär hatte ich ihm geglaubt, aber

jetzt war alles klar.

Ich verstand nun, welcher Zwiespalt ihn bewegte. Er war kein reicher Investor-Macho, für den er sich ausgegeben – oder für den ich ihn gehalten hatte. Er war ein verdammter Agent und er musste sich entscheiden. Dafür mich gehen zu lassen und seinen Job zu riskieren oder dafür, mich zu behandeln wie die offensichtliche Gaunerin, die ich war. Wir spielten wirklich auf unterschiedlichen Seiten. Was für ein Fiasko. Und das, nachdem wir uns damals nicht einmal verabschiedet hatten. Es war fast so, als hätte sich nach all den Jahren nicht sonderlich viel zwischen uns verändert. Na ja, bis auf das hier.

»Was wird er mit dir machen, wenn du ihm den Diamanten gegeben hast?«, fragte er plötzlich mit ruhigem Ton.

Ich hatte keine Ahnung. Bisher hatte ich nicht so weit gedacht. Vielleicht verdrängte ich den Gedanken auch, weil ich mir meine Überlebenschancen lieber nicht genau ausrechnen wollte. Ich wusste nur, dass ich mehr auf der Verlierer- als auf der Gewinnerseite stand. Aber was hätte ich denn sonst tun sollen? Solange ich den Diamanten hatte oder wusste, wo er sich befand, würde ich am Leben bleiben.

Ich blickte ihn an und ging in seine Richtung, bis ich direkt vor ihm stand. Schmerz und gleichzeitiges Unverständnis standen in seinen Augen. Der Wunsch, die Situation zu kontrollieren und die Verzweiflung es nicht zu können. Mit einer sanften Bewegung streifte ich seine Wange. Er tat nichts weiter als mich anzusehen, als wollte er mich ergründen.

Wie bei einer Verabschiedung, die wir nie hatten, schenkte ich ihm einen letzten Moment, drehte mich fort und ließ ihn durch die offene Hotelzimmertür zurück.

Sobald ich um die Ecke bog, stieß ich gegen etwas Hartes. Eric stand vor mir, der mit Ramiréz wahrscheinlich bereits nach mir gesucht hatte. Er packte mich am Arm und zog mich zu sich.

»Hey! Lass mich los«, forderte ich.

Stattdessen lehnte er sich zu mir runter. »Hast du den Diamanten?« Seine Stimme war kühl und aufbrausend.

Ich nickte nur, wie ein dämliches Dummchen. Doch ich konnte sehen, wie wütend er war, und wollte ihn unter keinen Umständen weiter reizen. Angst floss durch meine Adern. Sein grober Griff hinterließ ein schmerzendes Gefühl an meinem Arm. Was würde er jetzt mit mir machen?

Im nächsten Moment war alles, was ich erkennen konnte, sein gnadenloser Blick in den offen stehenden Raum hinter mir. Eric gab Ramiréz mit einem Kopfnicken ein Zeichen. Er setzte sich in Bewegung, zückte die Waffe und schoss.

»Nein!«, schrie ich, doch es ertönte bereits ein ohrenbetäubender Knall. In meinem nun dumpfen Gehörgang erklang ein hohes Piepen, bevor ein zweiter Schuss zu hören war, der vom Inneren des Raumes stammte. Ich schöpfte Hoffnung. Weitere Kugeln verließen Pistolenläufe. Doch ich konnte sie nicht zuordnen.

Eric zog mich zur Seite. Ich wehrte mich mit enormer Kraft, wollte mich losreißen, aber das führte nur zu mehr Ausweglosigkeit.

Seine Arme umklammerten mich. Ich konnte ihn nicht einmal mehr kratzen oder beißen. Tränen flossen mir über das Gesicht. Nein, ich durfte nicht weinen.

Was passierte hier bloß?! Mein Herz brach. Glas splitterte und ich hörte, wie Schläge auf Haut und Knochen trafen. Schließlich ein weiterer Schuss, und der Unruhe wich die Stille.

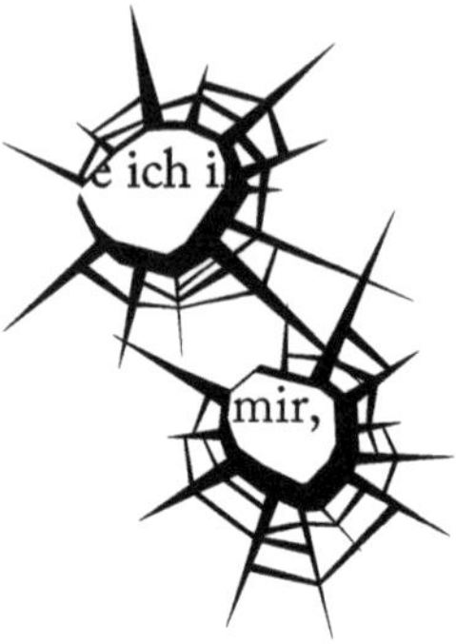
e ich i
mir,

KAPITEL 22

Jason

Feindes' Bau

Mein Herzschlag war deutlich an meinem Hals zu spüren. Ich brauchte einen Moment, bis ich realisierte, dass ich noch am Leben war. Das Adrenalin brannte wie Feuer in jedem meiner Körperteile und Organe. Ich spürte mich selbst kaum. Ich war wie betäubt.

Der zweite Bodyguard von Garcia lag direkt neben dem anderen leblosen Körper vor der Wand. Blut strömte aus ihm heraus und mischte sich mit dem bereits getrockneten Rot auf dem weißen Marmorboden. Ich konnte nicht länger hinsehen und wandte den Blick ab. Bei seinem Versuch, mich umzubringen, war ich gerade noch so davon gekommen. Dennoch hatte er mich erwischt. Die Kugel, die in meiner linken Schulter steckte, brannte und würde mich schon bald sehr schwächen. Verdammte Scheiße! Eine gute Sache hatte es. Die Kugel hielt mich bewusst im Hier und Jetzt. Das Zeitfenster musste ich nutzen. Noch wirkte das Adrenalin.

Ich hievte mich vorwärts. Das Waffenmagazin des Toten war genauso leer wie meins. Ich brauchte Munition. Mit gezogener Waffe eilte ich auf die Hotelzimmertür zu, die immer noch offen stand.

Um die Ecke konnte ich Garcia Liz die Treppen hochschleifen sehen. Sie hatten bereits Vorsprung. Liz schrie. Dieser Bastard. Wenn ich ihn in meine blutigen Hände bekam, würde ich mich vergessen!

Nein, ich musste ruhig bleiben. Die Wut hatte mich schon viel zu sehr im Griff. Wenn ich kurzsichtig wurde, riss ich uns alle vielleicht in den Tod. Garantiert wollte er zwei Stockwerke höher. Dort, wo sie Matt festhielten. Ich hoffte, dass er noch lebte.

So schnell ich konnte, rannte ich ihnen nach. Erst hatte er sich Liz gekrallt, dann Matt. Alles für dieses dreckige Geschäft. Er sollte in der Hölle schmoren. So wie Liz sich von mir abgewandt hatte und sich zurückhielt, mir mehr Informationen zu geben, hatte er sie gezwungen das alles zu tun. Nur zu gern wüsste ich, was er gegen sie in der Hand hatte.

Ich rannte die Treppen hinauf. Zimmer 651. Dort huschte er mit Liz hinein und verbarrikadierte sich. Feigling.

Hatte er jetzt etwa Angst?

Keine Ahnung, wie viele Männer oder Waffen er da drin noch hatte. Konnte ich seine Leute überwältigen? Ich würde es herausfinden.

Schnell zog ich meine Zimmerkarte hervor. Der Generalschlüssel funktionierte zwar nicht mehr, aber es war immer noch eine Schlüsselkarte für mein eigenes Hotelzimmer, das sich zu meinem Glück direkt daneben befand.

Ich ging zu unserem reservierten Superior. Die Tür hinter mir schloss sich.

Sie hatten Matts Equipment völlig verwüstet. Auf dem Boden lagen Kunststoffteile, der Stuhl war umgekippt und der Bildschirm des Rechners völlig hinüber.

Garcia würde mich erwarten. Das war ein Nachteil.

Hastig zog ich den Koffer unter dem Bett hervor. Die sich darin befindenden Magazine befestigte ich an einem Gurt, den ich jetzt wie ein Geschirr um meinen Oberkörper trug. Dabei fühlte ich bereits, wie jede Bewegung meines Arms mich fast um den Verstand brachte. Allein das Ausziehen meines Sakkos war eine Qual gewesen. Jetzt lag der blutige Stoff auf dem weißen Laken.

Mit geladener Glock stürmte ich aus dem Raum. Ich lehnte mich neben Garcias Zimmertür mit dem Rücken zur Wand. Beim Heben meiner Waffe durchzog ein scharfer Schmerz meinen Arm. Aus Reflex griff ich danach und verdrückte mir ein schmerzerfülltes Stöhnen. Fuck!

»Garcia!«, rief ich. Mein Ruf mischte sich mit der immer noch durch die Flure hallenden Alarmanlage. Schnell wechselte ich die Schusshand. Nicht meine starke Seite, aber es musste reichen.

Die Tür öffnete sich. Den Körper steif vor Anspannung

zielte ich entschlossen auf Garcia, der in den Flur kam. Nicht etwa allein, sondern mit Liz im Arm. Er hielt sie vor sich, den Lauf der Pistole an ihren Kiefer gedrückt. Sein Ausdruck erhaben und arrogant. »Wir haben dich erwartet. Waffe runter, wenn du nicht willst, dass sie stirbt. Und dann komm rein.«

Ich biss die Zähne aufeinander.

Liz schrie stumm vor Verzweiflung. Ihre Augen rot unterlaufen, ihr Ausdruck verängstigt.

In das Zimmer zu gehen war mein Todesurteil. Ich konnte ihn nicht erschießen, solange er Liz als Geisel vor sich hielt. Also tat ich, was er wollte. Viele Optionen gab es ja nicht. Und um zu sehen, ob Matt noch lebte, musste ich sowieso da rein.

Widerwillig senkte ich die Waffe und legte sie vor mich auf den Boden. Ein kurzer Augenblick verging, dann nickte er mir misstrauisch zu. Daraufhin trat ich meine Glock zur Seite. Sie schlitterte Richtung Treppe und wurde gerade noch so von dem verschnörkeltem holz-lackierten Geländer zurückgehalten.

Vorsichtig betrat ich das Zimmer. Garcia folgte mir wie eine Schlange seiner Beute. Das war mein verdammter Todeszug.

Matt saß auf einem der Loungesessel in der rechten hinteren Ecke des Raums. Seine Hände und Füße waren seiner Sitzposition nach mit Kabelbindern gefesselt. Er wirkte glücklicherweise unversehrt. Neben ihm stand eine Frau.

Rote Haare, streng, mit verächtlichem Blick und hoch geschlossener Kleidung. So wie ich das sah, trug sie keine Waffe. Es gab also nur Garcia, Liz, Matt, diese Dame und mich. Und diese einzige Pistole im Raum, die Garcia jetzt zwischen meine Schulterblätter presste. Sollte ich es riskieren, mich zu wehren? Eher nicht. Wenn ich versagte, konnten Matt oder Liz verletzt werden.

»Setzen!«, befahl er. Allein schon seine arrogante Stimmlage provozierte mich.

Die Dame brachte den anderen der beiden Sessel und stellte ihn in den geräumigen Bereich vor das Bett. Ich platzierte meinen gleich toten Arsch in die weichen Polster. Gott verdammt. Das tat sogar gut. Das Nächste, was ich fühlte, war seine Faust auf meinem Gesicht. Ein scharfer Schmerz auf meiner Schläfe. Meine Sicht wurde schwarz und die Umgebungsgeräusche wurden für einen Moment zu einem weit entfernten Echo.

KAPITEL 23

Liz

Wach auf

Erics Augen funkelten. Er rieb sich über die Fingerknöchel, als würde er es nicht wegen des Schmerzes tun, sondern um den Dreck wegzuwischen. Jasons Blut. Und Schweiß. Sein weißes Hemd war durchnässt. Ein großer roter Fleck prangte an seiner Schulter. Er musste angeschossen worden sein. Ich war so froh, dass *er* es war, der diesen Zweikampf als Gewinner verlassen hatte. Konnte man das so nennen? Schließlich war er schwerverletzt und jetzt auch noch bewusstlos. Oder war er tot? Oh mein Gott!

Eric war so unberechenbar. Wie hatte ich mich nur je auf ihn einlassen können? Das war alles meine Schuld. Wenn ich Pauls Warnung bloß ernster genommen hätte. Nichts von all dem, was ich mir durch den Job erhofft hatte, war das hier wert gewesen. Wenn Jason nicht mehr aufwachte – wie sollte ich mir das nur jemals verzeihen? Ihn bewusstlos zu sehen, füllte nun auch die letzte Zelle in mir mit Schuldgefühlen.

Eric beäugte mich mit besonderem Interesse. Hatte ihn mein leises Wimmern misstrauisch gemacht? Hier auf dem Hotelbett zu sitzen, machte mich so schutzlos. Ich sah sofort von Jason weg, senkte meinen Blick. Auch wenn Eric längst zu wissen schien, dass zwischen mir und Jason etwas war, sollte ich ihn nicht noch extra darauf aufmerksam machen. Zu spät.

Er kam näher. Seine Hand packte grob mein Gesicht. Seine kurzen manikürten Fingernägel gruben sich in meine Haut. Er zwang mich, ihn anzusehen.

Ich blinzelte die Tränen weg, die mir in den Augen brannten, und tauschte die Angst, so gut ich konnte, durch Trotz. Zudem umklammerte ich den Diamanten, als wäre er mein Leben. Er würde ihn mir wegnehmen. Das wusste ich bereits. Und dann würde er mich beseitigen. Ich würde Teil eines Kollateralschadens sein.

Die stumpfen Kanten des großen Diamanten schnitten mich in meine linke Handfläche. Sein Atem hinterließ einen feuchten Rückstand auf meiner Nasenspitze. Ich unterdrückte ein Schaudern.

»Weißt du, was ich an Frauen mag?«

Ich wusste es nicht, aber die Antwort auf die Frage konnte mich nicht überraschen. Hasserfüllt blickte ich ihn an. Er sollte wissen, dass es mir völlig egal war.

»Ich mag es, wenn sie sich wehren.« Mit einem Grinsen verstärkte er den Druck auf meine Wangen, bis ich vor

Schmerz zusammenzuckte. Aus Reflex schnappte ich nach seinem Arm, um den Druck zu entlasten. Es tat weh. Ich spähte zu Emilia Richter, die das Geschehen hinter uns, in der Ecke des Raums, abwartend verfolgte. Sie stand bei diesem Mann, der gefesselt in dem Loungesessel saß und unruhig hin und her rutschte.

Eric ließ sein Grinsen fallen und gab mein Gesicht frei. Sofort strich ich über die noch schmerzenden Stellen und nahm einen eisenartigen Geschmack auf meiner Zunge wahr.

»Aber weißt du, was ich nicht leiden kann? Wenn sie nicht wissen, wann sie aufgeben sollen.« Daraufhin umfasste er meine geballte Faust und grub nach dem Diamanten. Nachdem er ihn gewaltsam aus meinem Besitz gerissen hatte, hielt er ihn gegen das Licht.

»Bewundernswert schön.« Der Klunker schimmerte und blinkte im weißen Licht des Hotelzimmers, in diesen falschen Händen, die mich gleich töten würden. Ob Eric wusste, dass Jason ein Agent war? Vermutlich.

Egal, was er war. Jason hatte sich eingemischt, also musste er die Suppe auslöffeln. So würde es zumindest Eric sehen. Da war ich mir sicher. Er konnte ihn nicht am Leben lassen. Und mich genauso wenig. Als Zeugin war ich eine Gefahr. Und er ging niemals ein Risiko ein. Nie und nimmer kamen wir hier lebend wieder heraus. Ich musste mir dringend etwas einfallen lassen.

Meine Augen suchten den Raum nach einer potenziellen

Waffe oder Ähnlichem ab. Irgendetwas, das Hoffnung in mir weckte. Während ich mich umsah, regte sich Jason. Dem Himmel sei Dank. Er lebte noch.

Völlig benommen öffnete er seine Augen und stammelte etwas, aber ich konnte nichts verstehen. Erics arrogante Blicke musterten ihn.

»Hab ich was verpasst?«, fragte Jason verschlafen murmelnd, als hätte die Bedrohlichkeit der Situation ihn noch nicht ganz wieder erreicht.

»Nein«, antwortete Eric hart. »Da der Diamant jetzt sicher in meinem Besitz ist, erwachst du gerade rechtzeitig zu eurer Hinrichtung. Eigentlich solltest du längst tot sein, also …«

Dann hielt er den Lauf der Pistole auf Jasons Gesicht. Ich konnte nicht länger zusehen. Mit zitternden Knien richtete ich seine Aufmerksamkeit auf mich.

»Eric, was soll das? Du hast, was du wolltest. Wieso lässt du uns nicht einfach gehen?«

Natürlich würde er uns nicht einfach so abhauen lassen. Es verschaffte uns aber Zeit, darüber zu reden. Wofür? Wusste ich selbst nicht. Aber ich wollte noch nicht sterben. Ich konnte nur hoffen, dass er das Machtspielchen genoss. Damit gewannen wir vielleicht ein paar Minuten.

Aber als Eric sich mir zuwandte, verging mir der Mut.

»Wie gesagt, du solltest wissen, wann du aufgeben musst. Liz, mi corazón, du denkst, du seist etwas Besonderes«, schnaubte er amüsiert. »In dieser Welt bist du ganz weit unten. Es reicht vielleicht, um in meinem Bett zu landen, aber dachtest du wirklich, dass du weiter kommst?«

»Wie bitte?« Wollte er etwa behaupten, ich hätte mich hochgeschlafen? Dieses Arschloch! Ich würde ihm seinen verdammten Hals umdrehen. »Du Widerling! Wie kannst du ...«, brüllte ich und stockte. Er hielt mir die Waffe unters Kinn und umrundete mich.

»Nah, nah, nah.«

Schwer atmend vor Wut zwang ich mich zur Ruhe. Ich war aufgebracht. Nicht nur wegen ihm. Auch wegen mir selbst. Aus irgendeinem Grund war es mir unangenehm, vor Jason zugeben zu müssen, diese eine Nacht mit Eric verbracht zu haben. Es gab nichts, was ich mehr bereute.

»Im Gegensatz zu dir, mi amor, wurde mir beigebracht, im richtigen Augenblick den Mund zu halten. Also hör auf zu jammern und zu wimmern. Das ist erbärmlich. Weißt du, ich mochte dich sogar ein wenig. Du bist so naiv, irgendwie clever. Ich hab sogar darüber nachgedacht, dich am Leben zu lassen, aber«, er neigte den Kopf hin und her » ... das ist einfach ein zu hohes Risiko. Das wirst du verstehen – jetzt, da du Teil des Teams warst.«

Wie konnte er nur damit durchkommen? Ich verstand das alles nicht.

»Aber als Zeichen meiner Dankbarkeit werde ich dich nicht zuerst töten. Ich werde mit ihm anfangen.« Mit der Pistole deutete er auf Jason.

Der zog seine Mundwinkel nach unten, nickte und sah

ironisch in die Runde. »Wenn dir beigebracht wurde, im richtigen Moment die Fresse zu halten, wieso tust du es dann nicht?«

Was sollte das denn jetzt? Warum provozierte Jason ihn?

Eric knurrte. Sichtbar kämpfte er mit seiner Beherrschung, um stets erhaben zu bleiben. Mit einem Seufzen sah er auf Jason herab.

»Carter. Der kleine Schwanzlutscher von Monica Thompson. Ich weiß alles über dich und diese lächerliche kleine Einheit hier.« Er hob den Kopf in Richtung des anderen Kerls, der bei Emilia saß. »Und keiner von euch hat es geschafft, mich aufzuhalten.«

Jasons Nasenflügel blähten sich auf. Eric lachte. »Das Einzige, mit dem keiner von uns gerechnet hatte, war, dass du und Liz sich kennen. Ah ja, und dass du ein psychisch instabiler Bastard bist, der nicht mal in den Einsatz geschickt werden durfte.« Sein Kopf arbeitete. Jason versuchte offensichtlich Puzzleteil für Puzzleteil zusammenzusetzen. Ich ebenso. Kannten sie sich etwa? Jasons Reaktion nach war Erics Konter keine Lüge. Was auch immer der wunde Punkt war, Eric hatte ihn auf jeden Fall getroffen. Und was meinte er mit psychisch instabil?

KAPITEL 24

Jason

Schwarz sehen

Meine Schulter brannte höllisch, während ich verarbeitete, was Garcia da von sich gab. Selten fühlte ich mich so klar. Der Schmerz rüttelte mich aus dem Delirium, in das ich eben noch zu fallen drohte. Der Nebel hatte sich gelichtet. Was zur Hölle meinte er mit labil? Wusste er etwa mehr als ich? Das konnte nicht sein. Niemand wusste davon. Ich hatte nur ein paar Mal auf Monicas Willen hin mit ihr darüber gesprochen Schlafstörungen zu haben – dass mich ab und an Bilder plagten, die ich nicht zuordnen konnte.

Wer zum verdammten Henker, außer Monica und dieser Psychologe, bei dem ich ein paar Stunden herumgesessen war, hatte von meinen Anfällen mitbekommen? Er konnte gar nichts davon wissen. Ich sah diese Bilder, okay, aber das bedeutete nicht, dass ich verrückt war.

»Es ist wirklich eine Lachnummer. Agent Thompson setzt ausgerechnet ihren unzurechnungsfähigsten Agenten auf mich an.« Er inspizierte meine Reaktion auf seine Worte mit Hingabe. »Hast du ab und an Aussetzer, Carter? Deine Tests beim Psychologen haben deine Unfähigkeit für den Einsatz bestätigt. Laut der Akte, die wir finden konnten, hat Agent Thompson deine Daten gefälscht, um dich trotz allem auf Einsätze zu schicken. Hat sie dir das etwa vorenthalten?«

Diese rhetorischen Fragen konnte er sich sparen. Monica Thompson würde mich nie belügen. Das würde sie nicht tun. Sie könnte mich damit umbringen. Es musste also eine Lüge oder ein Missverständnis sein. Sie war wie eine Mutter für mich gewesen. Aber – warum sollte sich Garcia so etwas ausdenken? Um mich zu verunsichern? Diese ganze Situation war absurd. Weshalb sollte Monica ausgerechnet *mich* in den Einsatz schicken wollen, wenn ich doch ungeeignet war? Es gab Hunderte Agenten, die mich sofort ersetzen konnten.

»Aus welchem Grund hätte sie das tun sollen?«, hakte ich nach. Ich gönnte ihm den Triumph nicht und sah seinem Grinsen nur widerwillig beim Wachsen zu. Er hörte sich offensichtlich gerne selbst reden. Mein Interesse an dem, was er sagte, war allerdings nicht zu leugnen. Denn wenn Monica mich wirklich töten wollte, dann würde ich … Ja, was würde ich?

»Ich hab keine Ahnung. Blöd, dass du keine Chance mehr haben wirst, sie das zu fragen. Offiziell hat sie dich hiermit in den Tod geführt. Vielleicht war das ja sogar ihr

Ziel. Ich puste deinen Schädel weg und niemand muss dafür die Verantwortung tragen. Wie geschickt.«

Verdammter Wichser. Ich biss mir auf der Unterlippe herum. Das sollte es nun also gewesen sein? Ich wollte seiner Geschichte keinen Glauben schenken. Aber ein Teil in mir schon. Es widersprach allem, was ich je gedacht hatte. Betrachtete man aber die Umstände – konnte es wahr sein? Hatte Monica mich umbringen wollen und mich verbotenerweise in den Einsatz geschickt?

Mit einem tiefen Atemzug sank ich zusammen. Fuck! Das alles erklärte zumindest die Momente, in denen ich diese Bilder sah, die ich nicht einordnen konnte. Es fühlte sich definitiv scheiße an, hintergangen worden zu sein. Aber ich würde es erst glauben, wenn sie es bestätigte. Denn mir war immer noch nicht klar, wie er an die Informationen herangekommen war. Wie hatte sich sein Team unbemerkt in unsere Datenbank hacken können? Das war absolut unmöglich.

Dieser Mistkerl! Er war mir einfach immer einen Schritt voraus, lenkte mich und hatte es die ganze Zeit getan. Zudem machte mich das alles mehr als wütend. Denn ich war kein Verlierer. Niemals! Und schon gar kein Wahnsinniger, der nicht mehr bei Verstand war. Ich konnte und durfte nicht scheitern. Denn dann hätte alles keinen Sinn mehr.

Liz' Augen musterten mich. Verzweiflung schwang in ihrem Blick mit. Und Erwartung. Dachte sie etwa, ich konnte uns noch retten? Klar dachte sie das. Vor wenigen Minuten hatte ich das auch getan. Jetzt war ich mir nicht mehr so sicher.

Meine Glock lag am Treppengeländer im Hotelflur. Irgendwie musste ich da hinkommen. Mit Garcias Pistolenlauf vor dem Gesicht würde das allerdings eher schwer werden.

Seine Finger machten bereits Anstalten abzudrücken. Sollte dieser Kerl meinen Kopf zum Teufel noch mal wegpusten. Ich kannte das Risiko. Ich hatte zwar gehofft, etwas heldenhafter zu sterben, nicht als verrückt-labiler Versager. Wobei ich lieber als Versager sterben wollte, als als Versager zu leben. Gott verdammt. Wäre da nicht Liz. Sie durfte nicht sterben. Dieser Kerl würde damit durchkommen, sie im Anschluss getötet zu haben.

Ich war nicht gefesselt. Worauf wartete ich also? Die Kugel würde ich mir so oder so einfangen.

»Es war nett mit dir, Carter.« Wie aufs Stichwort richtete Garcia seinen Arm aus. Ich wollte im selben Moment aufspringen, als: Ein hohes Krächzen den Raum erfüllte. Hinter mir schien etwas vorzufallen und Garcia war für eine Sekunde abgelenkt.

Der Abzug klickte, doch die Kugel schoss vorbei. Längst hatte ich seinen Arm gepackt. Dabei unterdrückte ich mir einen aufkommenden Schmerzensschrei. Das Stechen meiner Schulter kam direkt aus der Hölle und würde mich schon bald dorthin mitnehmen, wenn ich ihn nicht endlich überwältigte.

Garcia hielt die Waffe fest umklammert, sodass es ihn nach vorne zog und ich ihm mit dem Knie einen ordentlichen Stoß verpassen konnte. Mein Angriff brachte ihn zwar zu Boden, doch mein Erfolg war nur von kurzer Dauer. Denn im nächsten Moment blickte ich erneut in den dunklen Lauf seiner Waffe, die er jetzt vom Boden aus auf mich richtete.

Er betätigte den Abzug.

Mehr als ein Klicken war jedoch nicht zu hören. Das Magazin war leer. Zu meinem Glück. Das nichtsnutzige Eisen glitt aus seinen Händen, während ich versuchte, über ihn zu gelangen. Er schaffte es auf die Beine. Mit letzter Kraft boxte ich auf ihn ein. Er war definitiv kein Anfänger im Nahkampf, denn er blockte meine Schläge und verpasste mir einen Hieb in die Magengegend. Ich spürte, wie mich meine Energie verließ, meine Sicht verschwamm und ich mich immer wieder nur für kurze Zeit freiblinzeln konnte. Meine Konzentration ließ mich wohl ebenfalls im Stich.

»Liz!«, brüllte ich. Sie schien wie in Schockstarre zu sein. »Meine Waffe! Am Geländer!« Aus dem Augenwinkel konnte ich sehen, wie sie losrannte. Garcia stieß sich an mir vorbei, um sie aufzuhalten. Ich zog ihn zurück.

Wie der elendige Bastard, der er war, quetschte er mir den Finger in die Schusswunde. Es stach, als würde Satan selbst in der Verletzung liegen. Der Schmerz ließ mich schwarz sehen. Ich gab für einen Moment nach, um mich direkt danach auf ihn zu stürzen. Dabei rollte der Diamant über den weißen Marmor. Mit schweißnassen Händen konnte ich Garcia nicht länger zurückhalten. Ich drückte mich zurück in den Stand, suchte an der Wand des Raums Deckung. Liz eilte zu uns herüber.

»Schieß!«, rief ich ihr zu, doch sie rührte sich nicht. Zitternd sah sie mich an. Die Waffe richtete sie zwar mit beiden Händen umklammert auf Garcias Herz, doch ihre Augen schrien wie paralysiert nach Hilfe.

Matt, der sich irgendwie befreit hatte, wehrte sich mit allen Mitteln gegen die rothaarige Lady und kam ebenfalls zu Fall. Die Frau lief auf die traumatisierte Liz zu. Sie streckte sich nach der Waffe und – Liz feuerte eine Kugel ab. Die Frau fiel zu Boden.

Blut. Überall war Blut.

Bilder vor meinem inneren Auge.

Erinnerungen? Blut, ein Schrei… laut … Gedankenfetzen … Mein Herz hämmerte gegen meine Brust. Eine weibliche Stimme schrie einen Namen. Schläge trafen auf Haut, Blut spritzte. Ein Kopfschuss. Die Wand vor mir war in ein tiefes Rot getaucht. Ich kauerte mich in die Ecke. Hoffte, dass ich nicht entdeckt werden würde. Sie kamen aus dem Hinterhalt. Einfach so. Mit angehaltenem Atem kniff ich die Augen zusammen.

Das musste aufhören. Ich schnappte nach Luft, gab die Bilder frei und dachte daran, wie Liz lächelte.

»Alles Gute zum Geburtstag«, flüsterte ich belustigt.

»Danke«, flüsterte sie amüsiert zurück. Ihr zufriedenes Lächeln war wie ein Geschenk und ich konnte sehen, wie noch etwas Torte in ihrem Gesicht klebte. Wahrscheinlich sah ich genauso aus.

»Was machen wir mit dem Blech und den Krümeln?«, flüsterte sie mir zu.

»Wir können es vor Mikes Zimmertür legen«, lachte ich.

Mein Puls war besänftigt. Mit dem Klarwerden meines Verstands sah ich in Garcias Augen, die mich mit Verachtung straften. Sie spotteten und zogen den Versager in mir aus dem Schatten.

Liz! Fuck!

Ihre Brust hob und senkte sich, als würde sie jeden Moment hyperventilieren. Mit dem Lauf der Waffe folgte sie Garcias Bewegungen, der ihr jetzt seine volle Aufmerksamkeit zuwandt.

Wir mussten hier weg.

»Liz, mi amor. Das wirst du nicht tun.« Er richtete sich auf, fixierte sie wie ein Löwe eine Antilope und näherte sich ihr an. Ich konnte es in ihren Augen erkennen – sie würde es nicht tun. Er hatte recht. Einmal. Aber kein zweites Mal.

Ich zwang mich in den Stand, eilte auf sie zu, in der Hoffnung, sie konnte Freund und Feind noch unterscheiden. Ihre schwachen Hände überließen mir das Kommando. Ich hatte meine Glock zurück.

Mit einer Kopfbewegung deutete ich hinter mich. Sie verstand und zog sich Richtung Tür zurück. Sobald wir hier raus waren, würde ich mich um sie kümmern.

Matt, der sich wieder aufgerappelt hatte, schlurfte hinter Garcia vorbei, ebenfalls zur Tür. Er schnappte sich den Diamanten, der auf dem Boden lag und lächelte zufrieden.

Jetzt gab es nur noch eines zu tun. Ich musste Eric Garcia töten. Das war mein Job. Doch etwas stimmte nicht. Ich betrachtete mein Hemd. Es war rot getupft. Getränkt von meinem Blut und dem von anderen.

»Erschieß mich!«, forderte er und breitete die Arme aus, als würde er ein heranfliegendes Projektil begrüßen. Oder als würde er es genau wissen. »Na los!«, rief er.

Das Geräusch der Alarmanlage war in der Nähe des Flurs viel lauter als im Hotelzimmer. Ich versuchte, es auszublenden, ließ meinen Finger über den Abzug streichen.

»Du kannst es nicht, stimmts?« Sein selbstgefälliges Grinsen brannte sich in mein Gedächtnis. Er hatte wieder recht. Ich konnte es nicht.

Dann spürte ich eine Hand auf meiner Schulter. Matts Hand.

»Lass uns abhauen.«

Widerwillig wandte ich mich von Garcia ab. Obwohl es vorüber war, klang sein Gelächter noch minutenlang nach, begleitete mich und mischte sich mit den Umgebungsgeräuschen. Wir nahmen einen Fluchtweg im ersten Stock, gingen nicht den gewohnten Weg in Richtung Hauptausgang. Eine Feuertreppe führte uns zum Parkplatz. Ganz abseits retteten wir uns aus dieser Misere.

Von hier aus konnten wir die Polizei- und Krankenwagen sehen, die sich vor dem Hauptausgang aufreihten und dessen aufblinkende Lichter die Nacht in einen schaurigen Albtraum verwandelten. Ob sie schon bemerkt hatten, dass der Diamant fehlte?

Mit jedem Schritt, den wir uns über den Parkplatz kämpften, wurde ich schwächer. Selbst Liz' und Matts stützenden Hände würden mich nicht mehr lange tragen. Ich hatte einiges an Blut verloren, einiges an Blut gesehen. Mein Kopf schmerzte, meine Schulter stach und meine Beine gaben nach. Wie bisher blinzelte ich den Nebel davon, doch er kam jetzt immer wieder, immer öfter – bis ich endgültig schwarz sah.

KAPITEL 25

Liz

Albtraum

Nachdem wir Jason in der Notaufnahme abgegeben hatten, waren wir untergetaucht. Ich war Matt, wie er sich vorgestellt hatte, ein paar Meilen einfach nur gefolgt. Wir kannten uns nicht, aber er gehörte zu Jason und ich wusste nicht, wo ich sonst hin sollte. Nach Hause am liebsten. Aber das wäre zu gefährlich. Eric könnte mich dort abfangen oder Isabelle und Paul könnten mit hineingezogen werden. Ich war sowieso schon in Sorge, dass den beiden etwas passierte. So gern wollte ich mich bei ihnen melden. Sie starben wahrscheinlich vor Sorge, fragten sich, wo ich war, und malten sich die schlimmsten Ereignisse aus. Teils hätten sie damit absolut recht.

Bevor wir mein Smartphone in einen Müllcontainer am Diamond Hotel geworfen hatten, durfte ich ihnen eine Sprachnachricht schicken. Ich sollte sie beruhigen, damit sie nicht die Polizei riefen, um nach mir zu suchen. Daher war eine Lüge alles, was mir zu meiner Verteidigung einfiel.

Offiziell war ich bei Eric und wir hatten zu tun. In meinen Ohren hallten bereits die Vorwürfe nach, die sie mir vor die Füße schmeißen würden. Ich hätte mich verändert, dass sie mich nicht wiedererkannten. So etwas eben. Ich würde ihnen schon bald alles erzählen. Es sei denn, ich überlebte das hier nicht.

Das abwechselnd dunkle und helle Licht in den Gassen dieses ungemütlichen Stadtteils motivierte mich zu einem schnelleren Lauftempo. Und das, obwohl ich mich müde und energielos fühlte. Die Umgebung nahm ich nur verschwommen wahr. Ich hörte immerzu das Klingeln in meinen Ohren, das der Knall des Schusses ausgelöst hatte. Sie war einfach umgekippt. Überall war Blut gewesen. Ich hatte sie getötet. Ihr das Leben genommen. Vielleicht hatte sie Familie. Ihr Blut klebte an mir, ein ganzes Leben lang, wie eine Schandtat an den Händen eines Verbrechers. Nun war ich nicht nur eine Diamantenräuberin, sondern auch noch eine Mörderin.

Es roch metallisch, ganz gleich, wo ich stand. Und immer wieder sah ich ihren leeren Blick und das Blut auf dem weißen Marmorboden zerfließen. So weit ich es mitbekam, hatte Matt uns über eine Bekanntschaft und das Darkweb einen Schlafplatz und zwei Prepaid-Handys besorgt. Danach redete er fast eine halbe Stunde auf mich ein. Es sei notwendig gewesen, zu schießen, ich hätte mich nur verteidigt und dem Gesetz nach hätte sie sowieso kein angenehmes Leben mehr gehabt ... Blablabla.

Ich konnte die Schuss-Szene ständig wie einen Film vor meinen inneren Augen ablaufen sehen.

Matt war ein netter Kerl. Er führte uns durch die nächtlichen Straßen zu einer Unterkunft. Nicht gerade die beste Absteige, wenn man mich fragte.

Die Dame am Empfang des Hostels hatte uns einen skeptischen Blick zugeworfen, als ein verschwitzter Kerl und eine Frau in einem schwarzen, verdreckten Jumpsuit ein Zimmer für drei Personen buchten und Bar bezahlten. Dieses Hostel war wohl aber dafür bekannt, dass niemand Fragen stellte. Keiner hier würde sich lange über unsere Erscheinung wundern.

Die Wände des Hauses waren kahl und vergilbt. Selbst die Steckdosen waren gelblich und wirkten trotzdem noch weißer als die Wände.

Viel Platz gab es in diesem Drei-Bett-Zimmer nicht. Wenigstens überdeckte der modrige Geruch das blutige Echo des vergangenen Abends.

Matt hielt mir einen der Energydrinks vor die Nase, die er aus dem Automaten am Eingang gezogen hatte.

»Für dich.«

Ich schüttelte, erfreut über die Geste, den Kopf und schenkte ihm ein müdes Lächeln. »Nein, aber danke.«

Stattdessen kontrollierte ich, ob ich etwas verloren hatte. Meine Kette war noch da, sonst hatte ich ja nichts. Matt hatte seine Sachen im Rucksack verstaut.

»Willst du etwas Stärkeres?«, fragte er anschließend.

Auch hier winkte ich ab.

»Ich kriege im Moment überhaupt nichts herunter.«

Er nickte verständnisvoll. Kurz schwiegen wir. Dann fügte er hinzu: »Es geht ihm gut. Ich hab seine Krankenakte gehackt. Er liegt nur noch zur Beobachtung dort. Außerdem hab ich ihm eine Nachricht in die Hemdtasche gesteckt bezüglich unseres Treffpunkts. Wir holen ihn morgen Mittag am Krankenhaus ab.«

Ich zwang mich zu einem weiteren Lächeln. Er gab sich Mühe, um mir die Situation so angenehm wie möglich zu machen. Das war wirklich nett. Und so absurd es klang, dieser Ort hier war heute Nacht für uns wahrscheinlich der Sicherste. Ich zog die braun gemusterten Vorhänge an den kleinen Fenstern zusammen und platzierte meinen Allerwertesten auf die Matratze. Mit einem vorsichtigen Wippen musste ich zugeben, dass es sogar bequem war.

Frische Kleidung wäre schön, aber die hatten wir noch nicht besorgt.

Matt hatte sich bereits umgedreht und war eingeschlafen.

Ich nutzte die Gelegenheit und zwängte mich aus dem Suit. Nur in Unterwäsche glitt ich unter die Decke und spürte sofort, wie mich die Müdigkeit vollkommen einnahm. Es reichte gerade noch so, um zu entscheiden, die düstere Lampe auf dem klapprigen Nachttisch heute Nacht an zu lassen.

Das hohe Gras wehte im Wind und kitzelte die Haut an meinen Beinen. Ein Blick nach oben präsentierte ein lebenserweckendes, tiefes Blau. An einem Waldrand stand ein Haus, ein Hotel. Ich würde hier für ein paar Nächte bleiben.

Schwarze Holzbretter stemmten dieses Heim. Ich fürchtete mich. Doch ich konnte nirgendwo anders hin. Um zu meinem Apartment zu gelangen, schritt ich einen Gang entlang. Das Ende des Flurs war tiefschwarz, kaum zu erkennen. Lieber wollte ich mich schnell in mein Zimmer zurückziehen.

Ich rüttelte an dem Türknauf, doch er schmolz. Das heiße Metall floss über meine Hände und brannte sich in meine Haut. Autsch! Panik überkam mich. Hier war noch eine Tür. Hinter mir, auf der anderen Seite. Ich öffnete sie und betrachtete mich selbst. Mit einer Pistole in beiden Händen zielte ich auf Emilia Richter.

»Neeeinn!«, schrie ich. Doch ich ahnte, dass ich mich nicht aufhalten konnte. Lange Finger griffen nach mir und ein Schuss erschütterte das ganze Haus. Schockiert warf ich die Tür ins Schloss.

Stille.

Mein Herz klopfte mir bis zum Hals. Nun stand ich wieder in diesem finsteren Vorraum. Hier konnte ich nicht bleiben. Da war noch eine Tür.

Mit klopfendem Herzen lugte ich durch den offen stehenden Spalt. Wieder sah ich mich selbst, eine Pistole in den Händen, den Lauf auf Emilia gerichtet.

»Neeeinn! Tu es nicht!«, brüllte ich.

Ein lauter Knall ertönte, überall war Rauch. Hustend betrat ich den Raum, suchte ihn ab. Mein nackter Fuß streifte etwas Klebriges. Jason lag leblos am Boden. Um ihn herum eine blutrote Pfütze. Ich hob meinen Fuß an und konnte fühlen, wie das nasse, noch warme Blut von meiner Verse tropfte.

»Bitte nicht!«

Schritte hinter mir rissen mich aus dem Moment.

Eine Hand durchbrach den Nebel, griff nach mir, als sollte ich sie aus der Hölle ziehen.

»Du hast mich getötet!«, brüllte ihre Stimme. Ich rannte davon. Den Gang entlang hastend, konnte ich keine Zimmer mehr finden. Emilia war dicht hinter mir, kam immer näher. Als ihre langen Finger mich schließlich am Handgelenk packten, fuhr ich zusammen und schrie, so laut meine Kehle es zuließ.

KAPITEL 26

Jason

Getrocknetes Blut

»Wohin führst du mich?«, fragte sie überrascht und außer Atem.

Ich wollte nicht, dass mich jemand der anderen mit Liz erwischte, daher hatte ich sie hinters Haus gezogen. Sie vermuteten es zwar sowieso schon, aber es ging sie nichts an.

Das weiße Licht des Mondes verlief sich im dunklen Blau der Nacht. Ein tiefer Blick in ihre Augen: Sie schien noch nicht zu verstehen, aber sie ließ sich darauf ein. Unsicher rückte ich ihr noch ein Stück entgegen und hoffte, dass ich cooler wirkte, als ich tatsächlich war.

»Liz, hör zu … Du bist toll und ich weiß nicht, ob das der richtige Moment ist, aber es fühlt sich richtig an. Ich hab ständig das Gefühl, in deiner Nähe sein zu wollen und ich … ich will mehr als nur Freundschaft mit dir.«

Ich schaute in ihr verwundertes Gesicht und hoffte innig, dass sie das Gleiche empfand. Sie bedeutete mir alles und ich wollte, dass sie das wusste.

Mit jeder Sekunde, die sie mich warten ließ, stieg mein Puls in die Höhe. Die Luft wurde dünner. Immer wieder haftete ihr Blick an meinem Mund. Ob sie gerade nach den richtigen Worten suchte, um mich auf nette Weise abblitzen zu lassen? Sie bekam keinen Ton heraus, bis…. Mein Herz stolperte.

»Ich will das auch.«

Ich wusste es! Sie mochte mich. Die Erleichterung ließ mich Luft ausstoßen. Ich verkniff mir das stolze Lächeln und wischte mir die Anspannung aus dem Gesicht. Der Triumph mischte sich mit dem Geschmack ihrer Lippen, die perfekt auf meine passten. Sie roch nach Lagerfeuer, schmeckte nach Vanille.

Ungern löste ich den Kuss. Ich wollte sie nicht in die Enge treiben, nicht die Kontrolle verlieren. Also zwang ich mich, aufzuhören, und strich ihr über die glitzernde Wange. Für gewöhnlich war sie frech und aufmüpfig.

So passiv wie jetzt und hier hatte ich sie noch nie erlebt.

Ich packte ihr Handgelenk und zog sie zurück zum Eingang. Es war Zeit hineinzugehen. Ich hatte bekommen, was ich mir gewünscht hatte. Leider wollte ich noch viel mehr.

Stimmen rissen mich zurück in die Realität. Eine Unterhaltung. Ich versuchte, mich zu bewegen, aber mein Körper fühlte sich müde und schwer an.

Um meine Augen zu öffnen, kämpfte ich gegen das grelle weiße Licht. Es strömte von der Decke. Wo war ich? Mein Puls beschleunigte sich. Etwas piepte. Immer schneller. War ich in einem Krankenhaus? Was war passiert?

Wie war ich hier hergekommen?

Das Letzte, an das ich mich erinnerte, war der Parkplatz vor dem Hotel. Ich zwang mich in eine sitzende Position und knickte sofort mit einem scharfen Schmerz zusammen. Richtig, ich war verwundet.

»Ganz ruhig. Es ist alles in Ordnung. Sie sind in Sicherheit.« Eine Frau in blauer Kleidung eilte zu mir, stützte meinen Rücken und half mir in die Aufrechte. Um mich ihrer Worte zu vergewissern, begutachtete ich den Raum.

Von rechts blendete mich die Sonne durchs Fenster. Wie viel Uhr war es? Dem Sonnenstand zu urteilen musste es Vormittag sein. Im nächsten Moment hallte das dumpfe Geräusch von Absätzen auf PVC-Boden durchs Krankenzimmer. Monica. Nicht sie! Ich war noch nicht bereit. Nicht jetzt und nicht hier. Nicht in diesem Zustand.

Hastig suchte ich das Zimmer in Gedanken nach einer Waffe ab. Im Fall der Fälle würde die Vase, die neben meinem Bett auf dem Nachtisch stand, herhalten müssen. Oder, wenn ich herankam, konnte ich den Besucherstuhl zur Verteidigung nutzen. Ob ich in meiner Verfassung etwas Schweres heben konnte? Die Krankenschwester wiederholte sich und drückte mich erneut liebevoll in eine Sitzposition, aus der ich mich erhoben hatte. Meine Schulter pochte. Sie fühlte sich verbunden an. Ich bemerkte auch ein Spannungsgefühl an meiner Stirn. Aus Reflex tastete ich danach und erspürte ein weiches Pflaster.

Die Pflegerin schien mich für stabil zu halten und stellte

ein Glas Wasser und einen Teller mit etwas Essbarem auf den Beistelltisch. Sie irrte sich. Ich war nur äußerlich ruhig. Erst mit dem beigelegten Messer und der Gabel fühlte ich mich sicherer, was das Piepen meiner Herzfrequenz bestätigte.

Monica stand mit ihrem dunkelblauen Kostüm und verschränkten Armen am Metallgestell des Bettendes.

Ihr in diesem Krankenhemd gegenüber zu sitzen war nicht das Ende des Einsatzes, das ich mir vorgestellt hatte.

»Würden Sie uns einen Moment allein lassen?«, bat sie die Pflegerin, die mein Kissen aufschüttelte und mit einem Nicken sofort das Zimmer verließ.

»Was ist passiert?« Ihre Stimme klang tiefer, als ich sie in Erinnerung hatte.

Zorn breitete sich in meiner Magengegend aus und kroch bis hoch in meine Kehle. Auf der Suche nach den passenden Phrasen, die sie von mir hören wollte, entfleuchte mir ein Schnauben.

»Diese Frage steht ja wohl eher mir zu!« Es klang beleidigter, leiser und passiver, als ich es wollte.

Was war los mit mir? Sie wollte mich ziemlich wahrscheinlich hinterhältig töten. Und ich war zurückhaltend? Dennoch, ihre seriöse Mimik bröckelte, wurde verdrängt durch ein unsicheres Blinzeln.

»Was meinen Sie damit, Carter?«

»Schluss damit!«, forderte ich dieses Mal eindringlicher, während ich mich im Zaum hielt. »Du hast mich angelogen.

Was zur Hölle ist damals passiert? Warum habe ich diese Halluzinationen? Wieso schickst du mich auf Mission, obwohl ich die psychologischen Tests nicht bestanden habe?«

Sie blinzelte, sie blinzelte zu oft, schob den Kiefer vor und räusperte sich.

»Ich weiß nicht, was Sie meinen, Carter?«

Ich schnaufte wissentlich der Erkenntnis, dass sie es mir sowieso nicht sagen wollte. Ihre Reaktion war der Beweis. Ich hatte recht. Sie war nicht meine Retterin. Sie war eine Mörderin. Nur verstand ich nicht, warum. Warum das alles? Wenn sie glaubte, dass ich dieses Spiel noch mitspielen würde, die Mauer wahren würde, hinter der sie sich versteckte, dann unterschätzte sie mich gewaltig. Mehr als ein Schweigen würde sie nicht als Antwort bekommen.

Ich sah durch das Fenster. Das schöne Wetter da draußen passte nicht. Alles kam mir wie eine Lüge vor. Eine Täuschung.

Da das Zimmer ebenerdig war, würde ich ohne Hindernisse flüchten können. Es brachte nichts, mit ihr zu reden.

Vermutlich würde sie verschwinden, wenn ich ihr sagte, was sie hören wollte. Im selben Moment versicherte sie sich, ob die Tür wirklich verschlossen war, prüfte ihr Smartphone und steckte es ausgeschalten und mit einem Schal umwickelt tief in ihre Handtasche.

Währenddessen fixierte ich Gabel und Messer, nahm sie und versteckte sie griffbereit unter der Bettdecke. Was hatte sie vor?

Eigenartig, sie so absolut nervös zu erleben. Fast außer Atem stand sie nun wieder am Bettende. Eine Strähne war ihr aus der Frisur gerutscht. Sie klebte an ihrer feuchten Stirn.

»Ich hatte keine andere Wahl, Jason. Ich musste es tun.« Ihre auf einmal leise Stimme offenbarte Feigheit. Es entstand eine Pause, in der sie sich sammelte.

»Dein Dad, Frank Carter, war ein Homeland Agent. Wir waren im selben Team. Es ging um eine Beförderung, einen Leitposten. Frank und ich hatten beide Potenzial. Offiziell sollte ihn Frank bekommen. Doch dann fand ich heraus, dass er eine heimliche Beziehung führte, dass er verbotenerweise trotz seines Jobs und seiner Verantwortung mit einer Frau zusammen war, und dadurch unsere Sicherheit und unser Team in Gefahr brachte. Es war mir egal. Er sollte nur diesen verdammten Posten ablehnen.« Sie lachte, aber ihre Augenbrauen zogen sich traurig nach außen, fast als würde sie von einer beiläufigen Erinnerung erzählen.

»Aber das tat er nicht. Er wollte mir den Posten nicht überlassen. Als ich ihn zur Rede stellte, erklärte er mir, es wäre verdächtig, den Posten freizugeben. Er wollte diese Position um jeden Preis behalten.« Ihr Gesichtsausdruck wurde dunkler. »Ich konnte es nicht ertragen, ihn damit durchkommen zu lassen. Die Homeland Security musste herausfinden, dass Frank Carter ungeeignet war. Unglücklicherweise arbeiteten wir zur selben Zeit gegen eine terroristische Gruppe. Und damit hatte ich mit einem Informationsleck nicht nur der Homeland Security, sondern auch der Terrorgruppe eine offene Tür zu Carters Privatleben verschafft. Sie griffen Carter zu Hause überraschend an und töteten ihn und seine Frau.«

Ich schluckte. Sie hatte meine Eltern ermordet. Und das alles wegen eines Postens?

»Im Nachhinein stellte sich heraus, dass Carter einen Sohn hatte. Sie fanden dich, zusammengekauert unter einem Bett, ganz in der Ecke.« Ich wusste nicht, was ich sagen sollte. »Das war so nicht geplant. Dass sie auch noch einen Sohn hatten, wusste ich nicht. Sie hatten die Homeland schon lange hintergangen. Ich wollte dich damals töten, weil ich befürchtete, dass du dich irgendwann daran erinnern könntest. Du warst ein potenzieller Zeuge.«

Sie schnaubte, während ihre Hände die Stange des Bettendes fest umklammerten. Ihre Augen waren auf ihre Füße gerichtet, aber eigentlich starrten sie ins Leere. »Aber ich konnte es nicht. Schließlich bekam ich den Posten. Jahrelang lebte ich in der Angst, alles würde auffliegen. Dein Trauma spielte mir in die Karten. Die Ärzte sagten, du hättest eine dissoziative Amnesie. Du kamst in ein Waisenhaus. Ich hatte jede Möglichkeit der Adoption durch jemand anderen verhindert, um dich immer im Auge zu behalten. Du bist ihm so ähnlich, Jason. Du bist ein ebenso guter Agent wie er.« Wagte sie es tatsächlich, das mit Stolz zu sagen? Sie klang zwar betrübt, aber ebenso vermessen. »Sobald ich feststellte, wie anhaltend dein Erinnerungsverlust war, habe ich dich in die Ausbildung geschickt. Deine Fortschritte waren beeindruckend. Aber mein schlechtes Gewissen verfolgte mich. Ich förderte dich, kümmerte mich um dich - ich wollte es wieder gut machen. Irgendwann wurde dein Trauma schlimmer und ich war verpflichtet, dich offiziell zum Psychotherapeuten zu schicken. Als sich mein Verdacht bestätigte, hatte ich dein Gutachten gefälscht. Es sollte niemals ans Licht kommen, was damals passiert war. Für mich stand alles auf dem Spiel.«

Mein Körper bebte, mir wurde heiß. Nicht zu fassen. Sie hatte meine Eltern getötet, hatte mich beinahe umgebracht. Die schlaflosen Nächte, all die Bilder, es war alles ihre Schuld. Ein Wirbel aus Empörung, Wut und Trauer trieb mir einen massiven Kloß in den Hals. Ich zog mich aus dem Bett, konnte nicht mehr sitzen. Meine Hand hielt meine Stirn. Garcia hatte recht. Mit allem. Mit nach unten geballten Fäusten sprang ich auf, wollte auf sie zustürmen und bremste mich. Sie wich zurück. Tränen brannten in meinen Augen.

Heiser fügte ich hinzu: »Und *mein* Leben hast du auch riskiert. Und das alles für einen höheren Posten?« Ich wandte den Blick von ihr ab. Sie widerte mich an.

»Du verstehst das nicht«, verteidigte sie sich. »Ich habe das nicht gewollt, Jason.«

Das Leid in ihren Augen schien ehrlich zu sein. Ich

hatte ihr aber schon so vieles geglaubt, was jetzt keine Bedeutung mehr hatte. Selbst wenn es nicht ihre Absicht gewesen war, mich in diese Lage zu bringen, brachte mir das meine Eltern und meine psychische Gesundheit auch nicht wieder zurück.

Sie wagte es, packte mich mit beiden Händen an den Schultern und schüttelte mich, bis ich sie wieder ansah.

Ich würde ihr das niemals verzeihen. Mein Leben war eine Lüge gewesen. Und das hatte ich *ihr* zu verdanken. Der Person, die sich jahrelang wie eine Mutter um mich bemüht hatte. Und das, obwohl sie am Tod meiner eigentlichen Mom schuld war.

Sie drückte mich Richtung Bett. Ich setzte mich aber nicht, weil sie es sich wünschte oder weil ich schon immer getan hatte, was man mir befahl, sondern weil ich vor Enttäuschung wie erstarrt war.

Sie ließ sich auf dem Stuhl mir gegenüber nieder.

»Hör zu, Jason, wenn sie herausfinden, dass ich an der Sache beteiligt war, komme ich in ein Gefängnis. Vielleicht töten sie mich, ich weiß es nicht. Sie werden herausfinden, dass du die ganze Zeit nicht einsatzfähig warst. Das Team wird aufgelöst. Sie werden dich als Zeuge befragen und die Arbeit im Außeneinsatz wird dir wahrscheinlich für immer verwehrt sein.« Sie strich sich eine Haarsträhne aus der Stirn, die nicht mehr an ihrem Platz gewesen war.

»Ich werde nicht von dir verlangen, dass du das alles für dich behältst und noch weiter in dich hineinfrisst. Ich habe genug zerstört. Aber überlege dir gut, was du tust. Es geht auch um *deine* Zukunft.«

Eine Weile verging. Das spielte ihr bestimmt auch in die Karten. Dass mein Job mir alles bedeutet hatte, der einzige Sinn in meinem Leben war, wusste sie. Natürlich spielte sie das aus, um jetzt davonzukommen. Und sie hatte damit wahrscheinlich einen Trumpf gespielt.

Jetzt, da alles eine Täuschung war, würde ich meinen Job noch mehr brauchen als je zuvor.

»Garcia ist noch am Leben«, hörte ich mich sagen.

Sie wirkte überrascht. »Was ist passiert?«

»Er kannte alle unsere Schritte. Über einen Systemhack – ich weiß nicht, wie er es angestellt hat – aber er hat alles über das Team herausgefunden. Er wollte eigentlich den Diamanten stehlen. Wir haben sein Team beseitigt und den Diamanten in Gewahrsam genommen«, fügte ich hinzu. Über Liz würde ich kein Wort verlieren.

»Verstehe. Garcia wird den Diamanten wieder haben wollen. Das ist deine Chance, ihn festzunehmen.«

Ich nickte. Dann sah ich den roten Fleck auf meiner Schulter. Die Wunde musste wieder aufgegangen sein.

Monica dachte nach. Ihr Blick fiel nach draußen, auf die Wiese zu den Palmen und der gepflegten Gartenanlage. Von hier aus konnte man den Eingang zum Krankenhaus sehen.

Plötzlich stand sie auf und ging auf ihre Tasche zu. Als sie eine Glock aus dem Inneren hervorzog, suchte meine

Hand instinktiv das Besteck unter der Decke. Sie kam mir mit der Waffe entgegen. Doch anstatt sie auf mich zu richten, legte sie sie neben mich auf die Matratze.

»Hier. Sie hat noch drei Schuss. Die zwei Agenten vor der Zimmertür waren zu deinem Schutz. Ich werde sie abziehen. Dann werde ich von hier verschwinden und du wirst mich nie mehr wieder sehen. Du bist jetzt auf dich gestellt, Jason.«

Ich ließ Gabel und Messer unter den Laken aus meinen Fingern gleiten und analysierte ihre Mimik wie ein Detektiv einen Tatort. Noch drei Schuss. Die Frage, was mit den anderen Projektilen des Magazins passiert war, verkniff ich mir. Ich ertrug es nicht, noch mehr Fragen zu stellen, dessen Antworten in meinem Kopf nur so umher kreisten. Sie stießen deutlich spürbar gegen meine Schädeldecke und hinterließen ein immer wiederkehrendes, stechendes Hämmern, gefolgt von einem tiefen Entsetzen.

»Coleman ist wie vom Erdboden verschluckt, aber er wird dich sicher finden«, spekulierte sie. Es vergingen ein paar Minuten, in denen keiner von uns sprach. Dann marschierte sie Richtung Tür.

»Und Jason?« Sie blieb stehen. »Ich weiß es klingt absurd, nach allem, was passiert ist. Aber ich habe dich immer wie einen Sohn geliebt. Vergiss das nie.«

Mit dieser Ansprache ließ sie mich zurück.

»Zur Hölle …«, flüsterte ich und unterdrückte den Drang, etwas zu zerschlagen. Natürlich rannte sie davon.

Natürlich würde sie für ihre Fehler nicht einstehen. Glaubte sie, mit dieser Geste konnte sie mich umstimmen? Lächerlich.

Ich schnappte mir die Glock und schleppte mich zum gegenüberliegenden Kleiderschrank. Dort fand ich all mein Zeug und einen Zettel. Ich musste mich um Matt und Liz kümmern, bevor Garcia sie fand.

KAPITEL 27

Liz

Mitgenommen

Das Auto, das Matt für uns organisiert hatte, stand heute Morgen auf dem Parkplatz vor dem Hostel. Ein alter, dunkelblauer Hyundai Sonata, dessen Innenraum mehr als gebraucht war.

Nach dieser von Albträumen geprägten Nacht war der Blick auf die NW 12th Ave eine beruhigende Abwechslung für meine müden Augen. Das Wetter war wunderschön sonnig. Die Palmen wiegten sich in der vorbeiziehenden Brise.

Matt hatte mir erklärt, dass sich heute zeigen würde, wie wir weiter vorgehen. Er musste sich erst mit Jason besprechen. Eins war jedoch sicher: Eric wollte uns alle drei töten. Matt meinte auch, dass er keinen Kontakt zum FBI herstellen wollte, für das sie arbeiteten.

Es sei besser, sich erst einmal zurückzuziehen. Mehr hatte er mir dazu nicht verraten. Das bedeutete für uns, dass wir keine Verstärkung oder Personenschutz bekamen.

Wir waren auf uns allein gestellt.

Ich vermutete, es hatte mit dem zu tun, was Eric über Jason gesagt hatte. Etwas über eine Agent Thompson und Jasons psychische Verfassung. Was sich wohl dahinter verbarg?

Die Fahrt zur Klinik hatte nicht lange gedauert. Jetzt standen wir auf dem Seitenstreifen und warteten auf Jason. Matts ständige Blicke in den Rückspiegel machten mich ganz nervös. Ich fühlte mich unbehaglich und fragte mich, was aus Clark geworden war. Er war der einzige Überlebende aus Erics Team. Andererseits würde Eric sofort neue Leute auftreiben. Da war ich mir sicher. Für ihn waren Menschen offensichtlich austauschbar. Alles, was er wollte, war sein Ziel zu erreichen, ganz gleich, was es kostete.

Emilia Richters Leben zum Beispiel.

Ich spürte, wie meine Seele schmerzte und mein Gewissen mich plagte. Sie hätte mich erschossen, wenn ich selbst nicht abgedrückt hätte, oder? Ich musste es tun, auch wenn es falsch war.

All das war passiert, weil ich Jason dort traf. Ich hätte ihn heftiger abweisen sollen. Als ich ihn auf der Gala wiedererkannt hatte, konnte ich nur an all den Schmerz denken, den ich erfahren musste, weil er damals ohne Vorwarnung und Abschied verschwunden war. Hatte ihm das denn überhaupt nichts bedeutet? Diese Frage beantwortete ich mir doch schon seit Jahren. Natürlich nicht. Das war doch offensichtlich.

Matts plötzliche Regung ließ mich aufsehen. Tatsächlich, Jason kam auf das Auto zu. Er trug die Anzughose von gestern und hatte sich das blutbefleckte, weiße Hemd lediglich über die Schultern gelegt. Ich hielt den Atem an, als mein Blick erst über seinen verbundenen Oberarm und schließlich über seinen halbnackten Oberkörper glitt. Wow. Heilige Scheiße. Er verbrachte offensichtlich viel Zeit im Fitnessstudio. Angesichts der Ernsthaftigkeit der Situation ärgerte ich mich über mich selbst, dass ausgerechnet seine nackte Haut und diese Muskeln das Erste waren, das mich seit des Ereignisses im Hotel auf andere Gedanken brachte.

Die Wagentür öffnete sich und Jason ließ sich auf die zerfledderte, beige-lederne Rückbank gleiten.

»Hi«, sagte er, doch es klang sachlich. Er war wohlauf, was erleichternd war. Dennoch wirkte er mitgenommen und bedrückt.

Besser ich drehte mich nicht zu ihm um. Er sollte nicht bemerken, dass es mir wichtig war, was sich hinter der gefassten Fassade befand, die er uns präsentierte. Und noch weniger wollte ich, dass er bemerkte, warum mir das Blut in die Wangen geschossen war.

»Alles okay?«, fragte Matt und startete den Motor.

»Nein«, murmelte er und erwischte mich dabei, wie ich seine Reaktion über den Spiegel der heruntergeklappten Sonnenblende verfolgte. »Monica haut ab. Sie ist raus.«

Er sah ganz beiläufig aus dem Fenster. Matt wirkte

nachdenklich und tippte die Adresse eines Kaufhauses in das Interface des Navigationssystems. Ich hoffte, er dachte dasselbe wie ich, denn ich freute mich auf eine Dusche, frische Kleidung und endlich etwas zu essen.

KAPITEL 28

Jason

Irre(n) & vertrauen

Matt parkte aus, stockte aber kurz und sah mir im Rückspiegel in die Augen. »Also ist was dran an der Sache?«

»Ich weiß es nicht«, antwortete ich. Er sollte noch nichts Genaueres wissen. Ich wusste selbst noch nicht, was ich herausgeben wollte. Monica hatte recht. Wenn ich sie verpfeifen würde, würde ich wahrscheinlich nie wieder Agent sein. Und wollte ich das?

»Wir sollen den Kontakt erst mal einstellen. Sie hat mir ihre Waffe gegeben und den Rat unterzutauchen. Wo fahren wir hin?«

»Wir übernachten in einem Hostel. Aber zuerst fahren wir in das Kaufhaus hier in der Nähe.«

Ich nickte. Sehr gut, ich brauchte Schmerztabletten. Und frische Klamotten.

Die Gebäude zogen vorbei. Wir bogen auf einen Parkplatz, stiegen aus und betraten die Mall. Als Erstes suchten wir uns Kleidung zusammen. Ein paar einfache Shirts würden es tun. Ich griff mir auch ein paar der ansehnlichsten Hosen, die ich finden konnte. Liz trottete mit kurzen Shorts und einem der hellblauen Herren-Shirts zur Kasse, die ich vorher in der Hand gehalten hatte. Ich musste später unbedingt mit ihr sprechen. Nach dem Vorfall im Hotel ging es ihr wahrscheinlich ziemlich beschissen. Das musste aber warten. Mein Kopf war zu voll mit den Gedanken an Monica und ihren Abgang. Sie war fort. Für immer. Und obwohl ich sie zur Hölle wünschte, traf es mich zugleich wie der Tod eines nahen Verwandten. Wie konnte sie einfach gehen? Nach all der Scheiße, die sie angerichtet hatte, und die sie jetzt zurückließ wie ein herrenloses Tablett am Tisch eines Fast Food Restaurants.

Sollte ich, was sie anging, die Klappe halten? Mit meinen Eltern auf dem Gewissen und einer jahrelangen Lüge, konnte *sie* offensichtlich gut leben. Aber konnte *ich* das? Konnte ich all das einfach akzeptieren?

Dann hatte sie mich auch noch zwangsweise in ihren Betrug mit hineingezogen. Wofür? Für ihre Karriere, die sie sich jetzt komplett abschminken konnte. Denn da, wo sie nun hinging, um unentdeckt zu bleiben, konnte sie maximal ein paar Zwiebeln anbauen.

Ob ihr das wohl schmeckte, nachdem sie alles für ihre Karriere aufs Spiel gesetzt hatte? Sie war ein ebenso schlechter Verlierer wie ich. Das wusste ich genau. Hätte sie ihre eingebrockte Suppe doch lieber mitgenommen, als sie mir zum Auslöffeln dazulassen.

Ich hatte keine Ahnung, was ich jetzt tun sollte. Selbst wenn sie weg war, hatte sie mich noch in der Hand. Fast schon paradox. Wenn sie eines war, dann clever. Sie spielte mich gegen mich selbst aus. Bei meinen psychologischen Testergebnissen wohl leichter, als ich dachte.

Ich hatte Matt und Liz in Gefahr gebracht und war nicht in der Lage gewesen, das genannte Ziel zu eliminieren. Viele hätten gestern sterben können, weil ich nicht gesehen habe, was ich hätte sehen müssen. Die Gefühle, die Liz in mir weckte, vernebelten meinen Verstand. Genauso die Erinnerungen an das traumatische Erlebnis des Attentats an meinen Eltern. War ich überhaupt noch zurechnungsfähig? Fuck! Diese ganze Situation kotzte mich sowas von an!

Wie zum Henker sollte ich Garcia so ein Ende bereiten? Ich war ja nicht einmal mehr fähig, einen Abzug zu drücken. Wer wusste schon, ob ich gerade nicht in einer Zelle saß, eingewickelt in eine verdammte Zwangsweste und mir den Shoppingausflug hier nur einbildete.

Wir zogen uns in den Umkleiden um und behielten die neue Kleidung gleich an. Das Umziehen war schmerzhaft. Ich brauchte ewig, fühlte mich wie ein Klotz am Bein des Teams, lehnte aber jedes Angebot ab, mir von Liz helfen zu lassen. Nach dem Zahlen, selbstverständlich mit Bargeld, steuerten wir einen Supermarkt an. Eine Stärkung tat gut. Ich hatte seit gestern noch nichts in den Magen bekommen, und es war bereits Nachmittag. Bei unserer letzten Station, einer Apotheke, deckte ich mich mit Schmerztabletten ein. Ein paar mehr als notwendig. Matts und Liz' besorgte Blicke gingen mir dabei mächtig auf den Geist. Mit dem Klingeln der Kasse verließen wir den Laden und eilten zum Auto zurück.

Das Hostel, auf dessen Parkplatz der alte Hyundai jetzt parkte, war heruntergekommen. Genau, was wir brauchten. Veraltete Technik, wenig Sicherheitskameras – eine Möglichkeit, unterzutauchen.

Das mehrstöckige Gebäude mit den dünnen, verschmierten Fenstern verschwamm mit der Umgebung. Haus an Haus reihte sich aneinander. Die Fassaden in dieser Gegend bröckelten und enthüllten eine ganz andere Seite von Miami. Am Empfang musterte uns eine aufgedunsene Dame, während wir die enge Wendeltreppe in den zweiten Stock stiegen. Kinder rannten an uns vorbei, wurden von ihrer Mutter auf Spanisch verwarnt. Liz sah ihnen mit einem Lächeln nach. Hier war es wie in einer anderen Welt. Diese Muster und der würzige Geruch. Der Großteil der Bevölkerung in Miami hatte lateinamerikanische Wurzeln. Ging man speziell in dieser Gegend durch die Orte, konnte man die Einflüsse deutlich erkennen.

Die Tür zum Drei-Bett-Zimmer war so leicht, dass Matt sie beim Aufdrücken mit zu viel Schwung gegen die Wand donnerte. Klein und muffig.

Ich stellte die Einkäufe auf dem einzig nicht zerwühlten Schlafplatz ab. Es war Zeit für eine Dusche. Eigentlich hätte ich zur Beobachtung im Krankenhaus bleiben müssen. Meine Schusswunde brachte mich immer noch fast um, wenn ich meinen Arm bewegte, aber es würde schon irgendwie gehen. Ich nahm Monicas Waffe aus meinem Hosenbund und bettete sie unter das Kopfkissen. Dann zog ich sie wieder hervor, drückte sie Matt in die Hand; ich konnte sie ja sowieso nicht einsetzen. Anschließend suchte ich die Duschen auf, die man sich mit der gesamten Etage teilte.

Nach der beißend schmerzlichen Dusche, in der ich versuchte meinen Verband trocken zu halten, schlüpfte ich wieder in die neuen Klamotten. Sollte ich mit Liz sprechen oder sie lieber zurückweisen?

Mein Kopf war so voll, ich wusste nicht, was das Richtige war.

Sie hatte immer noch kaum ein Wort gesagt. Zu gern wollte ich sie in den Armen halten und die Gefühle zulassen, die sie aufgewühlt hatte, aber ich konnte mir keine weiteren Fehler mehr leisten. Sie machte mich schwach und angreifbar. Mitunter hatte sie etwas Besseres verdient. Jemanden, der ihr Schutz bot und sich selbst unter Kontrolle hatte. Jemanden, der einen Abzug bedienen konnte, wenn es darauf ankam.

Auf dem Weg zurück zu unserem Zimmer stapfte Matt an mir vorbei. Nun war er auf dem Weg zu den Duschen.

Gleich würde ich eine Schmerztablette einwerfen

und… Beim Öffnen unserer Schlafzimmertür stockte mir der Atem. Liz stand mit dem Rücken zu mir, bemerkte mich nicht. Ihre nassen Haare fielen ihr über die Schultern. Das Handtuch weit entfernt von ihrer nackten Haut. Ich sah auf ihren Hintern, folgte ihren wundervollen Kurven. Der Anblick war verführerisch, was den Stoff in meinem Schritt in gewisser Weise enger werden ließ.

Fuck! Da dachte ich eben noch daran, Distanz zu wahren, und schon wurde ich wieder von meinen Instinkten übergangen.

Als Gentleman genoss ich nur noch kurz die Aussicht, bevor ich lautlos auf drei Beinen die Tür zugleiten ließ. Ich musste den Raum aufs neue Betreten, wie sah das denn sonst aus? Nur ein kleiner Spalt, der mir einen geräuschlosen Rückzug erlaubte, blieb offen. Mit einem lauten Räuspern und ein paar Sekunden Verspätung trat ich nochmals in den Raum. Sie trug nun die Shorts und hatte sich eben noch das Shirt übergezogen.

»Hey«, sagte sie ganz beiläufig. Ich wandte ihr beim Vorbeigehen meinen Rücken zu.

»Hey«, antwortete ich. Es sah wahrscheinlich dämlich aus, aber wie sollte ich sonst verstecken, was offensichtlich war.

»Geht's dir gut?«, fragte sie und wirkte gleichermaßen irritiert wie verärgert. »Geht's *dir* gut?«, fragte ich zurück. Meine Antwort klang ironisch, obwohl sie gar nicht so gemeint war.

Natürlich ging es ihr nicht gut. Das konnte selbst ein Idiot sehen. Aber das war nicht der Moment, in dem ich ihr mein Herz ausschütten würde. Also musste ich irgendwie von mir ablenken. Sie schien nebenbei bemerkt froh zu sein, dass ich sie das fragte.

»Ja, ich glaube, es geht mir gut. Es könnte viel schlimmer sein, ich meine, ich bin noch am Leben, oder?« Ihr Schmunzeln widersprach ihren glasigen Augen. Sie drehte sich von mir weg. Ich wusste warum, sie konnte es nicht verstecken.

»Liz.« Ich ging auf sie zu. »Du musstest es tun.«

»Ich habe sie umgebracht, Jason. Ihr einfach das Leben genommen. Sie ist … einfach so …« Liz stockte, hielt die Welle auf, von der sie spürte, dass sie sie überrollen würde, und atmete tief durch.

Sie zu trösten und zu umarmen, wäre das Mindeste. Aber jetzt für sie da zu sein, würde mich noch weiter in den Kontrollverlust treiben. Und das musste ich um jeden Preis verhindern.

»Du hast mich gerettet. Danke«, fügte sie stattdessen hinzu.

Ich wusste nicht, was ich darauf antworten sollte. Ich hätte sie niemals zurückgelassen. Niemals. Daher schenkte ich ihr nur ein müdes Lächeln.

Am besten würde ich sie beruhigen, indem ich ihr von meinen Erfahrungen erzählte. Sie war mit ihrem Problem nicht allein. Ich konnte zu gut nachvollziehen, was gerade in ihr vorging. Zumindest bezüglich dieser einen Sache.

»Als ich zum ersten Mal jemanden erschossen habe, war ich tagelang wie in einer Blase. Ich konnte weder essen noch schlafen, geschweige denn mit jemandem darüber sprechen. Mit jedem weiteren Mord wurde ich abgestumpfter. Es ging darum, einen Job zu erledigen, der über die Bedürfnisse eines Einzelnen hinausging. Und wenn sich mir jemand in den Weg stellte, war ich gezwungen zu handeln. Das waren Fragen der Ethik. Ließ man einen Menschen sterben, um mehrere andere zu retten? Da gab es kein richtig und kein falsch. Es gab nur eine Tat und die Konsequenzen. Irgendwann mussten wir alle sterben. Wann konnte man vorher nie wissen.«

Auch wenn ich das Töten immer noch hasste, mit der Zeit war es einfacher geworden, damit klarzukommen. Zumindest war das so, bevor meine Amnesie begann, mir jeden Tag Fragmente des Mords meiner Eltern vorzuhalten.

Ich sah, wie ihr Kopf ratterte. Als sie mich wieder ansah, konnte ich Ruhe in ihrem Blick erkennen. Sie würde noch Zeit brauchen, all das zu verarbeiten.

»Danke«, flüsterte sie und nickte. Auf behutsame Weise rückte sie näher, strich mir über die Wange und trieb meinen Puls damit in gefährliche Höhen.

Ich unterdrückte das warme Gefühl, das sich in meiner Bauchgegend ausbreitete, schluckte und blickte zur Decke. Wenn sie nicht gleich ihre Finger von mir nahm, würde ich sie grob zurückweisen müssen, denn ich spürte, dass ich jede Berührung genoss und noch viel mehr wollte. Ich wollte alles. Und diese Situation kam mir mehr als bekannt vor.

Sie war wie ein verdammter Magnet für mich. Unbeschreiblich anziehend. Unschuldig und schön. Ich konnte nicht anders. Sie spielte mit dem Feuer und es war ihr kein bisschen bewusst. Ich musste sie irgendwie dazu bringen, mich nicht mehr zu wollen. Wenn sie sich so verhielt, würde ich nie wieder einen klaren Gedanken fassen können. Doch anstatt sie wegzustoßen, ließ ich es zu, kam ihr sogar noch entgegen. Nur eine winzige Bewegung trennte uns noch voneinander. Ihre Lippen fanden meine, als wären sie nur dafür geboren. In diesem Moment vergaß ich alles. Wie ich hier hergekommen war, wie ich hieß und wie es so weit kommen konnte.

Das Betteln meiner Instinkte wurde lauter. Ganz automatisch drängte ich sie gegen die Schrankwand, nahm ihr jeden Ausweg und wollte sie ganz für mich allein. Meine Hand packte ihren Hintern, drückte ihre Mitte gegen meine und strich dann über ihr Bein zu ihrer Hüfte. Ihr Gegendruck bewies, sie sehnte sich nach mehr. Ich saugte und leckte an ihrem Hals, als ...

Die Tür ging auf. Matt war zurück.

»Oh, tut mir leid. Ich kann auch später wiederkommen.« Er deutete hinter sich und machte auf dem Absatz kehrt, da hielt ich ihn zurück.

»Nein, ist schon gut.«

Frustriert über mich selbst stieß ich meinen Atem aus und nahm einen Schritt Abstand. Diese Abkühlung hatte ich gebraucht.

Liz räusperte sich.

Fast hätte ich wieder die Kontrolle verloren. Ich sah sie an, angewidert von mir selbst, schnappte mir meine Brieftasche und verließ das Zimmer.

Abstand, verdammte Scheiße. Das war das Einzige, was mich ihr gegenüber im Zaum hielt. Ich musste, so schnell es ging, eine Barriere schaffen.

Jede Berührung war eine Höllenqual und gleichzeitig ein Besuch im Paradies. Ich war bereits für verrückt erklärt worden. Dass mir Liz nun auch noch das letzte Bisschen Verstand und Kontrolle raubte, ertrug ich nicht. Mein Leben war vollkommen aus den Fugen geraten. Nichts hatte mehr Bestand. Und ich musste, soweit das noch möglich war, bei Sinnen bleiben. Nur so konnte ich uns alle aus diesem Dilemma retten. Jedenfalls hoffte ich das.

Ich ging die knarzende Treppe herunter, vorbei an der leeren Empfangstheke, hinaus auf den Parkplatz. Gleich rechts bemerkte ich eine Bar. Sie schien zum Hostel zu gehören. Die weiße Fassade blätterte und hätte ich nicht nach einem Schild gesucht, hätte ich keins gesehen. *Bei Pepe's.*

Das war genau das, was ich jetzt wollte – in Ruhe an der Bar abhängen und einfach in mein Glas starren.

Um einzutreten, hielt ich die violetten Fadenvorhänge beiseite. Die klimpernden Salsa Beats, die von draußen bereits hörbar waren, wurden lauter.

Ich schlurfte über die verblichenen Keramikfliesen zur Bar und setzte mich auf einen der zahlreichen freien Holzhocker.

»Una cerveza, por favor.«

Während ich auf mein Bier wartete, scannten meine Augen den Raum. Eine Berufskrankheit. Zwischen bunten Wandbehängen, kahlen und teils stark vergilbten, sogar schmutzigen Tapeten, saßen vereinzelt zwielichtige Gestalten und nippten an Ihren Gläsern. Ein Biker, die zwei dort drüben könnten zwei mexikanische Gangster sein, ein Opa ohne Shirt an der Bar und ein turtelndes Pärchen. Hier würde ich endlich meine Ruhe haben. Ich konnte nichts kaputtmachen und niemanden in Gefahr bringen. Hier suchte mich Garcia nicht und es gab niemanden, den ich beschützen musste, keine Aufgabe, die zu erledigen war, keine Monica, die auf Berichte wartete, oder sonstige Erwartungen, die ich zu erfüllen hatte.

Das Bier rutschte über den Tresen in meine Hände. Ich tauschte es gegen einen Schein und dankte dem aufgedunsenen Barkeeper, Pepe, wie ich vermutete, mit einem Nicken.

Er unterhielt sich mit dem dürren, aber braungebrannten Greis, der ebenfalls an der Theke saß. Sein krächzendes Lachen erfüllte die Bar, bis er einige Schlucke Brand zwischen seine braunen Zähne fließen ließ.

Er prostete Pepe zu, stellte das Glas ab und schlappte nach draußen.

Wo Monica jetzt wohl war? Ob sie noch einen Gedanken an mich verschwand? Für sie war ich lediglich eine Schachfigur gewesen, die ihr den besten Spielzug an die Spitze ihrer Karriere verschaffte. Dumm nur, dass ich das nicht bemerkt hatte. Stattdessen hatte ich daran geglaubt, eine Verbindung zu ihr zu haben. Warum überhaupt? Keine Ahnung. Sie konnte mir egal sein. Sie war nicht meine Mutter und nicht mal mehr meine Chefin. Genau genommen war ich meinen Job so gut wie los. Und trotzdem hing ich in diesem Dilemma, stand auf der Todesliste eines anderen Psychopathen. Nur, dass ich anders plemplem war als er.

Sollte ich ebenfalls untertauchen? Einfach abhauen? Ich könnte auf einem Hof leben oder in einem Kloster. Nicht gerade, was ich mir vorgestellt hatte, aber es war eine Option, die Ruhe und Frieden versprach. Einen Neuanfang. Ich würde eine hübsche Bäuerin heiraten, einen Hund haben und einen sehr langen Bart tragen.

Jemand platzierte seinen Hintern auf den Barhocker neben mir. Zu nah für einen Fremden. Ich konnte nur hoffen, dass er mich nicht ansprach. Ich hatte keine Lust zu reden. Aber sein scharfer Blick von der Seite verriet mir, was gleich passieren würde. Ich war wütend und wollte lieber allein sein. War das für Matt so schwer zu verstehen?

Zu meiner Überraschung war mein Bier schon leer. Ich bestellte zwei Whiskey on the rocks. Zwei Doppelte. In der Güte schob ich einen davon zu ihm, ohne ihn dabei anzusehen.

»Willst du darü-?«

»Nicht nötig«, fiel ich ihm wie ein Arschloch ins Wort.

Dann starrte ich die Getränkeflaschen nieder, die sich hinter der Bar an der Wand im Regal reihten.

»Willst du dich jetzt volllaufen lassen? Das bringt doch nichts.«

Ich entschied mich um, sah Matt doch an, hielt den Blick aufrecht und setzte zur Antwort das Glas an meine Lippen. Dann blickte ich wieder nach vorn. Es brannte und ich spürte bereits deutlich, wie meine Schulterschmerzen sich verflüchtigten. Ein Hoch auf Schmerztabletten in Kombination mit Alkohol.

»Idiot«, nuschelte er.

Seine Beleidigung perlte an mir ab.

»Und wenn schon.«

»Du bist also doch nur ein psychisch angeknackster Schwätzer.«

»Wie hast du mich gerade genannt?« *Das* traf auf fruchtbaren Boden. Wollte er mich etwa provozieren? Wenn er sich mit mir anlegen wollte, konnte er das bekommen. Ich hatte nichts zu verlieren. Mein Körper baute sich bereits langsam auf.

»Einen Schwätzer«, wiederholte er.

»Nein, das andere«, brummte ich. Meine plumpe Wortwahl schob ich auf den Pegel. Anteile der Schmerztablette, die noch durch meine Blutbahn schwebten, taten wahrscheinlich ebenfalls ihren Dienst.

»Das ist es also«, schlussfolgerte er.

»Hast du mich jetzt analysiert und durchschaut, Matt?« Seinen Namen betonte ich absichtlich mit herabfälligem Ton. »Dann kannst du dich in die Liste eintragen, Mann.« Ich wandte mich wieder meinem Glas zu.

»Was hat Thompson zu dir gesagt?«

Ich blitzte ihn nur genervt an und stellte mein Glas geräuschvoll zurück auf den Tresen. »Sie hat es bestätigt.«

»Was?«

»Dass ich ein psychisches Problem habe.«

»Und?«

»Was und? Nichts und. Ich bin nicht einsatzfähig. Sie wusste es die ganze Zeit. Sie hat ja auch meine Eltern umgebracht, also wen wundert das jetzt noch.«

»Sie hat was? Fuck, wie?«

»Sie hat mit meinem Dad zusammengearbeitet. Es ging um einen höheren Posten. Sie hat ihn wegen eines internen Verstoßes verpfiffen. Das haben die Terroristen auch mitgekriegt und ihn zu Hause kalt gemacht. Alles wegen dieser …« *Schlampe* wollte ich sagen, aber ich brachte es nicht über die Lippen.

»Und was hat das mit deiner Einsatzfähigkeit zu tun?«

»Ich habe es als Kind mitangesehen. Ich kann mich

aber nicht daran erinnern. Seitdem sehe ich ständig die Bilder vor mir. Erst im Traum, jetzt auch während der Arbeit. Keine Ahnung, was ich dagegen tun soll. Ich habe die Kontrolle verloren. Und was Garcia angeht, weiß ich auch nicht weiter. Er ist mir immer zehn Schritte voraus. Ich bin nicht in der Lage, eine Waffe zu bedienen, und hab demnach nicht einmal mehr einen Job. Cheerio!« Ich nahm Matts unangerührten Seelenbalsam und schüttete es in meine Kehle, als wäre es Wasser.

Er schien auf einmal bedrückt. Wenn es Mitleid war, sollte er es behalten. Auf so eine kindliche Zuwendungs-Scheiße hatte ich noch weniger Bock als auf diese Unterhaltung.

Ich parkte das Glas erneut tonvoll auf dem Tresen und rutschte vom Barhocker herunter.

»Ich bin dann mal weg.«

»Warte!«

Was? Er bestellte neue Drinks. Ein Geldschein rutschte über das dunkle Holz, während der Whiskey und neue Eiswürfel Platz in unseren Gläsern fanden.

Ich hielt inne, er stand auf und hielt mir das Getränk vor die Nase. Sein Eigenes bereits an der Unterlippe. Ich nahm es und nippte daran.

»Garcia ist dir wegen *mir* immer einen Schritt voraus gewesen.«

»Was?« Wie meinte er das denn jetzt?

»Den Zugang zu all den Daten hat er durch meinen

Account erhalten. Ich hab ihm die Akten verschafft, die Pläne verraten, ich …«

»Was?« Ich blinzelte gegen die Fassungslosigkeit und die Wirkung des Alkohols an. War das sein gottverdammter Ernst? Konnte man überhaupt noch irgendjemandem vertrauen? Zur Hölle!

Kalte Wut stieg in mir hoch. Mit einem Faustschlag, dessen Kraft aus meinem verletzten Inneren stammte, schlug ich gegen seine Nase.

»Fuck!« Er hielt sich vornübergebeugt das Gesicht. Blut tropfte auf den Holzboden. Ich musste wegsehen.

Pepe brüllte etwas auf Spanisch. Ich verstand kein Wort, aber ich wusste, was es bedeutete. Mit strammem Gang hielt ich auf den Ausgang zu. Vorbei an den schockierten Gästen.

Matt schleppte sich hinterher. Sollte er ruhig mitkommen. Hier draußen gab es noch mehr davon. Er konnte alles haben. Die gesamte aufgestaute Aggression, wenn er danach fragte. Verdammter Wichser.

Ich sollte ihn auf der Stelle erschießen. Hätte ich eine Waffe und könnte ich sie bedienen, würde ich …

»Jetzt warte doch mal!«, rief er. Ich blieb stehen und ballte die Faust für eine weitere Runde *Schlag den Verräter.*

»Ich hab mich umentschieden.«

»Ein bisschen spät, findest du nicht?«

»Nein, du verstehst nicht. Ich hab mich umentschieden, bevor wir den Einsatz im Hotel hatten. Ich habe ihm keine weiteren Pläne mehr zugespielt. Was du vor dem Einsatz gesagt hast, hat meine Meinung geändert. Ich will nicht mehr für die kriminelle Seite arbeiten, Jason. Weil ich mich gegen ihn gewandt habe, will er mich genauso umbringen wie dich und Liz.«

Für diesen Unsinn hatte ich kein Ohr. Sollte ich jetzt etwa Mitleid mit ihm haben? Ich ging los über den Parkplatz. Ohne Ziel. Einfach weg.

»Daran bist du selbst schuld. Ist Matt überhaupt dein richtiger Name?« Er folgte mir.

»Nein … ich hab mir einen Ausweis verschafft. Mit seiner Hilfe haben wir meinen Lebenslauf gefälscht, damit ich Teil des Teams werden kann. Anders hätte mir Thompson keine Chance gegeben. Ich komm aus der Gosse, Jason. Hab mir als Hacker einen Namen in der Szene gemacht, um an Geld zu kommen. Eric hat mich als Spitzel engagiert. Das war *meine* Chance.« Desinteressiert ging ich weiter meines Weges, was ihn leider nicht davon abhielt, mir nachzulaufen. »Du kannst jetzt nicht verschwinden!«, fügte er hinzu.

»Ah ja?« Irgendwann würde er aufhören zu reden, vor Erschöpfung zurückbleiben oder ich würde ihn eigenhändig erwürgen – eines dieser Szenarien eben.

»Tu es nicht für mich. Tu's für sie.«

Ich blieb stehen. Warum?

»Garcia wird sie töten, wenn du nicht bleibst.«

Sollte sie sich doch Polizeischutz holen.

»Ich kann sie nicht beschützen. Nicht einsatzfähig, weißt du noch?«

»Ich hab einen Plan.«

Er hatte einen Plan? »Einen, bei dem du mich Garcia in die Hände spielst? Nette Idee, aber ich kann dir leider nicht mehr vertrauen. Ich weiß ja nicht mal, wie du heißt.« Ich nahm wieder Fahrt auf, lief weiter. Dieses Mal aber zurück zum Eingang des Hostels.

»Ich hab den Diamanten. Würde ich noch für Garcia arbeiten, hätte ich ihm unseren Standort verraten, du und Liz wärt bereits tot und ich hätte ihm das Juwel schon gestern ausgehändigt.« Da hatte er nicht unrecht. »Und ich heiße *Max* Coleman«, fügte er hinzu. Matt statt Max. Scherzkeks.

An der leeren Empfangstheke vorbei, folgte ich den Treppen, ging über den Gang, bis zu unserem Zimmer.

Mit einem Klopfen signalisierte ich Liz, dass wir zurück waren. Aber sie öffnete die Tür nicht. Ich klopfte noch einmal.

»Liz?« Nichts.

Ich sah zu Matt … ähm Max, erinnerte ich mich und deutete auf das Schlüsselloch. Für so kindisch hätte ich Liz nicht gehalten. Sie sollte doch nur die verdammte Tür aufmachen. Waren hier alle völlig übergeschnappt? *Ich* durfte verrückt sein. Ich war der Einzige von uns, der es ärztlich bestätigt vorliegen hatte.

Max drehte den Schlüssel und wir betraten das Zimmer.

Wo könnte sie hin sein? Spazieren? Hatte sie jemand entführt? Hatte Max etwas damit zu tun?

Das Zimmer war leer. Liz war weg.

Sie hätte da sein sollen.

KAPITEL 29

Liz

Hoch gesprungen, tief gefallen

Diese Gegend war gar nicht so unheimlich, wie sie mir letzte Nacht in Erinnerung geblieben war. Die Sonne schien durch die im Wind wedelnden Palmen. Hier und da drangen Gespräche aus den Hinterhöfen Richtung Gehweg. Die zwielichtigen Kerle, die vor dem Haus hingen, an dem ich gerade vorbei lief, musterten mich. Aber was bedeutete das schon?

Es war noch helllichter Tag und ich würde sowieso demnächst ein entlangfahrendes Taxi heranwinken. In der letzten halben Stunde war zwar noch keins zu sehen gewesen, aber ich war zuversichtlich, denn ich konnte nicht bleiben. Jasons Reaktion war genau das, was ich gebraucht hatte – ein Weckruf. Ich konnte nicht zulassen, dass er mich noch einmal verletzte. Nicht nach allem, was passiert war. Und nicht, nachdem ich ewig gebraucht hatte, alles zu verarbeiten. Er war offensichtlich ohne mich besser dran. Und das war ich auch ohne ihn.

Die Sicherheit, die er mir gab, konnte ich nicht abstreiten. Vielleicht lag es daran, dass er schon da war, als ich mich als Kind zu Hause fühlte. Er war für mich immer mein bester Freund gewesen. Mein Fels in der Brandung. Aber vorhin nach dem Kuss war es anders. Die ganze Spannung hatte sich zwischen uns entladen. Wir hatten die Kontrolle verloren. Und das wollte er offenbar nicht. Das hatte er mich deutlich spüren lassen. Er hat es sogar gesagt, bevor er dann einfach sonst wohin verschwunden war.

Wir konnten nicht ewig hierbleiben oder vor Garcia flüchten.

Ich hielt diese Ungewissheit nicht mehr aus und unterdrückte eine sich anbahnende Panikattacke, die sich auch schon gestern Abend angedeutet hatte. Isabelle und Paul machten sich bestimmt große Sorgen um mich. Vor zwei Tagen hatte ich mich das letzte Mal bei ihnen gemeldet. Ihre Fürsorge um mich war schon immer sehr groß gewesen. Und als ihre einzige Tochter wusste ich, dass sich vor allem Isabelle in der Schuld sah, sich um mich zu kümmern, nach allem, was meine Mom hatte durchmachen müssen.

Die Sehnsucht nach zu Hause überkam mich. Ich ließ Moms Kette los, die ich, wie ich jetzt bemerkte, schon die ganze Zeit durch meine Finger zwirbelte und legte meine flache Hand darauf.

Stark und unabhängig. Ich würde mit dem Taxi zur Polizeistation fahren und um Hilfe bitten. Schluss mit den

Geheimnissen. Eric war zwar überall, aber selbst wenn seine Einflüsse bis zum Weißen Haus reichten, konnte er nicht jeden Officer schmieren, oder?

Es gab da nur das Problem mit dem vertuschten Mord an meinem Dad, dass ich den Hotelier ausgeraubt und jemanden erschossen hatte. Oh Gott. Ich hatte das nicht gut genug durchdacht.

Ich tastete meinen Körper im Gehen ab. Trug ich noch alles bei mir? Ich hatte doch nichts verloren, oder? Dabei fiel mir wieder ein, dass ich unüblicherweise ohne Handtasche unterwegs war. Ich zog das Handy und das Geld aus der Hosentasche, das ich aus dem Hostelzimmer hatte mitgehen lassen und atmete erleichtert auf. Es war noch alles da.

Wo wollte ich nur hin? Nach Hause? Paul und Isabelle – sie würden glauben, dass ich völlig übergeschnappt war. Mit einem Bekannten mitzugehen, nicht mehr zu Hause zu schlafen, sich nicht mehr zu melden. Das sah mir alles nicht ähnlich. In der Regel war ich zurückhaltend und fleißig. Verantwortungsbewusst eben. Vor allem in den letzten Jahren. Ich ging selten auf Partys. War nur ab und an ausgegangen. Die meisten Veranstaltungen fanden sowieso bei uns oder Verwandten Zuhause statt.

Und nun? Wenn man nicht wüsste, dass ich in die aktuelle Situation unbeabsichtigt hineingeraten war, könnte man denken, ich wäre nicht mehr ich selbst.

Ich starrte auf das Handy, das ich aus Matts Rucksack

gestohlen hatte. Nur für den Notfall hatte er gesagt. Nach nur einem Telefonat mussten wir es wieder loswerden.

Sollte ich Isabelle anrufen? Konnten sie und Paul mir weiterhelfen?

Ich wusste nicht, wie ich allein untertauchen sollte, und wollte das auch nicht mehr. Ich hatte genug. So gern wollte ich nach Hause, um ihnen alles zu erzählen. Mein Leben sollte endlich wieder in Ordnung sein!

An einer großen Kreuzung stoppte ich. Wo ich wohl war? Wie sollte ich meinen Standort beschreiben?

Meine Finger tippten ihre Nummer und ich hielt mir den Hörer ans Ohr.

»Hallo?«

»Ich bin es, Liz.«

»Schätzchen … geht es dir gut? Wieso rufst du über eine unbekannte Nummer an?«

»Es geht mir gut. Ich hab mein Handy verloren«, log ich, ein weiteres Mal.

»Oh Schatz, das tut mir leid. Wann kommst du nach Hause? Paul und ich haben einiges mit dir zu besprechen. Eric war gestern da. Er meinte, du seist wirklich fleißig und hängst dich rein. Du sollst wissen, wir sind sehr stolz auf dich, aber du könntest doch auch etwas Abstand von der Arbeit bekommen. Komm nach Hause. Eric sagte, eine Auszeit zu Hause wird dir guttun.«

Ich lachte verunsichert. »Ach ja?«

Eric war gestern bei uns zu Hause gewesen? Mein Herz

begann zu rasen.

»Ja. Wo bist du im Moment?«, fragte sie. »Eric hat sich sogar schon nach dir erkundet, dabei dachte ich, du wärst bei ihm.«

Verdammter Mist. »Mom?«

»Ja?«

»Ich hab dich sehr lieb. Aber ich muss jetzt auflegen. Ich rufe später an.«

»Warte …«

Rasch tippte ich auf den roten Button und schnitt ihr damit das Wort ab. Warum war Eric bei uns zu Hause gewesen? Hatte er gedacht, er würde mich dort finden? Oder war das eine Drohung? Er hatte ihr auf jeden Fall nichts verraten.

Ich musste das Handy schnellstmöglich loswerden.

Zweihundert Meter die Straße entlang konnte ich einen Mülleimer erkennen. Ich sollte zurückgehen oder allein in irgendein Hotel einchecken. Mist! Was hatte ich mir nur gedacht?

Ein Auto raste näher – die Tür wurde noch während des Ausrollens aufgeschoben. Eine Hand schoss aus dem Transporter heraus, schnappte meinen Arm und zog mich ins Innere. In meiner Kehle blieb ein Schrei stecken. Das Strampeln und der Versuch, mich loszureißen, erhöhte nur den Druck der Finger, die meine Luftröhre zupressten.

Nun wurde auch noch mein Mund bedeckt, den ich aufriss, um nach Sauerstoff zu ringen. Alles gab nach, meine Glieder wurden schwach und das einnehmende Schwarz riss mich jenseits von Raum und Zeit ins Nichts.

♡

Immer noch fühlte sich mein Kopf betäubt an und meine Kehle schmerzte. Die Augen zu öffnen war schwer. Das grelle Licht brachte meinen Sehnerv zum Zucken, sodass ich meine Lider sofort wieder zukniff. Ich spürte warmen Stein unter meinen Fingerkuppen, der auf meinen Handflächen ein krümeliges Gefühl zurückließ. Dem feuchtwarmen Wind zu urteilen, mussten wir uns draußen befinden. Irgendwo in der Nähe der Küste.

Mich aufzurichten fiel mir schwerer als gedacht, mir wurde augenblicklich übel, sodass ich meinen Oberkörper wieder zurück auf den Boden gleiten ließ und meine Augen mit den Händen bedeckte.

»Sie ist wach!«, hörte ich eine männliche Stimme, die mir bekannt vorkam.

Wo war ich?

Jemand griff nach meinem Arm und zog mich nach oben. Ich folgte und bündelte meine Kräfte, um die Bewegung zu unterstützen.

Widerwillig, der Übelkeit wegen. Neugierig öffnete ich die Augen. Ich konnte Clark erkennen und den hellblauen Himmel, der die Aussicht über Miami zum Strahlen brachte. Warum war ich auf dem Dach dieses hohen Gebäudes? Die Gegend kam mir bekannt vor. Hier war ich die letzte Zeit jeden Morgen in die Tiefgarage eingebogen. Ich war auf dem *Safety* Tower.

Clark, der mich immer noch am Arm hielt, wartete auf Anweisungen von Eric, der vor uns am Geländer stand und den Ausblick begutachtete, als würde alles Sichtbare ihm gehören.

»Was ist passiert?«, wimmerte ich. Obwohl es viel mehr heißen sollte: *Was hatte ich verpasst?*

Er wandte sich zu uns, nahm die Sonnenbrille ab. Sein Blick sprudelte vor Arroganz und Siegessicherheit. Scharfe Schatten zogen sich über seine dunkle Miene.

»Wo ist der Diamant?«, verhörte er mich und sah dabei durch die Brillengläser, als ob er prüfte, ob sie sauber genug waren.

Ich schwieg und analysierte ihn, so gut mein dumpfer Verstand es mir in diesem Augenblick möglich machte. Der Grund, warum er das Juwel unbedingt wieder haben wollte, war das noch unabgeschlossene Geschäft mit dem Inhaber des Hotels. Denn wenn er den Diamanten nicht hatte, konnte er ihn nicht bestechen oder wie er es nennen würde: »Mit einer Zusammenarbeit bereichern«. Stattdessen würde es seinem makellosen Ruf schaden und weitere Wagnisse bei anderen Klienten lächerlich aussehen lassen. Zumindest wenn er überhaupt je wieder einen Fuß aus der Gefängniszelle herausbekam.

Falls der Diamant nicht auftauchte und die Spur zu ihm

zurückführte, wäre das sein sicherer Untergang. Er hatte also Zeit zu verlieren. Da seine Einflüsse weit reichten, hatte er die Situation wahrscheinlich noch im Griff. Aber wie lang würde das anhalten? Seiner Stimmung nach zu urteilen, nicht für immer.

»Ich werde meine Frage nicht wiederholen«, drohte er und kam näher. Mein Schweigen machte ihn scheinbar nur noch rasender.

Seine Art war mir unglaublich zu wider. Oder war es die immer noch vorhandene Übelkeit, die mir so zu schaffen machte? Waren es die Schuldgefühle, mich auf ihn eingelassen zu haben?

Raue Finger hoben mein Kinn an und zwangen mich, ihn anzusehen. Ich drehte den Kopf zur Seite, um auszuweichen und Abstand zu gewinnen. Das ließ er jedoch nicht zu, was ich am Gegendruck bemerkte.

»Ich weiß es nicht«, log ich. In seiner Gegenwart fühlte ich mich wie ein gejagtes Reh, das bereits verletzt war.

Sein Ausdruck veränderte sich. Er grinste.

»Du denkst wirklich, dass ich dir das glaube? Das ist eine Beleidigung meiner Intelligenz.« Dabei nahm er eine Haarsträhne und strich sie mir zart aus dem Gesicht. Seine Hand wanderte seicht meinen Hals entlang, bis zu meiner Halskette, bei der er stoppte.

Er umfasste den Anhänger. Als der Zug der Kette sich verstärkte, wusste ich, was er vorhatte.

»Eric, nein! Bitte!«

Mit einem Schnauben spähte er zu Clark, dann wieder zu mir. Meine Zeit lief ebenfalls ab. Der Verschluss riss.

Sofort erinnerte ich mich an Mom. Wie sie im Bett lag. Ihre lieben Worte. Ihr Abschied. Und wie ich davongerannt war vor all dem Schmerz, der mich überkam und niemals ganz verschwand. Trauer stieg meine Kehle hinauf, aber ich schluckte sie sofort herunter. Moms Kette in seinen Händen – es war, als würde er mich zutiefst demütigen und alles, was mir etwas bedeutet hatte, mit seinen kriminellen Fingern beschmutzen.

»Mir ist aufgefallen, dass du sie niemals abnimmst. Du trägst sie, seit wir uns kennen.«

Er ging plötzlich wie selbstverständlich zur Brüstung vor. Mich überkam das Bedürfnis, ihn aufzuhalten. Er würde doch nicht …?

»Warte!«

Mit dem Herz meiner Mom in seinen Händen stand er nun am Rand des Dachs. Das silberne Band schlang sich nur noch um die Kuppen seines Daumens und Zeigefingers, während der Anhänger über dem Abgrund pendelte.

Es war alles, was ich noch von ihr besaß, das Letzte, was sie mir gegeben hatte.

»Nein! Ich hab den Diamanten nicht. Er ist bei … Jason Carter.«

»Dir liegt so viel an dieser Kette. Sie ist nicht einmal halb so viel Wert, wie der Schmuck, den *ich* dir geschenkt habe. Du solltest endlich damit klar kommen, dass deine

Mutter nicht mehr lebt, mi amor. Ich würde dir damit einen Gefallen tun. Die emotionale Bindung an Dinge verhindert nur, dass du die Situation mit Distanz beurteilen kannst. Das ist der Unterschied zwischen uns beiden. Deshalb gewinne ich immer.«

Ich hasste ihn in diesem Augenblick so sehr. Sollte er zur Hölle fahren. Wieso ließ er seinen Unmut ausgerechnet an *mir* aus? Er hatte doch, was er wollte.

»Der Diamant ist also bei Carter?«

Ich biss die Zähne aufeinander. »Ja.«

»Ruf ihn an«, befahl er.

Ich schluckte und verfolgte angespannt seine Hand, die in die Innentasche seines Sakkos griff und ein Smartphone hervorzog. Er hielt es mir vor die Nase, die Kette vorübergehend in Sicherheit.

Diese Wendung ließ mich für einen Moment aufatmen, bis ich realisierte, welche Lawine ich nun im Gegenzug ins Tal schicken musste.

Also schüttelte ich zögerlich den Kopf und dachte über einen Ausweg nach.

»Ich weiß seine Nummer nicht. Wir haben unsere Handys alle entsorgt.« Ich hatte Jason und Matt verraten. Jetzt musste es nicht auch noch ihr Standort sein.

»Soll ich dir die Aussicht noch mal zeigen?«, fragte er arrogant.

Er war so ein ekelhaftes Arschloch.

Mein Schweigen beflügelte ihn, erneut die zwei Schritte

Lesen ist Urlaub für den Kopf

Lesen ist Urlaub für den Kopf

in Richtung Brüstung zu gehen.

»Nein«, flehte ich.

»Du weißt, wie du sie erreichen kannst«, folgerte er.

Wenig überrascht widersprach ich ihm nicht.

Ich musste jetzt stark sein.

Er ließ die Kette über dem Geländer durch seine Finger gleiten.

Und – sie fiel. Moms Herz mischte sich mit Miami.

Mit geballten Fäusten hielt ich die Tränen zurück.

Jasons und Matts Standort zu verraten könnte ihren Tod bedeuten. Und das wollte ich unter keinen Umständen zulassen. Auch wenn es sich anfühlte, als hätte ich Mom für jemand anderen zurückgestellt.

Ich verschränkte die Arme und ertastete die Leere an meinem Hals.

Das mir in letzter Zeit sehr bekannte Klicken erreichte meine Ohren. Ein Lauf visierte mich an.

»Ich habe es auf die seichte Tour probiert, aber wir landen wohl immer wieder in derselben Situation. Du bist ein Druckmittel für mich. Dein Leben hängt davon ab, ob Carter und seine Ratte von Kollege hier auftauchen und den Diamanten abliefern. Tun sie es nicht, hast du keinen weiteren Wert für diese Sache. Wenn du überleben willst und Isabelle und Paul ein Leben außerhalb des Gefängnisses führen sollen …«, er wurde lauter und unbeherrschter »… dann überlegst du dir jetzt genau, wie du sie kontaktieren kannst.«

Er würde mich doch sowieso umbringen. Das hatte er oft genug betont. Aber ich tat, was er sagte. Ich erhoffte mir eine geringe Überlebenschance.

Trotzig sah ich ihn an, griff grob nach dem Telefon und suchte die Nummer des Hostels über die Suchmaschine. Eine monotone weibliche Stimme begrüßte mich auf der anderen Seite der Leitung.

»Guten Tag, mein Name ist Liz Jennings. Ich möchte gerne mit einem Ihrer Gäste sprechen. Können Sie ihn ans Telefon holen? Es ist wirklich dringend. Mein Leben hängt davon ab.«

Sie bejahte, fragte nach der Zimmernummer, als wäre es meine Schuhgröße. Aus Datenschutz machte sie sich wohl nichts.

Einen Moment später hörte ich eine männliche Stimme am Apparat.

»Ja?«

»Jason! Ich bin es! Liz.«

»Liz, was zur Hölle ist passiert?«, fragte er verärgert.

»Ich …« Im selben Moment riss mir Eric das Smartphone vom Ohr und hielt es sich selbst hin.

Ich strafte ihn mit einem wütenden Blick. Auch wenn ich wusste, dass das nichts brachte, war es doch alles, was ich ihm entgegenbringen konnte. Und es war die beste Mauer gegen die Tränen meiner Verlustangst, die mir zu entwischen drohten.

»Hallo, Carter. Was macht die Schusswunde?«

KAPITEL 30

Jason

Schritt halten

»Hallo. Carter. Was macht die Schusswunde?«

Eine männliche Stimme? Was zur Hölle …? Garcia! Dieser Bastard.

Wie hatte er Liz finden können?

»Na ja, geht so. Aber um dich auszuschalten, brauch ich keine gesunde Schulter«, ließ ich ihn wissen.

»Große Töne für jemanden in deinem Zustand. Ich weiß ja nicht, wie das so ist, wenn man körperlich und psychisch am Ende ist.«

»Ich komm gern vorbei und zeig's dir!«, knurrte ich unbeherrscht ins Telefon.

»Bring den Diamanten mit, ansonsten werde ich Liz' hübsches Gesicht meiner Glock überlassen.«

»Wo finde ich Sie?«

»*Safety* Tower. Auf dem Dach. In einer Stunde.«

Mit diesen Worten legte er auf. Ich fuhr mir mit der Zunge die Zähne entlang und drehte mich zu Max, der hinter mir stand und mich mit wissenden Augen ansah.

»Er hat sie«, erklärte ich und gab der unmotivierten Dame an der Rezeption ihr Telefon zurück.

Max war genauso verwirrt wie ich. »Ich verstehe nicht, wie er sie finden konnte. Wir sind gerade mal drei Tage hier, haben mit niemandem geredet, tragen falsche Ausweise und haben die Handys nicht benutzt«, zählte er auf.

Zwei Stunden hatten wir sie gesucht. Erst im ganzen Hostel und danach in der Gegend drum herum. Wir hatten sogar spekuliert, ob Liz Eric im Alleingang aufgesucht hatte. In diesem Fall war es die dümmste Idee gewesen, die sie je gehabt hatte. Allerdings war es meine Schuld. Was passiert war, hätten wir uns ausrechnen können. Der Kuss, meine Flucht in die Bar – wir hatten sie allein gelassen. Und das, nachdem sie jemanden ermordet und Garcia sie wahrscheinlich zu allem Möglichen gezwungen hatte. Ich war so mit mir beschäftigt gewesen, dass mir das nicht einmal in den Sinn gekommen war.

»Ich glaube, sie ist abgehauen, nachdem ich einfach gegangen bin und du mir gefolgt bist.«

Max verzog den Mund zu einer verständnisvollen Mimik.

Wir verließen den Flur und steuerten das Hostelzimmer an.

Es war an der Zeit, etwas zu tun. Es war Zeit zu packen.

Meine Schulter schmerzte immer noch und ich hatte mich vom Showdown im Hotel noch nicht wieder erholt, aber Max' Plan klang vielversprechend. Hätten wir nicht zwei Stunden nach Liz gesucht, hätte ich ihm niemals zugehört.

Wenn er recht behielt und der Plan aufging, würden wir alle unbeschadet aus der Sache herauskommen. Auch Liz.

Sie brauchte unsere Hilfe. Dieser Wichser hatte sie da in etwas hineingezogen. Ich musste sie da wieder herausholen. Und wenn ich das nicht mit einer Schusswaffe schaffte, dann eben mit Geduld und Umsicht. Meinen Job war ich sowieso so gut wie los. Was hatte ich also noch zu verlieren?

Max schloss die Zimmertür auf. Wir schnappten den Rucksack, in dem wir unser Hab und Gut verstauten. Monicas Waffe, Kartenhandys, den Diamanten, ein paar Scheine, neue Ausweise, einen Laptop und Medizin. Das war alles, was wir hatten.

Max nahm Monicas Waffe und den Diamanten samt Tuch, in den er gewickelt war, und gab sie mir. Die Schusswaffe steckte ich in meinen Hosenbund und verdeckte sie mit meinem schwarzen T-Shirt. Den Diamanten trug ich in der Hand. Im Auto würde ich ihn sowieso gleich verstauen.

»Ein Handy und ein bisschen Geld fehlen«, stellte er beim Durchwühlen des Rucksacks fest. Liz hatte uns vor dem Davonlaufen also noch bestohlen.

Jetzt konnte ich mir in etwa ausmalen, was passiert war. Sie hatte sich Sorgen gemacht und leichtsinnig telefoniert. Eric hatte mit seinem Team aus Sicherheitsspezialisten nur darauf gewartet, dass wir einen Fehler machten.

Das quietschende Geräusch des Reißverschlusses hallte durch das schäbige Hostelzimmer und kündigte unseren Abschied an. Ich ließ meinen Hintern noch ein letztes Mal auf die weiche Matratze fallen. Heute war Stichtag. Entweder würden wir scheitern oder Garcia ins Gefängnis wandern.

»Bereit?«, hakte Max nach, der sich jetzt um alles Technische kümmern würde, das wir für unseren Plan brauchten.

Ich nickte. »Kann losgehen.«

Mit dem ersten Schritt auf den nassen Parkplatzboden wurden meine Sinne so scharf wie schon lange nicht mehr. Der kurze, für Miami typische Regenschauer begleitete mich zum Wagen. Ich stieg in die modrige Limousine, deponierte den Diamanten im Handschuhfach, legte den Sicherheitsgurt an und startete den Motor.

Die Scheibenwischer strichen die meisten Tropfen beiseite, bevor ich davonfuhr und mich im Straßenverkehr einordnete. Etwa eine halbe Stunde Fahrt lag vor mir.

Am *Safety* Gebäude in der Innenstadt angekommen, folgte ich der Beschilderung zur Tiefgarage. Wenn er mich schon umbringen wollte und mir den Diamanten abnahm, konnte er mir wenigstens einen Parkplatz organisieren. Ich meldete mich an der Sprechanlage, während ich vor der verschlossenen Schranke wartete. Die Dame auf der anderen Seite des Mikrofons vertröstete mich erst mal, bevor sie mir einige Sekunden später den Einlass gewährte.

Nachdem das Auto geparkt war, marschierte ich für die Sicherheitskameras sichtbar zu den Aufzügen und fuhr ins Erdgeschoss. Das Aufgleiten der Türen präsentierte mir die von Sicherheitsspezialisten und -spezialistinnen stark belaufene Lobby.

Ich trat heraus und nahm einen der weiteren Fahrstühle, die mich auf den Tower beförderten. Niemand hielt mich auf, was wahrscheinlich daran lag, dass man mich bereits erwartete. Umbringen würde er mich erst, wenn er den Diamanten in die Hände bekam. Und der lag sicher im Wagen.

Oben angekommen erblickte ich wider Erwarten leere Glaskästen. Durch die sich noch im Rohbau befindenden Räume fegte ein kalter Durchzug und schüttelte die Baufolie, die an allen Ecken und Enden der Scheiben befestigt war.

Plante Eric, den Tower etwa noch höher zu bauen?

Ich suchte nach einer Möglichkeit, aufs Dach zu gelangen und folgte der Tür ins Treppenhaus, von wo aus ich über den letzten Stufenabsatz endlich den Zugang fand. Mit Druck stieß ich die rote Metalltür auf. Wegen des grellen Sonnenlichts konnte ich für einen Moment kaum etwas erkennen. Sobald ich in ihre Richtung lief, erkannte ich Liz, die von einem blonden Kerl festgehalten in der Nähe des Dachrands stand. Eric war bei ihnen. Unter meinen Füßen erstreckte sich die Markierung des Hubschrauberlandeplatzes, auf dem wir uns befanden. Was hatte er vor?

Seinen Firmensitz für die Übergabe zu nutzen, war clever. Auf diese Weise war es ein Heimspiel für ihn. Hier kannte er sich besser aus als jeder andere, und wenn er es wollte, konnte keiner von uns das Gelände nach Belieben verlassen.

»Unser Gast ist eingetroffen«, wies er auf mich. Sein Anzug war maßangefertigt – das weiße Hemd aufgeknöpft. Beim fast nicht bemerkbaren Aneinanderreiben seiner Handflächen fiel mir der Ring ins Auge, der auf seinem Zeigefinger prangte. Wie klischeehaft. Und darauf war Liz hereingefallen?

Mir entging nicht, dass der Kerl neben uns den Griff um Liz' Arm verstärkte. Er zog sie näher zu sich.

»Hast du den Diamanten, Carter?«, hakte Garcia sofort nach.

»Ja.«

Sein hochmütiges Grinsen machte mich schon wieder rasend. Nur die Vorstellung ausbruchssicherer Gitter vor seiner arroganten Visage stellten meine Dämonen ruhig. »Allerdings nicht hier«, ergänzte ich.

»Du bist schlauer, als du aussiehst.«

»Das kann ich nicht von dir behaupten«, beleidigte ich ihn.

Er schnaubte amüsiert. Klar, dass er versuchte, auch aus *dieser* Situation ein Spiel zu machen. Er musste *immer* spielen, *immer* gewinnen. Er konnte es nicht gut sein lassen und das würde ihm schon bald zum Verhängnis werden. Spätestens, wenn ich ein Geständnis aus ihm herausgekitzelt hatte. Ich musste nur dafür sorgen, dass seine eigenen, hochtechnisierten Sicherheitskameras und deren Tonaufzeichnungen die entscheidenden Details mitschnitten. Da Matt die Aufnahmen zeitgleich an das FBI, die Polizei und den Hotelier weiterleitete, dürfte es nicht lange dauern, bis sie ihn festnahmen.

»Wie soll es also weitergehen?«

Ich sah zu Liz. Tränenschlieren glänzten an ihren Wangen. »Du lässt sie gehen. Ich lasse sie abholen. Im Gegenzug verrate ich dir, wo du den Diamanten findest.«

»Und was erhalte ich als Garantie?«

»Keine Ahnung. Mein Leben?«

Ich hatte an diesem Punkt nichts vorzuweisen, das als Gegenleistung für Liz Leben auch nur ansatzweise gleichwertig zu sein schien. Es war nicht so, dass ich sterben wollte. Aber dafür hatte ich den falschen Beruf gewählt und nicht die besten Entscheidungen getroffen. Er würde mich wahrscheinlich erschießen, was man in meinen Kreisen einen schnellen und sauberen Tod nennen konnte. Mich zu beseitigen hatte für Garcia keinen tatsächlichen Mehrwert, weil man mich als Zeuge sowieso für nicht zurechnungsfähig erklärte. Aber weil ich wusste, dass er gerne spielte, war ich mir fast sicher, dass er auf diesen Deal eingehen würde. Einfach, weil er *mächtig zu sein*, mehr verherrlichte als Logik und Verstand. Und weil er sich einen darauf herunterholte, mich verlieren zu sehen.

Liz war die Farbe aus dem Gesicht gewichen. Ihren

erschrockenen Augen folgten Widerworte.

»Auf keinen Fall, Jason! Vertrau ihm nicht. Er kann mich nicht gehen lassen, ich weiß zu viel.«

Ihre Aussage verunsicherte mich. Wahrscheinlich hatte sie recht. Sie hatte knietief in der Sache mit drin gesteckt, aber Matts Plan war unsere einzige Chance.

»Abgemacht. Wenn der Diamant trotz allem nicht auftaucht, sei dir sicher, dass ich Liz und ihre Familie finden werde«, stimmte Garcia zu und musterte mich, bevor er vorausging, um was zu tun? Liz zum Ausgang zu begleiten, hoffte ich.

Blondie zog Liz hinter sich her, die sich der Situation nur unfreiwillig hingab. »Nein! Mach das nicht. Jason, bitte! Er wird dich umbringen. Lass mich los! Jason! Geh mit ihm keinen Deal ein, er wird sich nicht daran halten«, rief sie verzweifelt. Ich ignorierte ihre Einwände. Dass er mich tot sehen wollte, war mir selbst klar, aber es war unsere einzige Idee, Liz vorerst hier herauszubringen.

Blondie ging mit ihr an mir vorbei. Dabei fiel mir eine Schramme an ihrer Wange und eine Rötung an ihrem Nacken auf.

»Was ist mit ihrem Gesicht und ihrem Hals passiert? Ich dachte, wir hatten eine Abmachung«, zog ich Garcia zur Rechenschaft. Den Flur entlang schreitend antwortete er mir.

»Sie hat sich geziert, als meine Männer sie entführt haben. Irgendwie mussten sie sie unter Kontrolle bringen. Danach wollte sie mir nicht verraten, wo ich den Diamanten finde, also musste ich nachhelfen.« Als er das sagte, checkte er die Mails auf seinem Smartphone. Dieser Bastard. Ich sah zu Liz und inspizierte die roten Stellen. Ziemlich eindeutig der Abdruck ihrer Kette. In den letzten Tagen hatte sie den Anhänger oft nachdenklich in ihrer Hand gehalten. Der Schmuck musste ihr viel bedeuten.

Ob die Kette ein Geschenk eines anderen Kerls war? Einer Freundin? Oder ihrer Familie? Das würde ich nur zu gerne wissen.

Wir fuhren mit dem Lift in die Lobby.

Dort angekommen deutete Garcia zum Ausgang.

»Bitte, sie darf gehen.«

Ich zückte mein Handy und schrieb Max, der bereits kurz danach vorfuhr und auf Liz wartete.

»Tu das nicht …«, flehte sie mich leise an.

Ich schenkte ihr nur einen kalten Blick. Wenn ich mich jetzt für sie und die Emotionen öffnete, die die Situation in mir auslösten, würde ich auf der Stelle Amok laufen.

»Na los«, drängte ich sie. Ich wollte sie einfach nur in Sicherheit wissen.

Sie trottete auf den weißen Transporter zu. Sehr gut. Bisher war alles nach Plan verlaufen. Doch jetzt kam der unangenehme Teil, in dem ich Zeit schinden musste, bis Max auf Position war.

»Wir müssen in die Tiefgarage«, erklärte ich und ging voraus.

Ich führte Garcia und den blonden Kerl zum Auto, lief dabei aber langsamer als sonst.

Zu auffällig, wie mir das Klicken einer Waffe verriet, die deutlich zwischen meine Schulterblätter drückte. Ich öffnete den Wagen mit dem Schlüssel bereits aus der Ferne.

»Ganz ruhig. Alles easy. Im Handschuhfach«, sagte ich, nahm zwei Meter Abstand vom Wagen und hob meine Arme in die Luft, wo sie sie sehen konnten. Immer noch spürte ich den Lauf der Pistole an meinem Rücken. Das Heben der Arme ließ meine Schulter unangenehm brennen. Ich ignorierte den Schmerz.

Garcia öffnete die Beifahrertür und durchsuchte das Handschuhfach. Er zog den Diamanten aus dem Tuch heraus, betrachtete ihn kurz und hielt ihn gegen das kahlweiße Deckenlicht.

»Wie können wir wissen, dass es der Echte ist?«, fragte Blondie.

»Ja, Carter. Wie können wir uns da sicher sein?«, wiederholte Garcia mit ironischem Ton, während er das Juwel bewunderte.

»Es ist genau der Diamant, den ich Liz abgenommen habe, die ihn für dich aus dem Schmuckladen gestohlen hat. Du kannst ihn nehmen oder es lassen. Deine Entscheidung. Wenn du ihn nicht nimmst, leg ihn bitte wieder sorgfältig in das Tuch. Ich will nicht, dass er beschädigt wird, bis ich ihn im Pfandhaus eingelöst und mich mit dem

Geld zur Ruhe gesetzt habe.«

Sie konnten mich nicht einfach töten, solange sie sich nicht sicher waren, ob es der Echte war. Wenn der Diamant tatsächlich ein Imitat wäre, würden sie das Original nach meinem Ableben vielleicht niemals mehr wiederfinden. Damit wäre Garcia zum ersten Mal eine Straftat nachzuweisen. Ich tanzte auf Messers Schneide, aber es funktionierte. Er überschätzte sich, weil es ein Heimspiel war. Er hatte mich erschießen wollen, sobald er den Diamanten in den Händen hielt. Aber jetzt standen wir hier. Und er war wütend.

»Was wirst du mit Liz machen, wenn du mich getötet hast? Wirst du sie aufsuchen und auch umbringen?«

Er sollte glauben, dass es die Sorge um Liz war, die mich beschäftigte. Statt zu antworten, tippte er verärgert auf seinem Smartphone herum.

»Synthia? Wir brauchen einen Diamantengutachter. Rufen Sie bitte so schnell wie möglich jemanden an und bieten Sie den dreifachen Preis. Wir brauchen ihn sofort.« Dann legte er auf und fügte hinzu: »Du machst dir also Gedanken um *sie*, während *du* hier stehst und auf deinen Tod wartest. Wie ehrenvoll. Was mit ihr passieren wird, kommt ganz darauf an, wie kooperativ sie sein wird. Sie hat zu viel gesehen, kannte das Team und den Plan. Sie war selbst dabei. Ich kann sie nicht weiterleben lassen, wenn sie nicht bereit ist zu schweigen. Und da ihr Gerechtigkeitssinn besonders ausgeprägt ist – das wirst du doch sicher verstehen.«

»Ehrlich gesagt, verstehe ich gar nichts. Sie sagte, du hast sie erpresst für dich den Diamanten zu stehlen. Sie hat getan, was du wolltest, und jetzt räumst du sie beiseite wie ein Stück Dreck? Die Bombendrohung war nur eine Finte. So viel ist mir klar. Und der Banküberfall, bei dem dir auch keiner etwas nachweisen konnte, ebenfalls. Wieso das alles? Du behältst nicht mal die Ausbeute. Stattdessen gibst du sie wieder zurück. Was springt bei dem Aufwand also für dich heraus?«

Er musste mich jetzt für dumm halten. Aber das war gut. Garcia brauchte nicht zu wissen, dass ich sein Vorgehen längst durchschaut hatte.

Sein Gesicht strahlte vor Stolz. Ich konnte geradezu beobachten, wie er sich seine Antwort auf der Zunge zergehen ließ.

»Dass du das in deiner geistigen Verfassung nachvollziehen kannst, hatte ich auch nicht erwartet. Kunden sind untreu und wenig zahlungsbereit, wenn sie sich die Gefahren nicht täglich bewusst machen. So ist die Idee entstanden, den Unternehmen ihren wertvollsten Besitz wegzunehmen, um zu demonstrieren, wie mickrig ihre Sicherheitsvorkehrungen tatsächlich sind. Ich weise sie auf ein Problem hin, das sie sowieso haben. Dann gebe ich das Gestohlene zurück, die Polizei hört auf zu ermitteln und ich erreiche eine gute Zusammenarbeit. Eine Win-Win-Situation für alle Beteiligten.«

Nickend sah ich ihn an und grinste dabei in mich hinein.

Die Ruhe vor dem Sturm.

KAPITEL 31

Liz

Mut oder Leichtsinn

Mit Wucht zog ich die Beifahrertür des weißen Transporters auf. War Jason völlig übergeschnappt? Das sollte der Plan sein? Ich sah zurück zum Eingang des Towers und schließlich wieder zu Matt.

»Steig ein.«

Er beobachtete mich genau und hatte die Hände startbereit um das Lenkrad gelegt.

Jason zurückzulassen fühlte sich falsch an. Als hätten wir aufgegeben und uns dafür entschieden, einfach zu hoffen, dass wir nicht verlieren würden.

»Liz?« Matt wurde unruhig.

Ich ließ mich zögerlich auf den Beifahrersitz gleiten. Doch bevor sich die Tür richtig schließen konnte, drückte ich sie wieder auf. »Was tust du? Nicht …« Das Zufallen der Autotür schnitt ihm das Wort ab. Ich eilte die Treppen hinauf, die ich eben noch heruntermarschiert war. Wir hatten uns im Leben schon einmal so zurückgelassen. Das durfte nie wieder mehr passieren. Dieses Mal würde ich für ihn da sein.

Meine Beine trugen mich rasch durch die Lobby, vorbei an der ungewohnt leeren Rezeption in Richtung der Stimmen, die ich eben noch zu hören glaubte. Sie mussten in die Tiefgarage gegangen sein. Dort übergab Jason Eric vermutlich den Diamanten.

Anstatt den auffälligen Aufzug zu nehmen, stürmte ich durch das daneben liegende Treppenhaus. Im Flur des nächsttieferen Stockwerks konnte ich die Männer durch die Glastür des Tiefgaragen-Zugangs auf dem Parkdeck stehen sehen. Jason hatte dieses leichte Lächeln auf den Lippen, obwohl Clark ihm den Lauf einer Pistole an den Rücken drückte. Eric hingegen wirkte irgendwie verärgert. Und wo war der Diamant? Ich streckte den Hals, um den Winkel meiner Sicht etwas zu erweitern, da fiel er mir auf. Ein regenbogenfarbiger Blitz sprang mir aus Erics Fingern entgegen. Er ließ den Edelstein auf seine Handfläche rollen, um ihn gleichauf mit Daumen und Zeigefinger gegen das Licht zu halten. Ab und zu sagte jemand etwas, aber ich konnte sie nicht verstehen. Die Tür war im Weg. Irgendwie musste ich ungesehen zu ihnen gelangen.

Das lauter werdende Summen des Aufzugs riss mich aus meinen Gedanken. Verdammter Mist! Schnellen Schrittes konnte ich ein paar Treppenstufen überspringen und die aussteigende Person unentdeckt beobachten. Ein Mann trat aus dem Lift. Sein Ausdruck war leidenschaftslos und seine Kleiderwahl im Vergleich zu den Kostümen und Anzügen, die ich hier gewohnt war, auffällig pragmatisch. Vielleicht jemand von extern? Er trug sein unscheinbares, graues Hemd in die blaue Jeans gesteckt. Nur der Aktenkoffer verriet, dass er beruflich hier sein musste. Wenn er gleich in die Situation platzte, würde er doch sicher Alarm schlagen, oder?

Er betrat die Tiefgarage und ging direkten Weges auf die Situation zu. Einen gut abgepassten Moment später wirbelte ich ihm in gebückter Haltung nach und hielt die Tür mit meinen Fingerkuppen davon ab zuzufallen. Bingo. Meine geräuschlose Eintrittskarte.

Anstatt das Weite zu suchen, begrüßte der Fremde Eric mit einem emotionslosen Händedruck. Ich wartete, bis sich alle beruhigt hatten, und nutzte den Moment, um ungesehen durch den Spalt zu schlüpfen. In gekrümmter Haltung schlich ich zwischen der Wand und parkenden Autos näher ans Geschehen heran. Von hier aus hatte ich die perfekte Sicht und das ideale Versteck hinter dem Heck eines schwarzen Lamborghini Geländewagens. Die sanft getönten Scheiben boten einen guten Rundumblick.

Würden sie mich entdecken, hätte ich ihnen nichts entgegenzusetzen. Also durfte das unter keinen Umständen passieren. Wie sollte ich Jason nun also hier rausholen?

Der Fremde hatte den Aktenkoffer auf das Dach des Hyundais gestellt, den Matt vor Tagen für uns organisiert hatte, und zog eine Juwelierlupe sowie eine Stiftlampe hervor. Als Eric ihm den Diamanten übergab, wurde es mir klar. Ein Gutachter.

Der Gemmologe inspizierte den Stein mit Sorgfalt. Er unterbrach den Vorgang, schaute Eric an und widmete sich dann einem zweiten Durchgang prüfender Blicke. Einige Sekunden später übergab er Eric den Stein und legte sein Werkzeug ordentlich in den Koffer zurück. Das dezente Klacken des Kofferverschlusses kündigte sein Ergebnis an.

»Ein Imitat.«

»Was?« Jason wich die Farbe aus dem Gesicht.

»Sind Sie sicher?«, hakte Eric nach.

»Absolut. Ich habe ihn zur Sicherheit ein zweites Mal geprüft. Es handelt sich lediglich um einen Zirkonia.«

Jason zappelte unmerklich mit dem Knie. Sein Blick wanderte immer wieder zur Einfahrt des Parkhauses. Bei jedem anderen Menschen wäre das eine normale Reaktion auf das aktuelle Geschehen gewesen. Bei ihm allerdings nicht. Er war eher der beherrschte Typ Mann, der seine Gefühle hinter einem frechen Grinsen und einem anschließenden, lässigen Spruch verbarg. Ich dachte, dass das berufliche Gründe hatte. Einfach, um den Eindruck der Kontrolle zu wahren. Und es funktionierte. Zumindest bei mir. Daher kam es mir äußerst komisch vor, dass er auf einmal nervös wirkte.

KAPITEL 32

Jason

Schach matt

Der *verdammte* Funkelstein war nur ein *verdammtes* Imitat?

Irgendetwas stimmte hier ganz gewaltig nicht. Ich hatte meinen Teil des Plans wie abgemacht erfüllt und Eric ein Geständnis entlockt. Genau hier. Direkt vor den Überwachungskameras. Gut sichtbar, sachdienlich hörbar und bestens ausgeleuchtet. Fuck, aus dem Material konnte man wahrscheinlich einen Blockbuster schneiden. Aber jetzt verspätete sich nicht nur das FBI, der Gemmologe deklarierte den Edelstein auch noch als eine Fälschung.

Es stank schon wieder mächtig nach Verrat. Max, diese kleine Ratte.

Hatte er mich mit einem Imitat hier drin auflaufen lassen, um sich mit dem Original und meinem Mädchen aus dem Staub zu machen? Jetzt, da ich das so durchdachte, hätte ich gleich darauf kommen können. Tja, da war ich wohl selber schuld.

Ein kleiner Teil in mir hoffte immer noch, dass ich mich irrte. Dass hier gleich die FBI-Wägen reinrauschten und Garcias Gesicht auf der Motorhaube landete, während man ihm die Handschellen anlegte. Aber wenn alles wie geplant gelaufen wäre, hätten sie längst da sein müssen. Und zwar bevor der Gemmologe den Diamanten untersucht hatte. Garcia hatte hier mehr Gestaltungsspielraum, als mit Max abgesprochen war. Und das machte mich nervös. Denn gleich kam der Moment, in dem ich improvisieren musste. Nur mit welchem Ziel? Zeit schinden und auf Max hoffen? Oder war es besser, ich kämpfte um mein Leben?

Verdammte Scheiße. In den letzten Tagen geriet ich öfter in verzwickte Situationen, als das früher der Fall gewesen war.

Garcia verabschiedete den Gutachter, wartete, bis er die Tiefgarage verließ, und näherte sich mir. Die hervorstehende Ader an seiner Stirn, die zusammengezogenen Augenbrauen und die mahlenden Zähne zeigten jetzt die pure Wut, die er eben noch versteckt gehalten hatte.

»Also, Carter el payaso « Er hielt mir das Schmuckstück vors Gesicht. »Wo ist das Original?«

Dann ließ er den Zirkonia auf den Boden fallen. Der helle Ton des Aufpralls und das läppische Wegrollen des Steins erinnerten mich an ein heruntergefallenes Spielzeug. Letztendlich war es das ja auch.

Ich hatte genauso wenig Ahnung, wo sich das Original befand, wie er. Max hatte ihn vermutlich eingesteckt. Das zu sagen brachte allerdings nichts, denn wieso sollte er mir glauben? Und vor allem, warum sollte er mir dann nicht sofort eine Kugel in den Kopf jagen?

Anstatt zu antworten, schwieg ich, was ihn wohl nur noch rasender machte.

Im nächsten Moment traf seine Faust gegen meinen Wangenknochen. Meinen Kopf schlug es heftig zur Seite, weshalb ich mich wieder aufrichten musste, um ihm in die Augen zu sehen. Das Blut, das ich deutlich auf der Zunge schmeckte, spuckte ich neben mich auf den Boden.

Der Kerl hinter mir erhöhte den Druck des Metalls zwischen meinen Schulterblättern.

Ich war ratlos. Der Tod stand mir nicht nur gegenüber, sondern saß mir ebenso im Nacken. Mein Instinkt hatte zum ersten Mal nicht mehr zu bieten, als absolute Leere. Oder vielleicht hatte Garcias Schlag mir das Hirn auch so vernebelt, dass ich nicht mehr in der Lage war, einen klaren Gedanken zu fassen. Und dabei hatte ich weit Schlimmeres weggesteckt, als einen Fausthieb eines arroganten Idioten.

Weil ich immer noch nicht antwortete, packte er mich am Shirt, zog mich von Blondie weg und stieß mich mit dem Rücken gegen den blauen Hyundai. Dabei löste sich die Glock aus meinem Hosenbund.

Jap, das war's dann wohl gewesen.

Er hob Monicas Pistole auf, lud sie und visierte meine Stirn an. Seine Worte pressten sich durch die zusammengebissenen Zähne.

»Raus mit der Sprache oder ich verspreche dir, ich werde Liz' Leben nach deinem Tod zu ihrer persönlichen Hölle machen.«

Die Schärfe seiner Worte kamen einem Messer gleich. Sie trafen mich mitten ins Herz. Und mir wurde auf einmal vollkommen bewusst, was nicht mehr zu bestreiten war. Ich konnte nichts mehr für Liz tun.

Ich erwartete eine Ansammlung aus verdrängter *Trauer*, die sich aus meiner Brust befreien würde, um sich verachtend über mich zu legen. Sicherlich würde sie ihr von mir immer verwehrtes Ausdrucksrecht genau jetzt, endlich einfordern. Aber das tat sie nicht. Stattdessen spürte ich regelrecht, wie sich die Wut, die Anspannung und der Kampfgeist aus meinen Gliedern löste. Dieses Gefühl – war es das, was man unter Resignation verstand? Der absolute Kontrollverlust? Es gab nur eine einzige Tür, durch die ich in diesem Moment hindurchging. Ein Weg, den ich immer abgelehnt hatte.

Er bedeutete aufzugeben und zu akzeptieren. Was als Nächstes geschah, lag nicht in meiner Macht.

»Keine Ahnung, wo der echte Diamant ist. Ehrlich gesagt war ich mir sicher gewesen, dir das Original gerade eben gegeben zu haben. Aber wir wurden wohl beide hintergangen.«

Zu meiner Überraschung schien er mir zu glauben.

»Diese kleine Ratte«, fluchte er.

Ja, da gab ich ihm ausnahmsweise recht.

Im gleichen Moment, in dem ich in meinem leeren Hirn nach ein paar letzten Worten stöberte, nahm ich eine Bewegung im Augenwinkel wahr. Was zum ...

Nur wenige Meter neben dem Eingang des Treppenhauses parkten einige Wägen, darunter ein Lamborghini Urus. Goldblonde Haare standen am Dach hervor und wippten unruhig hin und her. Mit angestrengtem Blick konnte ich ihr Gesicht hinter den Scheiben erkennen.

Liz war hier und nicht in Sicherheit? Wir waren mit unserem Plan am absoluten Tiefpunkt angelangt. Das konnte nur ein schlechter Scherz sein. Und tatsächlich, ich musste lachen. Es war ein verzweifeltes Lachen. Nicht zu fassen. Natürlich hatte sie *nicht* getan, was sie hätte tun sollen. Das tat sie nie. Liz' Sturkopf brach jede Wand nieder, die man ihr in den Weg stellte.

Schnell sah ich wieder zu Garcia, um sie nicht zu verraten.

»Was ist so lustig?«, fragte er.

Ich schnaubte. »Situationskomik. Würdest du nicht verstehen.«

Wenn Garcia sie entdeckte, würde er sie noch hier vor Ort exekutieren. Ich hoffte, er würde sie vorher nicht noch vergewaltigen oder ihr sonst etwas antun.

Fuck! Garcia holte aus und das harte Metall der Pistole knallte auf meine Stirn. Mir wurde kurz schwindelig.

»Qué mierda! Willst du mich verarschen? Wo ist diese kleine Ratte hin? Du weißt mehr, als du verraten willst, richtig?«

Ich spürte eine Spur aus warmem Blut an meiner Wange.

Nein, ich hatte nicht die geringste Ahnung. Aber sein Gedankengang kam mir gelegen, denn es hielt ihn momentan davon ab, den Abzug zu drücken.

Eine gute Sache konnte ich der Situation abgewinnen. Wenn Max sich mit dem Original aus dem Staub gemacht hatte, würde Garcia den Diamanten wahrscheinlich niemals in die Hände kriegen. Und damit standen die Chancen gut, dass er seinen Sakko bald durch einen schwarz-weiß gestreiften Anzug und Haferbrei tauschte.

In der Zwischenzeit würde ich bereits unter der Erde liegen. Aber falls man von dort aus zusehen konnte, würde ich es mit Hingabe genießen.

»Ich werde nicht zulassen, dass mein Imperium, das ich jahrelang aufgebaut habe, wegen dieses lächerlichen Juwels zugrunde geht. Vielleicht redet er, wenn wir ihn an seinen Eiern aufhängen. Alexander ...«

Garcia nahm die Waffe herunter und warf Blondie einen vielsagenden Blick zu.

»Mitkommen!« Blondie rutschte wieder hinter mich. Seine Waffe fand ihren alten Platz und schob mich zum Tiefgaragenausgang. Wahrscheinlich zerrte er mich gleich in einen der vielzählig leerstehenden Konferenzräume im obersten Stockwerk, wo er mir die Fingernägel herausriss, um mich zum Reden zu bringen.

»Halt! Eric, warte!« Liz kam hinter dem Auto hervorspaziert und hob zitternd die Hände. Sie wollte etwas sagen, aber sie war sich offensichtlich selbst nicht im Klaren, was sie da tat.

Garcia wirkte kurz irritiert, zögerte dann aber keine Sekunde. Er fokussierte sie, hob den Arm und betätigte den Abzug.

Fuck.

Meine Brust wurde eng und mein Herz blieb stehen, als ich zusah, wie sie zu Boden ging und wimmerte. Auf ihrem hellblauen Shirt, seitlich ihres Rippenbogens, erschien ein roter Fleck. Und er wurde größer und größer.

Fuck. Fuck. Fuck. Was hatte sie sich dabei gedacht?

Alexander hatte mit der Überraschung die Konzentration verloren, der Druck an meinem Rücken hatte sich in diesem Moment verflüchtigt. Da mein Verstand immer noch damit beschäftigt war, zu verarbeiten, was gerade passierte, schaltete mein Körper in einen instinktiven Modus. Wie bei einem Kurzschluss brannten bei mir die Leiter durch. Mit messerscharfer Wahrnehmung und maximaler Konzentration, warf ich mich rückwärts gegen ihn, wirbelte herum und rang um die Schusswaffe, die ihm aus den Fingern zu gleiten drohte. Ein ohrenbetäubender Schuss löste sich und schlug eine mächtige Kerbe in den Betonboden unter uns. Dort landete auch der Autoschlüssel des Hyundais, der eben noch sicher in meiner Faust vergraben gewesen war. Im Augenwinkel bemerkte ich, dass Garcia jetzt mich anvisierte.

Mit einem hinterhältigen Tritt gegen Blondies Knie, verlor er den Halt. Das lockerte seinen Griff weiter, sodass ich die Glock besser zu fassen bekam. Durch eine Drehung zog ich ihn in die Schusslinie. Zum Nachteil von Garcia traf es dadurch nicht mich, sondern seinen eigenen Mann. Blondie strauchelte und kollabierte schließlich an seinen inneren Verletzungen.

Ich wandte mich sofort ab, hob den Autoschlüssel auf und wühlte in der imaginären Kiste der wenigen Optionen nach einer Idee, Garcia zu kriegen, der sich jetzt hinter dem Hyundai in Deckung hielt.

War Liz noch am Leben? Wo sie sich vor wenigen Sekunden noch gekrümmt hatte, waren nur noch Blutstropfen zu sehen. Sie lehnte jetzt vor der Motorhaube des Wagens, hinter dem sie sich vorhin versteckt hatte, an der Betonwand. Außerhalb von Garcias Sichtfeld.

Liz kämpfte. Das war offensichtlich. Ihre panischen Augen wanderten immer wieder auf ihren Bauch, bevor sie sie zusammenkniff und sich unter dem Adrenalin und dem aufschreienden Schmerz zu beruhigen versuchte. Ich musste mich davon abhalten ihrem Blick zu folgen, um das Blut, das wahrscheinlich an ihren Händen klebte, absichtlich zu übersehen. Auf keinen Fall durfte mein Trauma mir jetzt einen Strich durch die Rechnung machen.

Ich wusste, dass Monicas Glock mit dem Betreten der Tiefgarage nur noch drei Schüsse übrig hatte. Eine Kugel hatte Liz getroffen und die zweite hatte Blondie erledigt.

Irgendwie musste ich Garcia dazu bringen, das letzte Projektil in den Wind zu schießen.

In meinen Handflächen lag noch der Autoschlüssel, auf den ich ratlos hinabsah. Wie konnte er mir nützlich werden? Ja, wir hatten damit ein Fluchtfahrzeug. Aber da Garcia noch bewaffnet war und Liz nicht mehr viel Zeit blieb, brachte uns das nichts.

Er wusste höchstwahrscheinlich, dass sein Magazin fast leer war. Demnach würde er sich scheuen, seinen Schuss zu verschwenden oder ein Risiko einzugehen.

Liz machte Anstalten sich zu bewegen. Was hatte sie jetzt schon wieder vor? Sie sollte verdammt noch mal sitzenbleiben, bevor sie verblutete oder das Bewusstsein verlor!

Da ich ihr das nicht sagen konnte, beschloss ich, Garcias Aufmerksamkeit auf *mich* zu ziehen.

»Hey Garcia! Durch den Mord an deinem Kollegen und Liz, wird sich dein Gefängnisaufenthalt noch mal verlängern. Wie fühlt es sich an, wenn man sich die Zelle bald mit jemandem teilt, der genauso hinterhältig ist, wie man selbst?«

Er versteckte sich immer noch hinter dem Fahrzeug.

»Wer kann den Mord bezeugen? Ein psychisch labiler Agent? Ich glaube nicht, dass das ausreichen wird. Ich habe die besten Anwälte, die man sich vorstellen kann. Die Leichen sind lediglich Kollateralschäden deines Amoklaufs, falls du verstehst, was ich meine.«

Jetzt verließ er seine Deckung und stellte sich mir entgegen. Gleichzeitig richteten wir die Läufe aufeinander.

Dass er sich plötzlich heraustraute, machte mich misstrauisch. War es sein Übermut, der ihn dazu brachte oder hatte er ein Ass im Ärmel?

»Und wie geht's jetzt weiter?«, fragte ich ihn.

Garcia strebte verstohlen Richtung Tür. Er wollte also abhauen.

Mein Gedankengang wurde durch einen weißen Transporter unterbrochen, der die Schranke durchbrach und mit quietschenden Reifen um die Ecke flitzte – gleich gefolgt von einem Rettungswagen und drei schwarzen FBI-Geländewägen, die in die Tiefgarageneinfahrt hineinjagten. Garcia rannte Richtung Treppenhaustür und gab damit vollkommen seine Deckung auf. Sofort drückte ich den Abzug und schoss ihm gezielt in die linke Schulter, bevor er den Ausgang auch nur ansatzweise erreichte. Der Treffer warf ihn wie erwartet nur kurz zurück. Vorschnell spannte er seinen rechten Schussarm, um sich zu revanchieren. Das Projektil verfehlte mich. Ja, so eine Kugel im Arm konnte einen ganz schön ablenken. Als er mit dem weiteren Betätigen des Abzugs bemerkte, dass sein Magazin leer war, nutzte ich die Chance. Dieses Mal in die rechte Schulter. Die Schüsse und sein wütender Schmerzensschrei hallten durch die Ebenen der Tiefgarage.

Mit einem irren Ausdruck in den Augen starrte er mich an.

Ich konnte bereits Blut aus seinen Wunden quillen sehen.

Um meiner Sinne Herr zu bleiben, schloss ich kurz die Augen, atmete durch und ignorierte die Fahrzeuge, die alle nacheinander neben uns zum Stehen kamen.

Als ich an Eric Garcia vorbeiging, entschied ich mich, noch etwas klarzustellen. Ich blieb auf seiner Höhe stehen. Den Blick nach vorne gerichtet.

»Wenn du dich ihr jemals wieder näherst, schieß ich dir auch noch in beide Beine.«

Er knurrte. »Wieso hast du mich nicht getötet?«

Ohne zu antworten, lief ich zu Liz und beugte mich zu ihr. Sie zitterte am ganzen Körper. Nun konnte mir auch das Blut nicht entgehen, das ihre Handflächen bedeckte. In Windeseile legte ich die Waffe neben sie und zog mein Smartphone aus der Hosentasche hervor. Dabei bemerkte ich, dass jetzt auch *meine* Hände zitterten. Max hatte sich um verdammte 20 Minuten verspätet und uns damit fast umgebracht.

»Hey ... du musst wach bleiben. Bleib bei mir.«

Ihre Lider flackerten. Ich strich ihr mit dem Daumen über die Wange. Es wunderte mich, dass ich trotz des Bluts, das ihr Shirt und ihre Handflächen tränkte, keine körperlichen Veränderungen spürte. Keinen Schweißausbruch, keine Halluzinationen. Viel mehr fühlte ich tiefe Betroffenheit. Mein Herz war schwer wie Blei.

Garcia hatte sich bereits gesammelt und quälte sich lautlos stöhnend in den Stand. Zumindest so gut er mit seinen Verletzungen konnte.

Acht FBI-Agenten stürmten aus den schwarzen Wägen und richteten ihre Schusswaffen auf uns.

»Hände dahin, wo ich sie sehen kann«, brüllte einer von ihnen.

Ich richtete mich auf und hielt die Arme in die Höhe.

Garcia hingegen hatte mit dem Heben seiner Arme so seine Schwierigkeiten. Es dauerte nicht lange, bis das FBI ihn zu Boden drückte und das Anlegen der Handschellen einen weiteren Schmerzensschrei aus ihm herausfolterte.

Ich sah noch, wie die Notärztin und ein – ich vermutete assistierender Sanitäter – zu Liz eilten, als auch ich abgeführt wurde. Mit dem halben Gesicht auf der Motorhaube verfolgte ich den Anblick des an mir vorbeigeführten Eric Garcia.

Hinter ihm eine vertraute Erscheinung, gefolgt von dem Zischen einer gerade geöffneten Dose Energydrink.

»Hast dir ganz schön Zeit gelassen«, gab ich ihm durch die zusammengebissenen Zähne zu verstehen, als der Beamte mich in die Senkrechte zog.

»Liz ist abgehauen. Und dann hatte ich einige technische Schwierigkeiten mit der *Safety's* Firewall. Wir haben jetzt aber genug belastende Mitschnitte, um ihn dranzukriegen.«

»Kannst du Liz ins Krankenhaus begleiten?«

Er nickte.

Ich wurde von einem Agenten auf den Rücksitz geschoben. Die Autotüren des schwarzen Geländewagens schlossen sich. Aus den hallenden Geräuschen der Tiefgarage wurde eine dumpfe Stille. Max hatte demnach wie besprochen die Live-Übertragung sowie die Aufzeichnung der gehackten Kameras an den Inhaber des Diamond Hotel und an das FBI geschickt. Es war nur eine Frage der Zeit, dann würden alle Beteiligten gegen Garcia aussagen.

Ironischerweise war es seine eigene Schwachstelle im Sicherheitssystem, die ihn jetzt zu Fall brachte. Und seine Arroganz, die er *dann* ausspielte, wenn er sich sicher fühlte.

Mit blinkenden Discolichtern kamen wir am Revier an. Nun musste ich die Zähne zusammenbeißen. Auf mich warteten Verhöre und Rechtfertigungen. Wer wusste schon, was für eine Strafe mich eventuell ereilte. Aber das war es Wert.

Dieses Mal waren wir Garcia endlich einen Schritt voraus gewesen. Dieser Bastard würde schon bald hinter Gittern schmoren und Liz konnte sich wieder in Sicherheit fühlen. Ich hoffte nur noch, dass sie bald wieder gesund war, denn ich musste ihr unbedingt etwas Wichtiges sagen. Etwas, das mir jetzt ein für alle Mal klargeworden war.

KAPITEL 33

Jason

Wahrheit & Pflicht

Im Revier angekommen, nahm man meine Personalien auf. Ich musste einige Zeit warten, bis sie mich in ein Verhörzimmer führten. Ein kleiner Raum. Weiße Wände. Ein großer Spiegel, hinter dem jemand stand und mich beobachtete. Ich kannte den ganzen Scheiß.

Meine Situation war kritisch. Nicht nur in Bezug auf Garcia und den Raub musste ich mich rechtfertigen. Auch meine Flucht und mein Verhalten gegenüber dem Sondereinsatzprogramm des FBI zogen Konsequenzen nach sich. Vermisst hatte mich wahrscheinlich keiner. Agenten waren austauschbar. Aber wenn ein Team sich plötzlich auflöste, keiner auffindbar war und selbst die Team-Chefin, die einen einflussreichen Status genoss, ohne ein Lebenszeichen verschwand, kamen Fragen auf.

Und jetzt musste ich mich entscheiden: Welche Geschichte würde ich erzählen?

Was ich jetzt sagte, bestimmte meinen weiteren Lebensverlauf.

Wenn ich mich dazu entschied zu verraten, was Monica in Wahrheit getan hatte, würde ich mich von meinem Job als Agent verabschieden können. Ziemlich sicher für immer.

Wenn ich mich dagegen entschied, konnte ich weitermachen wie bisher. Leben retten, undercover gehen. Das alles mit einem neuen Team und einem neuen Chef.

Und dieser verdammte Job war mein einziger Lebensinhalt. Er gab meiner Existenz einen Sinn, eine Aufgabe. Ich hatte keine Ahnung, was ich ohne ihn tun sollte.

Einfach ganz normal leben? Ich wusste nicht mal, wie das ging. Schließlich hatte ich dafür nie Zeit gehabt. War ein normales Leben nicht auf Dauer langweilig?

Die Adrenalinstöße, die Waffen und das Gefühl, etwas Großes bewirkt zu haben, würde ich ganz sicher vermissen. Da war aber auch meine Aversion gegen das Töten, mein psychisches Trauma, eine riesige Lüge, die im Raum stand und Liz, die mir gezeigt hatte, dass es schön sein konnte, in Sicherheit zu sein – vielleicht irgendwo sesshaft zu werden.

Und jetzt?

Ich nahm Personen vor der Tür wahr. Daraufhin korrigierte ich meine Sitzposition in die Gerade. Meine Augen folgten für einen Moment der Kette der Handschellen, die mich an diesem kalten, glatten Tisch ziemlich schuldig aussehen ließen. Von dieser Seite aus hatte ich die Situation noch nie betrachtet. Normalerweise stand ich auf der anderen Seite. Entweder hinter der Spiegelwand oder schon im nächsten Einsatz.

Die Tür öffnete sich. Ein Mann mittleren Alters marschierte in großen Schritten auf den Tisch zu. Er trug keine klassische Uniform, daher vermutete ich, er gehörte zum FBI. Sein Rang war mir nicht erkenntlich, aber er hatte die Ausstrahlung eines Soldaten.

Seine Krawatte hing auf dem Tisch, als er sich setzte und sich zu mir vorbeugte, um die Akte zu öffnen, die er mitgebracht hatte.

Nun kam der unangenehme Teil.

»Agent Carter«, seine Augen musterten meinen Ausdruck. »Mein Name ist Darius Gibson. Sie wissen, warum sie hier sitzen. Sie haben einige Fälle aufgeklärt. Ihre Quote ist vorbildlich. Ihr Auftrag war es, an diesem Abend einer Bombenwarnung im Diamond Hotel nachzugehen und den Verdächtigen Eric Garcia zu beschatten. Der letzte offizielle Kontakt von Ihnen zum FBI war vor vier Tagen. Samstag, der 17. Juni, 22:30 Uhr.« Er zog sein Handy hervor. »Das ist die letzte Aktivität, die wir aufzeichnen konnten, bevor weder von Ihnen noch von Monica Thompson ein weiteres Lebenszeichen folgte.« Sein Finger tippte auf dem Display, bevor Monicas Stimme aus den Lautsprechern drang und er in meinem vom Bluterguss und von Wunden übersäten Gesicht nach einem nervösen Augenzucken suchte.

»Carter?« Ihre Stimme hörte sich aufgeregter an als in

meiner Erinnerung.

»Ja, Ma'am, wir brauchen einen neuen Plan«, hörte ich mich sagen.

»Wo ist Coleman? Ich konnte ihn nicht erreichen.«

»Ich bin mir nicht sicher, Ma'am. Eric Garcia hat uns gelinkt. Er ... Er hat eine Komplizin. Der Funkkontakt zu Coleman ist im Einsatz abgebrochen. Ich musste Garcias Bodyguard töten und habe erfahren, dass seine Männer Coleman im Hotelzimmer überwältigt haben.« Wenn ich mir selbst so zuhörte, wie ich Monica Bericht erstattete, ging mir sofort wieder durch den Kopf, was für eine Spielfigur ich für sie gewesen war. Aber meine Wut konnte mir bei diesem Verhör lebenslang zum Nachteil werden, weshalb ich sie lieber herunterschluckte und weiter lauschte, wie ich Monica meine Treue zugestand. »Ich habe Grund zur Annahme, dass Coleman sich im Netz bewegt und die IT von Garcia unsere Verbindung gekappt hat. Sie haben Coleman wohl gefunden und im Hotelzimmer ausfindig gemacht. Er hat auf keinen meiner Anrufe reagiert.« Ich hörte mich zögern und erinnerte mich daran, wie ich mit mir gehadert hatte Liz zu verraten. »Ich habe außerdem einen Raub in Erfahrung bringen können. Garcias Komplizin hat den Diamanten gestohlen, während das Hotel aufgrund der Explosion evakuiert wurde. Sie müssen das Sicherheitssystem deaktiviert und sich über die Luftschächte bewegt haben. Das vermute ich, weil es im Hotelzimmer, in dem ich Garcias Mann beseitigt habe, einen offenen Eingang zum Schacht gab und ich die Komplizin selbst gesehen habe.« Wäre Liz an diesem Tag nicht aufgetaucht und wäre die Situation nicht eskaliert, hätte ich dann jemals erfahren, was wirklich hinter meinem Trauma steckte?

»Es war also alles nur ein Ablenkungsmanöver«, hörte ich Monicas Stimme sagen.

»Ja, Ma'am. Ich werde jetzt noch mal das Hotelzimmer mit dem offenen Schachteingang aufsuchen, die Komplizin abfangen und dann das Hotelzimmer, in dem Coleman zuletzt war, stürmen. Vielleicht ist er noch dort.«

»Ja … Beeilen sie sich, Carter.«

Die Aufnahme endete und Gibson studierte meinen Ausdruck noch eindringlicher.

»Was ist passiert, Agent Carter?«

Ich schluckte. Ein Zeichen von Schwäche, das ich in diesem Moment nur schwer verbergen konnte.

»Nach dem Telefonat habe ich das Hotelzimmer aufgesucht, in dem ich Garcia vermutet hatte. Ich traf ihn dort an, tötete seinen Bodyguard, der versuchte, mich zu erschießen. Daraufhin flüchtete Garcia und versteckte sich in einem anderen Hotelzimmer. Als ich ihn und seine Komplizin ausfindig gemacht hatte, nahm er sie als Geisel. Ich habe … eine persönliche Beziehung zu der betroffenen Person. Sie hat mir anvertraut, dass sie von Garcia erpresst wurde, ihn bei dem Diamantenraub zu assistieren. Als er von meiner persönlichen Beziehung zu ihr erfuhr, hat er sie gegen mich ausgespielt. Daraufhin habe ich mich ihm vorerst ergeben. Max …«

Ich stockte und schnaubte amüsiert »… hat sich verdeckt unter dem Namen Matt Coleman von Garcia aus in Monicas Team eingeschleust.« Ich schüttelte kurz den Kopf, da ich das immer noch unfassbar fand. Ich hatte es ihm verziehen. Daran lag es nicht. Aber was brauchte man bitte für Eier, um sich ins Team zu schleusen, das FBI zu hacken, sich nicht erwischen zu lassen und dann während der Operation noch die Seiten zu wechseln. »Er leitete erstmals Informationen an die Gegenseite weiter. Damit war uns Garcia immer einen Schritt voraus gewesen. Coleman hat sich zu Beginn des Auftrags im Diamond Hotel jedoch umentschieden. Er hat uns geholfen, Garcia zu überführen. Nur dank ihm haben wir es letztendlich geschafft.« Ich hoffte, dass sie ihm eine Chance gaben, weiterhin für das FBI zu arbeiten. Wenn ich an unsere Gespräche in der Wohnung und der Bar zurückdachte, in denen er sich über seine Vergangenheit geäußert hatte, schien er dort genau richtig aufgehoben zu sein. Ich war mir sicher, dass er versuchen würde anzuheuern. So, wie wir es vor Aufbruch im Hostel besprochen hatten. Es war die einzige Option, die das Gericht davon abhielt, ihn wegen Täuschung und Betrug ins Gefängnis zu stecken. »Nichtsdestotrotz waren er und die Geisel in Garcias Gewalt. Als ich einen passenden Moment fand, habe ich mich sowie die Komplizin und den entführten Coleman aus der Gefahrensituation retten können. Dabei kam eine mir unbekannte Frau zu Tode. Sie hat Garcia verteidigt. Die Geisel hat sie erschossen. In Notwehr. Hätte sie es nicht getan, wären wir vielleicht alle tot. Und dann war da noch das Dilemma mit dem Juwel. Coleman konnte außerdem den Diamanten sicherstellen, woraufhin wir geflüchtet sind. Aufgrund einer Schusswunde brachten sie mich ins Krankenhaus.«

»Die Geisel, wie ist ihr Name?«

Ich zögerte, da ich sie schützen wollte, auch wenn das unmöglich war. Sie würde sich verantworten müssen und war zudem eine wichtige Zeugin.

»Liz … Jennings.« Er notierte sich den Namen auf einem handgroßen Schreibblock.

»Fahren Sie gerne fort«, bat er mich. Sein Pokerface und sein Ton waren dabei neutral und undurchsichtig.

»Im Krankenhaus trafen Special Agent Thomson und ich aufeinander. Ich hatte Grund zur Annahme, dass sie nicht mehr hinter dem Einsatz steht und wir nicht mit der Unterstützung des FBI rechnen können.« Die Details für diese Annahme war, würde er sicherlich gleich erfragen. »Also bin ich geflüchtet. Gemeinsam mit Coleman und Jennings bin ich untergetaucht. Wir haben uns in einem Hostel versteckt, sind unsere Handys losgeworden und haben den Kontakt zur Außenwelt abgebrochen. Ms. Jennings war auf Zeugenschutz angewiesen, jeglicher Kontakt nach Außen hätte Eric Garcias Aufmerksamkeit auf sich gezogen und ich war immer noch verletzt.« Gibson strich sich übers Kinn und folgte aufmerksam meinen Worten. »Bevor wir einen Fehler begingen oder Ms. Jennings Leben in Gefahr brachten, hielten wir es für am sinnvollsten uns erst einmal zurückzuziehen. Nach einem Streit war Jennings weggelaufen und wollte auf eigene Faust handeln. Durch ein Telefonat wurde sie von Garcia entdeckt und entführt. Er hat uns daraufhin erpresst. Ihr Leben zum Tausch gegen den Diamanten.« Mein letzter Satz löste ein sofortiges, wütendes Brennen in meiner Magengegend aus. Ich atmete tief in den Bauch, um meine Sorgen um ihren Zustand für diesen Moment beiseitezuschieben. Zumindest so gut mir das möglich war. »Coleman hatte den Auftrag, Jennings sicher nach Hause zu bringen. Aber sie ist geflohen und hat sich wieder ins *Safety* Gebäude geschlichen. Da Coleman zeitlich unter Druck stand, hat er sie machen lassen und sich zurückgezogen, um die Kameras von unserem Bürostützpunkt aus zu hacken. Den Rest kennen Sie, Sir. Der Live-Stream, den mein Partner an Sie weitergeleitet hat, beweist den weiteren Verlauf bis zu unserer Verhaftung.«

Er nickte. Dann lehnte er sich zurück.

»Colemans und Ihre Aussage decken sich.«

Ich verkniff mir ein erleichtertes Durchatmen.

»Agent Carter«, fuhr er fort. »Es gibt bei Ihrer Geschichte einige Ungereimtheiten. Zum Beispiel das Misstrauen gegenüber dem FBI und das Verschwinden von Special Agent Thompson. Wo befindet sie sich?«

Um ihm zu beweisen, dass ich die Wahrheit sagte, sah ich ihm entschieden in die Augen. »Ich weiß es nicht, Sir!«

»Sie wissen es nicht?«, hakte er überrascht nach. »Hat sie Ihnen vielleicht einen Hinweis gegeben? Oder haben Sie eine Vermutung, was mit ihr passiert sein könnte?«

Nun kam der alles entscheidende Moment.

Was würde ich tun? Diese verdammte Situation kotzte mich an. Liz war im Krankenhaus. In Sicherheit. Hoffentlich am Leben. Max hatte sich gestellt und wahrscheinlich wie besprochen den Deal angeboten, offiziell für das FBI zu arbeiten. Und ich saß hier vor dieser alles entscheidenden Frage.

Würde ich mein Leben wie bisher weiterleben wollen und dafür mit einer Lüge starten oder würde ich die Wahrheit sagen, und riskieren vor dem Nichts zu stehen?

»Carter?«, riss er mich aus meinen Gedanken.

»Ich weiß nicht, wo sie jetzt ist, Sir. Aber … mein Misstrauen und ihr Verschwinden haben mit einer lang zurückliegenden Vertuschung zu tun. Thompson war diejenige, die mich adoptiert hat. Sie hat mich in die Ausbildung geschickt und als Agent rekrutiert.« Er sah kurz auf die Akte hinab, bevor er mir wieder eingehend in die Augen blickte. »Ihretwegen bin ich heute das, was ich bin. Nur was sie mir bis dato verschwiegen hatte, war ihre Schuld am Tod meiner Eltern.« Ich atmete wieder durch und legte eine Pause ein. Dabei sah ich auf meine Handgelenke, die immer noch in diesen Handschellen lagen. »Sie hat zudem regelmäßig Erhebungsdaten aus Körper- und Psychologentests von mir gefälscht, um mich weiter in den Einsatz schicken zu können. Alles in dem Wissen, dass die wahren Testergebnisse meine Einsatzfähigkeit infrage stellten. Damit brachte sie mich nicht nur in Lebensgefahr, sie tat es auch, um mich zu manipulieren und zu verhindern, dass ich mich daran erinnerte, was wirklich am Todestag meiner Familie geschehen war.« Sie hatte ihre eigene Karriere über das Wohl aller gestellt. Etwas, das Garcia und Monica offensichtlich gemeinsam hatten. »Als wir uns im Krankenhaus unterhielten, beichtete sie mir, Akten gefälscht zu haben. Sie hat meinen Vater, der ebenfalls Agent war, wegen einer vermeintlich ihr zustehenden Beförderung indirekt an den Feind verraten. Als Grund nannte sie die unerlaubte Beziehung zu meiner Mutter. Daraufhin wurden sie kaltblütig ermordet. Garcia hatte diese Informationen über einen Hack in das System herausgefunden und mir während des Einsatzes mitgeteilt. Im Krankenhaus habe ich Thompson zur Rede gestellt. Sie hat es zugegeben und ist untergetaucht.«

»Sie beschuldigen Monica Thompson also des Mordes an ihren Eltern?«

»Das ist korrekt, Sir«, bestätigte ich mit halb zusammengebissenen Zähnen. »Nachdem sie mir alles gestanden hatte, hat sie mich vor die Wahl gestellt. Wenn ich die Wahrheit sagte, würden die gefälschten Daten meinen Zustand bestätigten und ich würde nie wieder als Agent arbeiten dürfen.«

Einen Augenblick schwiegen wir, bis er sich wissend vorlehnte und seine Ellbogen stützte. Denn genau das hatte ich gerade getan. Ich hatte die Wahrheit gesagt und mich damit entschieden.

»Das Video in der Tiefgarage wird als Beweismittel aufbereitet. Eric Garcia wird sich vor Gericht verantworten müssen. Ihr Partner, Sie und Ms. Jennings ebenfalls.« Einen Augenblick lang herrschte Stille, bevor er sich mit der Hand erneut über das unrasierte Kinn fuhr und mich eingehend musterte. »Eine letzte Frage habe ich noch. Der Diamant, den wir am Tatort gefunden haben, ist ein Imitat. Wie erklären Sie sich das Verschwinden des originalen Diamanten, den Ms. Jennings aus dem Hotel gestohlen hat?«

Ein 250 Millionen US-Dollar schwerer, nahezu faustgroßer Diamant geht während eines Einsatzes spurlos verloren. Zudem befand er sich zuletzt in unserem Besitz. Mir war selbst klar, wie das wahrscheinlich aussah.

»Ich war bis zur Übergabe in der Tiefgarage davon überzeugt gewesen, das Original in den Händen zu halten. Erst als ein Gemmologe vor Ort die Fälschung bestätigte, ist mir das Ausmaß bewusst geworden. Daraufhin ist die Situation außer Kontrolle geraten, Ms. Jennings wurde angeschossen, ein weiterer Mann getötet.«

»Und Sie haben keine Idee, in wessen Besitz sich der

Diamant aktuell befindet oder sonstige Hinweise?«

»Nein, Sir, tut mir leid.«

»Ich werde die von Ihnen angegebenen Informationen prüfen und nochmals auf Sie zurückkommen. Verlassen Sie nicht das Land und bleiben Sie erreichbar.«

Dann stand er auf und verließ den Raum. Ein Cop kam auf mich zu und führte mich in den Wartebereich. Dort lösten sie meine Handschellen und gaben mich frei. Ich rieb mir die Handgelenke und sah sehnsüchtig zum Ausgang.

Der Himmel leuchtete orange. Die Sonne ging unter. Durch die hohen Gebäude, die die Polizeistation umrahmten, erreichte kaum noch ein Sonnenstrahl den Boden. Es wirkte dunkler, als es tatsächlich war. Ein paar Lichter blitzten durch die Scheibe, in der sich das Innere der Polizeistation spiegelte.

Ich dachte an die Wohnung am Stadtrand und dann an das große Nichts, vor dem ich nun stand und mich am meisten fürchtete. Ich war ohne Gewissheit, ohne zu Hause und vor allem ohne Aufgabe. Ein komisches Gefühl. Alles, an was ich jetzt noch denken konnte, war Liz.

Ich schritt durch die sich automatisch öffnende Tür in die angenehme Abendluft. Max und ich hatten vereinbart, voneinander zu hören. Er würde mich finden, wenn es so weit war. Genauso wie das FBI, wenn klar wurde, welche Konsequenzen mein Handeln oder das von Monica hatte.

Es war Zeit, alle Missverständnisse aus dem Weg zu räumen. Vor allem gegenüber Liz. Ohne einen Plan was morgen war, steckte ich die Hände in die Hosentaschen meiner Kaufhaus-Hose und trottete auf ein Taxi zu, als der Klingelton meines Smartphones mich stoppte. Ich zog es aus meiner Hosentasche und starrte auf die unbekannte Nummer, die mir das leuchtende Display präsentierte. Wer würde mich in diesem Moment erreichen wollen? Ich fragte mich, ob es Matt war, und hatte ein ungutes Gefühl, als es auch zwanzig Sekunden später immer noch klingelte.

Mit dem Daumen schob ich das grüne Icon nach rechts und hielt mir schweigend das Telefon ans Ohr.

»Agent Carter.« Monica.

»Wo bist du?«, fragte ich sie und sah mich in alle Richtungen um. Möglicherweise war sie in der Nähe.

»An einem sicheren Ort.«

»Wieso rufst du an?« Wenn Agent Gibson diesen Anruf zurückverfolgte, könnte der Verdacht entstehen, wir machten gemeinsame Sache.

»Ich will mich vergewissern, dass es dir gut geht.«

»Ach ja? Es geht mir bestens. Wirst du als Nächstes fragen, ob ich über Thanksgiving zum Essen komme? Denn meine Antwort lautet nein.« Mit einer raschen Bewegung wechselte ich das Ohr und wischte mir die feuchte Handfläche an der Jeans ab.

»Ich wollte dir und Agent Gibson lediglich mitteilen,

dass ihr den echten Diamanten nicht weiter zu suchen braucht.« Sie pausierte einen Moment. »Er ist in guten Händen.«

»Was? Wie hast du …?«

»Ich habe dich und Coleman seitdem wir im Krankenhaus gesprochen haben, keine Sekunde aus den Augen gelassen. Ich habe geahnt, dass du nach deinem Vater kommst und ziemlich wahrscheinlich die Wahrheit sagen wirst. Da musste ich sichergehen. Garcia in seinem eigenen Firmengebäude zu überführen war übrigens brillant. Ich bin stolz auf dich, Jason. Du bist ein guter Agent. Ich habe jemanden beauftragt, euch den echten Diamanten aus dem Auto zu entwenden, bevor ihr ihn übergeben konntet. Ihr werdet es auf den Überwachungskameras nachprüfen können. Damit seid ihr offiziell keine Verdächtigen mehr.«

»Und du hast dir eine schöne Altersvorsorge geschaffen und sehr viel Geld unentdeckt über die Grenze gebracht, wohin es dich auch immer verschlagen hat.« Sollte sie doch in der Hölle schmoren.

»Ich hoffe, dass du jetzt ganz von vorne anfangen kannst«. Es folgte eine Pause. »Alles Gute, Jason.«

Dann legte sie auf.

Unglaublich.

Es gab nur einen Moment, in dem jemand den Diamanten hätte entwenden können. Und zwar als der Hyundai in der Tiefgarage stand, während ich auf dem Dach des *Safety* Gebäudes war und Max bereits im Transporter saß.

Unerwarteterweise hatte sie uns wahrscheinlich wirklich einen Gefallen getan. Wenn die Aufnahmen der Überwachungskameras ihre Aussage bestätigten, würden sich alle Parteien darauf stürzen, sie zu finden. Max, ich und Liz wären dann fein aus der Sache heraus.

Ich gönnte mir einige Atemzüge, wartete einen Moment, bis sich mein Puls beruhigte und stieg ins nächstbeste Taxi.

Agent Gibson würde zeitnah von mir informiert werden. Denn zuerst musste ich sehen, ob es Liz gut ging.

KAPITEL 34

Liz

Wahrheit & Pflicht

Ich hustete, weil meine trockene Kehle mir das Sprechen erschwerte. Der Schmerz, der dabei von meiner Taille ausging, ließ mich unweigerlich zusammenzucken. Isabelle griff nach dem Glas Wasser, das direkt neben dem Blumenstrauß aus Gerbera und Margeriten auf dem Beistelltischchen stand. Sie reichte es mir, was mir bewusst machte, dass ich für die nächsten Wochen ein im Bett liegender Pflegefall sein würde.

Von der Ankunft in der Notfallchirurgie hatte ich nicht mehr viel mitbekommen. Ich war in meiner Blase aus Taubheitsgefühlen, Schmerzen und einem anstehenden Kreislaufzusammenbruch gewesen.

Isabelle und Paul waren sofort hergeeilt, als Matt, ähm ich meine Max, sie direkt nach meiner Ankunft in der Universitätsklinik angerufen hatte. Nach allem, was passiert war, hatte ich erwartet, dass sie wütend oder enttäuscht waren. Aber sie wirkten viel mehr besorgt.

»Besser?«

Ich nickte und gab ihr das Glas zurück. Sie stellte es an seinen Platz, bevor sie sich auf dem Stuhl neben dem Bett niederließ.

»Ich wollte sagen, dass es mir leid tut«, gestand ich mit krächzender Stimme.

Max war mit Paul in der Kantine. Sie holten Kaffee und suchten nach Energydrinks. Das war also der ideale Moment, um mich bei ihr zu entschuldigen.

»Ich hätte auf euch hören sollen und Eric nie vertrauen dürfen. Er ist … «

»… wie sein Vater.« Sie presste die Lippen aufeinander und nickte wissentlich.

»Ich hab mich in die ganze Sache mit dem Job total reingesteigert.«

Als ich daran dachte, konnte ich ihr nicht in die Augen sehen. Ich schämte mich, so stur gewesen zu sein. Aber was passiert war, hatte mich etwas gelehrt. Ich hatte mich wegen vergangener Erlebnisse zu lange selbst bemitleidet, ohne es zu merken. Offensichtlich war ich zäher, als ich dachte, und sehr wohl im Stande die Herausforderungen meines Lebens allein zu meistern. Aber das *musste* ich nicht. Unterstützung anzunehmen war keine Schwäche. Der Tod meiner Mutter hatte sich lange Zeit wie ein Schatten über mein Leben gelegt. Ich hatte mich wie ein emotionaler, vom Leben benachteiligter Pflegefall gefühlt, was meine aktuelle Situation, verletzt in diesem Bett zu sitzen, fast schon ironisch machte. Aber das würde sich jetzt ändern. Von nun an würde ich mutig in die Zukunft blicken und an mich glauben.

Wie aufs Stichwort kam die untergehende Sonne hinter den Wolken hervor und strahlte in gelben bis orangenen Tönen auf die dunkelbraune Zimmertür.

Bist du es, Mom?

Ihre Kette zu verlieren, war der schmerzende Weckruf gewesen, mich endlich von den Altlasten der Vergangenheit zu lösen. Und um ehrlich zu sein: Hätte Eric sie mir nicht vom Hals gerissen, hätte ich sie niemals hergegeben.

»Ist schon gut. Hauptsache du bist bald wieder auf den Beinen. Paul und ich haben uns wahnsinnige Sorgen gemacht, nachdem wir tagelang nichts von dir gehört haben. Und als Max dann angerufen hat, dachten wir, wir würden dich verlieren.« Ihre Stimme brach am Ende des Satzes. Tränen glitzerten in ihren Augen, aber sie lächelte.

Ich stützte mich mit dem linken Arm auf der Matratze ab, um möglichst schmerzfrei in ihre Richtung zu rutschen und ihr die Arme offen entgegenzustrecken. Sie stand auf und nahm mein Angebot zur Umarmung erleichtert an.

»Du bist die beste zweite Mom, die man sich wünschen kann«, murmelte ich. Das war sie wirklich. Denn anstatt mir Vorwürfe zu machen, war sie einfach für mich da.

Sie umschlang mich fester, sodass ich mir ein Wimmern nicht verkneifen konnte.

»Ahr Autsch, Liebe tut echt weh.« Ihr kurzes Aufschluchzen ging in ein Lachen über, zu dem ich einstimmte, bevor wir die Umarmung lösten.

»Du solltest noch etwas wissen.« Ich atmete tief durch, denn ich wusste nicht, wie sie mit dem umgehen würde, was ich ihr jetzt verraten wollte. »Eric hat mich erpresst. Er hat mir gedroht, dich wegen Mordes anzuzeigen. Es ging um meinem Vater und darum, dass du uns beschützt hast und er dabei umkam. Ich weiß, dass du das alles nur für *uns* getan hast – für mich und Mom, dass es im Affekt war und dass Paul seine Firmenanteile an Erics Vater abgegeben hat, damit du nicht ins Gefängnis musst und – « Sie nahm mein Gesicht in ihre Hände. Durch ihre schulderfüllten Augen sah ich direkt in ihr Herz.

»Es tut mir so wahnsinnig leid. Ich hab es in der ganzen Zeit, nicht über die Lippen gebracht. Ich dachte, du würdest dich von uns und insbesondere von mir abwenden, wenn du wüsstest, dass ich verantwortlich dafür bin, dass du deinen Dad für immer verloren hast. Stattdessen habe ich dich damit so in Schwierigkeiten gebracht.«

Ich legte meine Hände auf ihre.

»Ich weiß. Alles ist gut. Wenn jemand dafür verantwortlich ist, dann ist es mein Dad. Danke, für alles, was du für mich und Mom auf dich genommen hast.«

Im gleichen Moment dachte ich daran, dass Dad schon länger von uns gegangen war. Er war schon nicht mehr er selbst gewesen, als er noch gelebt hatte.

Sie gab mein Gesicht frei und mir war, als hätte ich sie von einer jahrelangen Last befreit.

»Dass wir damals mit Firmenanteilen bezahlt haben, um das alles zu vertuschen, war feige. Ich hatte nun mal jemanden ermordet und das war eine Straftat. Paul hatte mich darin gestärkt, mich zu stellen. Aber diese geringe Wahrscheinlichkeit, doch verurteilt zu werden, hielt mich davon ab. Wir hätten unseren Ruf und damit unseren Lebensstandard in Gefahr gebracht. Und ich hatte deiner Mom bereits versprochen, dir nach ihrem Tod die besten Startvoraussetzungen für ein neues Leben zu verschaffen. Dir sollte die Welt in jeglicher Hinsicht offen stehen. Ich wollte für dich da sein und hatte mich auf dich gefreut. Daraufhin hatte ich Paul gebeten, eine Lösung zu finden. Er hat sich an Erics Vater gewandt. Infolgedessen wurden jede Menge Leute bestochen und Beweise zurückgehalten.«

Ich nickte. »Könnte es sein, dass alles auffliegt? Oder dass Eric die Vertuschung nach seiner Verhaftung verwenden wird, um sich einen Vorteil zu verschaffen?«

Ob Eric seinen Einfluss bei der Polizei nach allem, was er sich geleistet hatte, noch nutzen konnte, wusste nur er. Das FBI war mit Jasons Einheit hinter ihm her gewesen, um ihm handfeste Straftaten auf höherer Ebene nachweisen zu können. Ich vermutete, um die geschmierten Beamten zu umgehen und ihn ein für alle Mal zu stoppen.

»Möglich wär's«, antwortete sie und drückte meine Hand. Sicher würden wir einen guten Anwalt brauchen.

Einen, der auch mir aus der Patsche helfen musste. Denn ich hatte selbst Blut an den Händen. Ich erinnerte mich an das Hotelzimmer im Diamond Hotel und wie ich den Abzug drückte, bevor der Körper dieser Frau reglos zu Boden fiel. Nicht zu vergessen, war *ich* es gewesen, die den Diamanten entwendet hatte.

Ich sah zu Isabelle, die ihren nachdenklichen Blick hob, als ich zu sprechen begann.

»Da gibt es noch mehr, dass du wissen solltest.«

Die nächste halbe Stunde erklärte ich ihr, was passiert war, nachdem Eric sein wahres Gesicht gezeigt hatte. Ich erzählte ihr von der Gala, dem Schacht, dem Diamantenraub, dass Jason mich erwischte und angeschossen wurde, dass ich die Frau töten musste, damit wir flüchten konnten, wir in einem Hostel übernachtet hatten und ich entführt worden war. Außerdem vom Verlust von Moms Kette, etliche Details über meine Jugendliebe und wie es zu der Verletzung kam, die mich ins Krankenhaus brachte.

Es war wie beim schnellen Abreißen eines Pflasters.

Ihr Gesicht wechselte dabei mehrfach die Farbe. Immer wieder entgleiste es ihr kurz. Ihre Augenbrauen schnellten nach oben, im nächsten Moment wirkte sie irritiert, kurz sogar schüttelte sie ungläubig den Kopf. Verständlicherweise musste ich ihr etwas Zeit geben, um sich für eine Reaktion zu entscheiden.

Max hatte Isabelle und Paul zwar schon bei der Ankunft im Krankenhaus einige Fragen beantwortet, aber eben nur die Dringlichsten. Und ich wollte nicht, dass sie im Laufe der nächsten Zeit durch Erics Aussagen oder weitere Ermittlungen davon erfuhr, dass auch meine Weste nicht so rein war, wie sie es sich möglicherweise vorstellte. Wir mussten auf alles vorbereitet sein.

Während Isabelle das Gesagte schweigend verarbeitete, betraten Max und Paul das Zimmer mit einem Klopfen. Wie ich feststellte, waren sie nicht allein.

»Hey«, begrüßte mich Jason, die Hand in den Nacken gelegt.

Ein Moment lang herrschte Stille. Isabelle schien sich wieder im Griff zu haben, denn sie stand auf und ging Richtung Tür, vor der alle standen und mich beäugten.

»Paul? Max? Zeigt mir doch bitte mal, wo ich Kaffee herbekomme.«

Sie sah warm auf mich zurück, bevor sie die Männer in den Gang scheuchte und die Tür hinter sich zuzog.

Als mir klar wurde, dass wir alleine waren, machte mein Herz automatisch einen Sprung nach vorn.

War das ein Anstandsbesuch, um sich zu vergewissern, dass ich noch lebte? Steckte mehr dahinter?

Ganz gleich, was es war, ich musste ihn einfach fragen, warum er damals so plötzlich verschwunden war. Wer wusste schon, wann ich dazu jemals wieder Gelegenheit bekam. In einer Sache war ich mir jedenfalls sicher. Ich *musste* es wissen, um meinen Frieden mit allem zu schließen, was zwischen uns passiert war.

KAPITEL 35

Jason

Neue Heimat

Hier zu sein fühlte sich zwar richtig, aber ungewohnt intim an. Ich hatte mich seit unserer letzten Begegnung vor über zehn Jahren nie wieder mehr emotional auf eine Frau eingelassen. Natürlich hatte das auch berufliche Gründe. Und ich hatte meinen Spaß gehabt. Aber nichts davon berührte mich so tief, wie das hier. Liz bedeutete Zuhause für mich.

Ihre Familie hier zu treffen, machte mir bewusst, dass ich keinen Platz in ihrem Leben hatte. Und ich befürchtete, sie könnte ihr Zuhause bereits ohne mich gefunden haben.

»Und? Bist du öfter hier?«, brach ich das unbehagliche Schweigen.

Sie schnaubte amüsiert. »Zum Glück nicht.«

»Ich bin froh, dass du lebst. Wie geht's dir?«

Sie nickte in Richtung des Stuhls, der neben ihrem Bett stand. »Besser, als es aussieht.«

Ich setzte mich und stütze meine Ellenbogen auf den

Oberschenkeln ab, um ihr näher zu sein.

Sie richtete sich etwas auf und drehte sich in meine Richtung. »Entschuldige, dass ich euch im Hostel ohne ein Wort zurückgelassen habe. Ich war mit der ganzen Situation überfordert und zu diesem Zeitpunkt erschien es mir richtig. Nach dem Kuss und deiner Reaktion wollte ich einfach nur weg.« Sie schloss für einen Moment die Augen und senkte den Kopf, bevor sie mich wieder ansah. »Und dass Max dich mit Eric allein lassen wollte, konnte ich nicht akzeptieren. Ich habe mir vorgestellt, wie er deine kalte Leiche irgendwo in seinem *Safety* Keller verscharrt. Und das hast du weiß Gott nicht verdient.«

»Ich weiß. Ich war ein Idiot. Es war egoistisch und dumm von mir nach unserem Kuss Abstand zu wahren, aber ich musste nachdenken. Ich konnte es nicht ertragen, dich nicht beschützen zu können. Und ich war der Überzeugung, den Verstand zu verlieren.«

»Hat das etwas mit dem zu tun, was Eric im Hotel zu dir gesagt hat? Dass du nicht in den Einsatz hättest geschickt werden dürfen?«

Ich atmete tief durch. »Ja, Garcia hatte recht. Deshalb muss ich mir jetzt einen neuen Job suchen.«

»Was?«

»Ja, aber dadurch habe ich etwas über meine Eltern erfahren, wie sie gestorben sind und –« Ich stockte, weil ich ihr direkt mein Herz ausschüttete. Bisher hatte ich niemandem von meinen Gefühlen erzählt, eher noch verleugnet, dass sie existierten. Zudem war es eine Berufskrankheit, nie etwas über mich preiszugeben. Aber es war nicht das erste Mal, dass Liz mich dazu brachte, meine Prinzipien über Bord zu werfen.

»Jason, das ist toll! Und? Wer waren sie?«

»Ich weiß noch nichts Genaueres. Nur, dass es in meiner Familie liegt, so gutaussehend und charmant zu sein«, grinste ich ihr entgegen.

»Blödmann« Sie rollte mit den Augen und streckte den Arm zu mir aus, um mir einen Schubs zu geben.

Dass mein Dad ein Agent war und dass er und meine Mom von Monica ermordet worden waren, würde ich Liz bald erzählen. Aber nicht heute. Außerdem hatte ich vor, den Spuren meiner Eltern zu folgen. Ich wollte in Erfahrung bringen, wer sie gewesen waren, wo sie gewohnt hatten und was sie dazu bewegt hatte, alles zu verschleiern. Aber bevor ich mich um die Toten scharte, hatte ich in der Welt der Lebenden noch Dinge in Ordnung zu bringen.

»Ist zwischen uns alles klar?«, fragte ich.

Es verstrichen einige Sekunden und sie schien über ihre Antwort nachzudenken.

»Ja, es ist nur – ich muss dich etwas fragen.« Ihr Blick bewegte sich über die Laken, bevor sie mir wieder in die Augen sah. »Wo bist du damals gewesen? An dem Tag, an dem meine Mom gestorben ist, bist du auf einmal verschwunden.«

»Was? Deine Mom ist an dem Tag …« Ich hatte gewusst,

dass ihre Mom krank gewesen war. Aber dass es so schlecht um sie gestanden hatte ... »Fuck, Liz, es tut mir leid. Das wusste ich nicht. Hör zu, ich hatte keine Ahnung. An dem Morgen stand auf einmal Monica in meiner Tür und forderte mich auf, meine Sachen zu packen. Ich hatte keine Möglichkeit, mich von irgendwem zu verabschieden. Die Schwestern hatten mir verdeutlicht, dass ich unglaubliches Glück hatte und nicht zurückschauen sollte. Kurz darauf hat sie mich in die FBI Academy geschickt. Ich habe dich nie vergessen, Liz. Weil ich dich anders nicht erreichen konnte, habe ich dir Briefe geschrieben, aber du hast nie geantwortet. Also dachte ich, du –«

»Warte? Was für Briefe?«

»Ich habe dir geschrieben, dass ich dich vermisse und wie mein Alltag so war und – du hast die Briefe nie bekommen, oder?«

Sie schüttelte den Kopf.

»Monica.« Ich presste die Lippen aufeinander, um vor Liz nicht ausfällig zu werden. Gab es irgendetwas, dass diese Frau für Ihre Karriere nicht zerstört hatte? Einfach unfassbar.

In meiner Bauchgegend spürte ich das altbekannte, heiße Brennen, das sie zuletzt in mir entfacht hatte, als sie mir den Mord an meinen Eltern gestand.

»Gott sei Dank.«

Irritiert hob ich den Kopf und sah in ihre tränenverschleierten Augen. »Was? Das ist schrecklich. Sie hat die

Briefe abgefangen und verhindert, dass wir uns aussprechen.«

»Ich weiß.« Liz sah erleichtert aus, was mich an meinem Verstand zweifeln ließ. Und an ihrem. »Ich habe die ganze Zeit gedacht, du hättest den Kontakt abgebrochen. Aber es stimmt nicht. Ich habe mich geirrt.«

Ihre Worte löschten das Feuer in meiner Bauchgegend, sodass eine angenehm warme Glut darin zurückblieb.

»Weinst du etwa?« Um sie aufzuziehen, sprach ich sie auf das Offensichtliche an. Sie hasste es, vor anderen zu weinen. Das hatte mit ihrem Dad zu tun.

»Was? Nein.«

»Ah ja, und was glänzt dann da an deinem Auge?« Ich zeigte mit dem Finger auf mein rechtes Lid. »Genau hier.«

»Da glänzt überhaupt nichts«, blaffte sie grinsend und strich sich mit der Hand über die Augen. Tatsächlich wischte sie einige Tränen beiseite. »Halt bloß die Klappe!«, ergänzte sie und warnte mich mit einem herausfordernden Blick, bevor sie lachend schnaubte.

»Wie geht es jetzt weiter?«

Wenn ich Garcia getötet hätte, dann würden wir uns diese Frage nicht stellen müssen. Und was keiner wusste, außer Garcia, denn er hatte es in meinen Augen gesehen; dieses Mal, in der Tiefgarage, hatte es keine psychische Blockade gegeben. Ich hätte abdrücken können. Aber es war, als wäre die Blockade die ganze Zeit ich selbst gewesen. Und ich hatte mich geweigert, mir selbst zuzuhören. Ich hatte die eigene Hand vor den Lauf gehalten, mich gestoppt und mich angefleht damit aufzuhören. Der Jason, der damals unter dem Bett saß und das Blutbad mitangesehen hatte, wollte nicht, wie die Mörder seiner Eltern sein. Er wollte niemanden mehr kaltblütig ermorden. Das war mir mittlerweile klar. Und dieser Jason von damals hatte absolut recht.

»Wenn es wie geplant verläuft, und wir alle als Zeugen aussagen, wird Garcia seine Strafe im Gefängnis absitzen.«

Sie nickte. »Und für dich? Wie geht es für *dich* weiter?«

Diese Frage hatte ich mir auch schon gestellt. »Na ja, ich habe einiges an Geld gespart. Es wird für eine Weile reichen, aber eine neue Aufgabe im Leben brauche ich trotzdem.«

»Heißt das, du bleibst in der Nähe?« Es klang mehr wie eine Bitte, als eine Frage.

Ich nickte und die Wehmut in ihren Augen wandelte sich zu einem Leuchten. Mein Blick glitt von ihren Augen über die heilenden Kratzer zu ihren Lippen, die zufrieden lächelten.

War es zu früh, um ihr zu gestehen, was sie mir bedeutete?

Mein Verstand analysierte die Fakten. Wir hatten uns gerade eben erst wiedergetroffen. Es standen immer noch 10 Jahre, ohne etwas voneinander zu hören, zwischen uns. Außerdem war sie an dieses Bett gefesselt und hatte im

Ernstfall keine Fluchtmöglichkeit. Vermutlich war das nicht der passende Moment.

Und was sagte mein Herz? Eine für mich noch nicht geläufige Art und Weise, die Situation zu betrachten. Ich empfand Wärme und so eine Art Glücksgefühl. Müsste ich es übersetzen, würde ich es als Liebe beschreiben. Nur dass es keine naive Hingabe, sondern viel mehr eine vertraute, tiefgehende Verbindung war.

Mit dem nächsten Atemzug wanderte mein Blick auf ihre Halsbeuge.

Und dann waren da noch die Signale von meinem Schwa…

Ihre plötzliche Bewegung unterbrach meine Gedanken. Sie beugte sich vorsichtig vor, reckte den Arm und strich mir mit dem Daumen über die Wange, die teilweise blau unterlaufen war und mich nicht gerade zu einem Hingucker machte. Da die Stellen, über die sie fuhr, durchaus empfindlich waren und sogar etwas schmerzten, kniff ich die Augen zusammen, sodass sie mit der Hand zurückzuckte.

»Entschuldige«, murmelte sie, woraufhin sich mein Schritt beschwerte, ihre Berührungen gehen gelassen zu haben.

Doch das ließ ich nicht auf mir sitzen. Ich nahm die Hand, die sie immer noch in der Luft hielt, und zog sie sanft in meine Richtung. Da ich in etwa nachempfinden konnte, wie sich eine Schussverletzung in der Flankengegend bei jeder Bewegung bemerkbar machte, überließ ich meinen Gefühlen nur vorsichtig die Kontrolle. Ich bewegte mich ihr entgegen und stoppte, als uns nur noch wenige Millimeter trennten.

KAPITEL 36

Liz

Liebe & Zuversicht

Unsere Blicke tanzten. Verlangen stieg in mir hoch. Ich überwand die wenigen Millimeter, die zwischen uns lagen. Leidenschaftlich führte er mich jenseits von Körper und Geist. Unser Kuss wurde intensiv und innig. Zwischen uns lag ein wärmespendendes Feuer, das mit jeder Sekunde unkontrollierbarer wurde. Wie ein Teppich aus Samt schmiegten sich seine Hände an meine Wangen. Meine Handfläche lag an seiner starken Schulter.

Er küsste mich, als wäre es alles, was er jemals wollte.

Näher, flehte ich innerlich, während ich mit der Hand in seinen Nacken wanderte und ihn zu mir zog. Sie waren kaum noch zu spüren – die Schmerzen in meiner Körperseite.

Noch näher, wünschte ich mir, doch wir waren in einem Krankenhaus, also sollte ich mich zügeln. Seine harten Muskeln stemmten sich wie ein sicherer Fels vor meinen Körper. Seine Lippen liebkosten meinen Hals und ließen

Schauer durch meine Adern rauschen. Ich fuhr mit den Fingern höher, durch sein hellbraunes Haar und als er merkte, dass wir die Beherrschung vollends verlieren könnten, gab er mir einen letzten Kuss. Das eben noch lodernde Feuer wurde rührend sensibel, sodass unsere Lippen sich noch ein letztes Mal zärtlich strichen, bevor wir uns notwendigerweise voneinander entfernten.

Dass wir nach so langer Zeit, trotz der Umstände zueinandergefunden hatten, gab mir Gewissheit. Weder die Zeit, noch Eric oder Jasons Chefin hatten es geschafft, unsere Herzen zu trennen.

Ein Klopfen erfüllte den Raum und Isabelle, Paul und Max traten ein.

»Liz? Entschuldigt die Störung, aber wir wollten dir etwas zeigen. Paul, beeil dich!«

Isabelle durchsuchte den Raum hektisch nach der Fernbedienung, während Paul am TV-Gerät fummelte, um die *alte Kiste*, wie er sie nannte, zum Laufen zu kriegen.

»Was ist denn?« Ich saugte die vom Kuss geschwollenen Lippen ein.

Jason wischte sich mit den Fingern über den Mund, bevor er eilig aufstand und Paul sowie Max mit der mittlerweile *blöden Kiste* weiterhalf. Wie viele Männer brauchte man, um einen Fernseher zum Laufen zu bringen?

Sie streckten sich nach dem in der oberen Ecke des Raumes hängenden TV-Geräts. Plötzlich flimmerte ein Bild auf und Isabelle suchte mit der Fernbedienung, die sie scheinbar endlich gefunden hatte, einen ganz bestimmten Sender.

»Komm schon!« Sie wippte mit Ihren Knien dabei nervös auf und ab. »Ich hab's!« Triumphierend erhöhte sie die Lautstärke, sodass die Stimme des Moderators durch den halbleeren Raum dröhnte.

Am unteren Bildschirmrand der News-Sendung prangte eine Headline. *Millionärssohn scheitert – die Wahrheit über das Garcia Imperium.*

»Der Unternehmer Eric Garcia wurde vergangene Nacht in Gewahrsam genommen. Ihm wird vorgeworfen, Kunden über kriminelle Verbrechen erpresst und unter Druck gesetzt zu haben, um sie anschließend vertraglich an sein Unternehmen *Safety Inc.* zu binden. Melissa Harper ist für uns in Miami und berichtet vor Ort. Melissa, was ist geschehen? Hat sich Mr. Garcia bereits geäußert?«

»Hier vor dem *Safety* Gebäude ist vor wenigen Stunden Eric Garcia von FBI-Beamten abgeführt worden. Er wurde noch heute Morgen vernommen. Die Polizei berichtet, dass Ihnen ein Video eines anonymen Senders zugespielt wurde, auf dem ein Geständnis Garcias festgehalten worden sei. Auch wird vermutet, dass seine Machenschaften mit dem Banküberfall vor einigen Wochen und dem Bombenvorfall im Diamond Hotel in Verbindung stehen. Weitere Beweisermittlungen stehen aus und werden über die Verurteilung Garcias weitere Auskünfte geben.«

»Vielen Dank, Melissa. Und nun das Wetter.«

Isabelle hackte erneut auf der Fernbedienung herum, um den tatsächlich schon etwas eingerosteten Flimmerkasten leiser zu stellen.

Die Zuversicht zu haben, Jason, Isabelle und Paul hinter mir zu wissen und mich Eric gegenüber nicht vollkommen machtlos zu fühlen, ließ meinen Puls in angenehme Sphären sinken. Auch wenn die Sorge um seine Einflüsse bei der Polizei noch an mir hafteten, wie ein Kaugummi am Schuh – ich fühlte mich sicherer. Wir hatten es bis hierhin geschafft. Den Part mit der Verurteilung würden wir auch noch meistern.

Trotz allem hatte ich Jason noch einiges zu berichten. Wie Eric mich erpresst hatte, wie ich da hineingeraten war und dass Isabelles Zukunft ebenfalls Thema der Gerichtsverhandlungen sein würde.

Ganz gleich, welche Herausforderung die Zukunft für uns zwei arbeitslose Verliebte auch bringen mochte. Ich hatte die Zuversicht, es würde alles gut werden.

KAPITEL 37

Jason

Zwischen Himmel & Erde

Ich stieß mein Glas gegen ihres, bevor der Old Fashioned meine Geschmacksnerven kitzelte und ich mich für einen Moment in ihren lächelnden Augen verlor. Die Gäste um uns herum verschwammen in der Geräuschkulisse aus leisen Stimmen, dem entfernten Klirren von Geschirr und dem seichten Wind, der durch Liz' Haar streichelte.

Noch zwei Wochen. Dann würden wir vor Gericht aussagen und endlich wissen, wie es für uns weiterging.

Keine Gewissheit zu haben, hielt uns momentan in der Schwebe. Besonders Liz, die neben dem ständigen Austausch mit ihrem Anwalt, keine Nerven fand, eine anständige Bewerbung zu schreiben.

Zugegeben, es fiel mir ebenfalls nicht leicht, diese ungewisse Leere zu akzeptieren, die uns den Blick in die Zukunft versperrte.

Daher war Liz' Vorschlag, die Zeit gemeinsam zu verbringen, um sich abzulenken, das Beste, was wir tun konnten.

Es tat gut nachzuholen, was wir all die Jahre verpasst hatten. Und ich war froh, dass sie nach dem wochenlangen Krankenhausaufenthalt endlich wieder fit war.

Sie schob ihr Bein mit den offenen Heels unter dem Tisch etwas mehr in meine Richtung, bis sich ihre nackte Haut an den grauen Stoff meiner Hose schmiegte.

Am liebsten hätte ich sie sofort geküsst, ausgepackt und in meinem Hotelzimmer verwöhnt, das sich nicht weit von der hoteleigenen Rooftop Bar befand, in der wir gerade saßen. Aber sie hatte eineinhalb Stunden gebraucht sich dieses unschuldig wirkende, rote Sommerkleid auszusuchen und ihre blonden Haare in Locken zu verwandeln.

Und ich wusste, wie sehr sie sich freute, das Hotelzimmer auch mal verlassen zu haben, nachdem wir seit Tagen dort Filme geschaut, gegessen, Sex gehabt und dann wieder geschlafen hatten, bevor wir wieder Sex hatten.

Und ich konnte nicht genug davon kriegen. Es war mir zwar im Moment nicht möglich vorauszuplanen, aber dieses Hotelzimmer, das vorübergehend mein Zuhause war, würde es nicht ewig bleiben können.

Wenn also alles wie geplant seinen Lauf nahm, wie unvernünftig wäre es dann, darüber nachzudenken, direkt mit ihr zusammenzuziehen?

»Was ist los? Du starrst mich an.« Sie grinste verlegen und nahm noch einen Schluck Rosé, bevor sie das Glas abstellte und geduldig auf meine Reaktion wartete. Sie schien nicht zu wissen, wie absolut wunderschön und verführerisch sie war, selbst wenn sie einfach nur so dasaß.

»Habe gerade überlegt, wie ich dich am schnellsten wieder loswerde.« Wir schmunzelten und ich riss meinen Blick von ihr los, um für eine Sekunde die Aussicht auf das im Dunkeln leuchtende Downtown Miami zu würdigen.

»Du könntest ja von deinem Sicherheitsunternehmen erzählen und mir einen Job anbieten.«

Wir prusteten los und ich war von ihrer Schlagfertigkeit genauso angetan, wie von ihrem Humor.

Ein Kellner kam zu unserem Tisch und servierte das Essen, dessen Bestellung ich zwischenzeitlich vergessen hatte. Anstandshalber zwangen wir uns, mit dem Lachen aufzuhören.

Kaum zu glauben. Liz war urplötzlich wieder ein Teil meines Lebens. Eines völlig neuen Lebens.

Um nicht sofort wieder darüber nachzudenken, wie dieses Leben in zwei Wochen aussehen würde, nahm ich noch einen Schluck Old Fashioned und machte mich über meine Shrimps her.

Nach dem Essen und zwei weiteren Cocktails später, ließen wir die Dachterrasse hinter uns. Liz sah zurück und warf mir einen sehnsüchtigen Blick zu.

»Morgen könnten wir in den Pool springen.«

Ich stellte sie mir im Bikini vor und hielt es für eine ausgesprochen gute Idee. »Bin dabei.«

Sie strahlte und verschränkte ihre Hand mit meiner, als wir in den Aufzug stiegen und unser Zimmer aufsuchten.

»Möchtest du noch an der Promenade spazieren gehen?«

Bei Nacht entlang des Miami Rivers zu schlendern, sollte nach ihrem Geschmack sein.

»Oder wir machen etwas anderes, was mindestens genauso romantisch ist.« Ihre Stimme klang anzüglich und die Art und Weise, wie sie zu mir tigerte und ihre Hand an meinem Rücken zu meinem Po hinunterglitt ...

Ich schlang die Arme um ihren Körper, drehte mich, löste die Schlaufe ihres Kleids und schubste sie aufs Bett, sodass ihre goldblonden Haare sie malerisch umrahmten.

Sie lachte, weil ich mein weißes Poloshirt in Windeseile über den Kopf zog, die Schuhe abstreifte und mich über sie stützte. Dabei platzierte ich bereits ein paar Küsse auf ihrem rechten Arm und arbeitete mich zu ihrer Halsbeuge hinauf. Auf meinem Rücken spürte ich ihre Hände, wie sie sich an meinen Schulterblättern festhielt und keuchte. Ich gab ihr einen Kuss aufs Kinn, als ich merkte, wie sie mit den Händen meinen Gürtel ertastete. Um ihr zu helfen, öffnete ich die Schnalle und streifte den überflüssigen Stoff von meinen Beinen.

In der Zwischenzeit war sie das bereits lockere Kleid losgeworden, sodass es nur noch *uns* gab.

»Ich liebe dich«, flüsterte ich.

»Ich liebe dich auch.«

All die Jahre an Sorge, Schuldzuweisungen und Missverständnissen lösten sich in unserem Kuss auf. So unglaublich, dass ich mich gleichauf fragte, ob das wirklich real oder ich völlig übergeschnappt war.

KAPITEL 38

Liz

EPILOG

Einige Monate später

»Bist du völlig übergeschnappt? Was tust du da?« Seit etwa einer Stunde hantierte er in der Küche und ließ mich nicht mal für einen Moment hinein, um mir ein Glas Wasser zu holen. Es war ziemlich warm, ich schwitzte im Stehen. Aber das hinderte ihn nicht daran, den Fuß vor die Tür zu stellen, sodass ich nicht hineinkam.

»Ich hab Geburtstag und ich hab Durst. Lass mich rein«, bettelte ich.

»Keine Chance! Ich hab dir gesagt, es geht jetzt nicht.«

Er trieb mich in den Wahnsinn. Idiot.

Ich zog ab, platzierte mich auf der Couch und rief nach Neo. Ein aufgeregtes Hecheln war zu hören, bevor er durch die Tür tapste und sein Spielzeug vor mich platzierte. Jason hatte ihn vor ein paar Wochen adoptiert. Er war der süßeste zweijährige Australian Shepherd, den ich je gesehen hatte.

Eine Klimaanlage fehlte diesem Haus noch. Dafür hatten wir aber die schönste Aussicht, die Miami zu bieten hatte. Das Meer war praktisch ein Teil unseres Gartens. Und auch wenn es uns in unseren modernen vier Wänden sonst an nichts fehlte, hoffte ich, Jason würde sich bald für einen Beruf entscheiden.

Vor der Gerichtsverhandlung von vor einigen Monaten hätte ich nicht erwartet, dass wir beide so schnell zusammenziehen würden. Jason war freigesprochen worden und mein Urteil war milde ausgefallen. Eine Freiheitsstrafe auf Bewährung sowie eine Geldstrafe, die Paul und Isabelle für mich übernommen hatten. Auch Isabelle kam über eine massive Geldstrafe hinaus mit einem blauen Auge davon. Die Geschichte von ihr, meiner Mom und mir hatte die Geschworenen offenbar tief berührt, sodass sie lediglich zu einer Therapie und Sozialstunden in einer Klinik für Drogen- und Alkoholkranke verurteilt wurde. Es war rührend, dass sie dabei ihre Leidenschaft für die ehrenamtliche Arbeit entdeckte und weiterhin dort arbeitete, obwohl ihre Sozialstunden längst abgeleistet waren.

Eric hingegen hatte trotz seines guten Anwalts eine längere Zeit im Gefängnis vor sich. Neben versuchten Mordes, wiederholten Raubs und der Korruption von Polizeibeamten, hatte er sich Zugang zu unter Verschluss gehaltenen Akten des FBI verschafft. Es wurden sogar Verbindungen zur Mafia vermutet, die bis nach Italien reichten.

Selbst sein Vater hatte sich von ihm abgewandt.

Nachdem alles geklärt war und jeder sich zurückgezogen hatte, um sich die Wunden zu lecken, hatte sich Jason auf die Suche nach einer neuen beruflichen Richtung gemacht. Erst sprach er davon Feuerwehrmann zu werden, dann schwärmte er davon Barkeeper zu sein, Tierpsychologe, Koch und letztens meinte er, könne er sich sogar vorstellen, Konditor zu lernen.

Aber ich freute mich für ihn. Es war, als käme er jetzt in seinem Leben an und setzte sich damit auseinander, was oder wer er noch sein wollte.

KAPITEL 39

Jason

EPILOG

Einige Monate später

»Keine Chance! Ich hab dir gesagt, es geht jetzt nicht«, blaffte ich sie an. Sie sollte doch nur noch ein bisschen Ruhe geben. Seit einer Stunde bastelte ich jetzt schon an dieser Torte. Ihr Anblick spiegelte das aber nicht einmal ansatzweise wieder. Eigentlich hatte ich geplant, sie zu ihrem Geburtstag mit dem Kuchen zu überraschen. Es sollte sie an früher erinnern. Doch wenn ich mir die Katastrophe so ansah, musste ich meine Idee, Konditor zu werden, definitiv beerdigen.

Mein verstecktes Talent nahm seine Rolle zu ernst und entschied sich lieber gar nicht zum Vorschein zu kommen. Na ja, dann konnte ich ihr immer noch den Ring geben und um ihre Hand anhalten, so wie es geplant war.

Ich zog die Tür auf und sah Liz mit Neo herumtollen, als plötzlich mein Handy summte. Der Bildschirm zeigte eine Nachricht von Max. Er hatte es geschafft, Agent Gibson und das FBI von sich zu überzeugen. Nach einigen Verhören und Lügendetektor-Tests sahen sie sein Wissen über Garcias Kontakte als durchaus hilfreich an und gaben ihm eine Chance, langfristig für das FBI zu arbeiten. Dass sie dank seiner Hilfe weitere von Garcias noch unentdeckten, schmutzigen Geschäften aufdecken würden, würde mich nachts ruhiger schlafen lassen.

»Glückwunsch«, tippte ich. Er wurde einem Team zugeteilt und bekam heute seinen ersten realen Auftrag. Es war, als würde nach allem, was war, endlich alles gut werden. Vor allem auch für Liz, die als Architektin endlich den Job hatte, den sie, wie sie meinte, schon immer gerne haben wollte.

Eben legte ich das Handy beiseite, da vibrierte es erneut.

»Habe leider auch schlechte Nachrichten. Garcia wurde aus dem Gefängnis entführt. Unter Verdacht steht ein Mario Valentini. Ihr seid in Gefahr.« Ich hob das Kinn an und sah zu Liz. Verdammte Scheiße!

Mein Heiratsantrag musste wohl noch eine Weile warten.

Geheime Botschaft

ABC
22 15 18 1 21 19 19 9 3 8 20 12 9 3 8

20 5 9 12

26 23 5 9

S.46.Z9.W5

S.72.Z18.W4 s̸, n̸ + S.74.Z8.W8

S.323.Z26.W7

.. - .- .-.. .. . -.

Jasons . .-.. - . .-. -.

Liz . .. ..-. . .-. ... ..- -.-. .... -

Zitate

Da ich im Laufe dieses Buchs zu meinen Protagonisten eine tiefgehende Verbindung aufgebaut habe, möchte ich Ihnen noch jeweils ein Zitat widmen.

FÜR JASON:

Manchmal ist es notwendig,
dass man niemandem vertrauen kann,
um zu lernen sich selbst zu vertrauen.

FÜR LIZ:

Wer aus der Quelle wahrhaftiger Liebe handelt,
ist unbesiegbar. Zugang erhalten die Mutigen,
die ihren Groll bereit sind loszulassen.

Danksagung

Wie lange es gedauert hat, dieses Buch zu schreiben? Ich bin mittlerweile 30 Jahre alt und habe mit 14 Jahren die erste Fassung dieses Romans zu Hause ausgedruckt. Meine Eltern waren über die aufgebrauchte Tintenpatrone wenig begeistert. Wenn ich darüber nachdenke, ist mir zum Lachen. Denn ich hatte ja keine Ahnung, dass mich die Idee vom Schreiben bis heute verfolgen würde. Deshalb möchte ich mich erst mal bei meinen Eltern bedanken, die meiner Kreativität zu jeder Zeit Raum gegeben haben. Darüber hinaus bin ich für das psychologische Wissen dankbar, mit dem meine Mutter meine Charaktere aufgrund ihres beruflichen Hintergrunds bereichert hat.

Es vergingen Jahre, da schrieb ich überhaupt nicht mehr und es gab Jahre, da entwickelte ich diesen Roman weiter. Die Story ist gemeinsam mit mir gewachsen und daher für mich etwas ganz Besonderes. Und es hat solchen Spaß gemacht, dass ich sie mir selbst aus den Fingern reißen musste, um sie endlich von der Leine zu lassen.

Vielleicht hat dieser Roman dich genauso unterhalten, wie mich. Falls ja, freut es mich aus tiefstem Herzen. Denn ich danke vor allem *dir*. Du, wie du vor dem E-Book

Reader oder dem gedruckten Buch sitzt und bis hierhin gelesen hast.

Außerdem danke ich meiner Schwester, die mich beim Schreiben zu jeder Zeit mit Anregungen und Ideen unterstützt. Ebenfalls herzlichen Dank an Sina, Lena und Isabella für euer konstruktives Feedback und eure Zeit. Zudem ein liebes Dankeschön an Biggi, für das Beisteuern deines medizinischen Hintergrundwissens zur dramatischsten Szene dieses Romans.

Ein herzliches Dankeschön hat auch mein Partner Christian verdient.

Bevor wir alle dieses Buch schließen, möchte ich mich zu guter Letzt beim Universum bedanken. Danke für die Erfahrung, ein Buch geschrieben zu haben. Danke, dass ich Geschichten erschaffen darf, die mir und anderen Menschen Freude bereiten.

Nachwort

Mit einer Rezension kannst du anderen, zukünftigen Lesenden von deinen Erfahrungen mit diesem Buch berichten. Oder teile deinen Eindruck mit einer Sternebewertung. Hat dich die Geschichte unterhalten? Mich würde es jedenfalls freuen.

Auch in meinen weiteren Büchern, die bald folgen werden, wird *die Liebe* im Fokus stehen. Du möchtest mein nächstes Buch nicht verpassen? Dann melde dich gerne für meinen Newsletter an, folge mir auf Social Media und bleibe auf dem Laufenden.

Macht es gut und bis zum nächsten Buch.

Du findest mich auf Wattpad, TikTok und Instagram als @viviivyautor.

Schau doch auch auf meiner Website vorbei:
www.vivi-Ivy.de

Triggerwarnung

Dieser Roman enthält folgende Themen,
die möglicherweise triggern könnten:

Tod, Tod der Eltern, psychische und
physische Gewalt, Blut, sexuelle Bedrängung,
Alkoholkonsum, Panikattacken,
Gebrauch von Waffen, Krankheit,
Verlustängste, Erpressung

Altersempfehlung: ab 18 Jahren

Die Orte und Personen in diesem Buch
sind (fast) ausschließlich frei erfunden.